地獄花

団 鬼六

祥伝社文庫

目次

夢路《ゆめじ》先生の追憶

小学校時代の恩師を凌辱《りょうじょく》したいという荒唐無稽《こうとうむけい》な性的妄想をずっと抱いていた。中学に入ってからも、高校へ進学してからも、私の自慰的妄想として浮かび上がってくるのは小学四年生当時の担任教師・大原夢路《おおはらゆめじ》先生の情感ある雪白《せっぱく》の顔容《かんばせ》と肉づきのいい引き緊《し》まった肉体であった。

初恋の女性というのが小学生時代の女の先生というのは世間に例がない事はないが、凌辱したい女が小学生時代の美人教師というのは珍しいのではないかと自分でも不思議に思った事がある。

当時、月丘《つきおか》夢路という美人女優がいて、大原夢路先生はその月丘夢路よりも美人だと小学校内では有名だった。なんでその美人教師に嗜虐《しぎゃく》の情念を燃やし、レイプしてやりたいと思うのかというと、私は夢路先生に徹底して嫌われていたからだった。私はクラスの中では札つきといわれるくらいの悪ガキで、いじめの大将みたいなところがあった。クラスの中に父親が歌舞伎《かぶき》役者で踊りの稽古《けいこ》ばかりやらされていた菊島《きくしま》という男の子がいて、お前はおかまの子か、と私はすぐに仲間達と一緒にいじめたが、それを夢路先生に見つかって悪ガキ仲間と一緒に何回廊下に立たされたかわからない。夢路先生は菊島に好感を持っても私には嫌悪感を持っていたという事がはっきりわかると、それが変質的な復讐心理に変わってきたのかも知れない。

夢路先生を淫靡残忍《いんびざんにん》に責め立ててやりたい。何で夢路先生をそんな無残に打ち砕く妄想が生じたのかというと、彼女が私にとっては比類ないと思われるくらいの美人であり、聡明《そうめい》な女性であったからだ。美人の不幸をこい願う事はもはや私の一種の性癖であった。美人の夢路先生に、いじめをするな、と叱《しか》られた時、彼女の端正な顔が一瞬、強張《こわば》ったような美しさに見えて、女王然とした威厳が感じられた。これがマゾ男性なら、足下にひれ伏したい衝動にかられるところだが、生来、私の性情はマゾではなくサドの方であるから彼女の相手を射すくめる眼の美しさにぞっとしながらも敵愾心《てきがいしん》みたいなものを感じた。

俺の女にしてやりたい——勿論《もちろん》、小学生である私にそんな性衝動が生じる筈《はず》はないのだが、得体の知れない復讐心理が生じたと思われる。

小学生時代の性的妄想が大学に入ると、緊縛《きんばく》して凌辱するという強姦願望になった。

そして、大学を出てから初めてSM倒錯《とうさく》雑誌『奇譚《きたん》クラブ』に投稿した懸賞小説も、強い女が凌辱されるという倒錯嗜虐小説であって、たしか姐御《あねご》として君臨《くんりん》していた美貌の鉄火女が敵側のやくざに捕らわれてなぶり抜かれるという淫靡残忍小説である。やがて美術刀剣のように地紋《じもん》も白く冴え渡った美女を落花《らっか》微塵《みじん》に凌辱するような小説を書き出して、SM作家というレッテルを貼られるようになった。『花と蛇』を始め、『幻想夫人』『夕顔《ゆうがお》夫人』『紅薔薇《べにばら》夫人』など、夫人ものシリーズと呼ばれる私の倒錯官能小説には高貴と優雅さに照り映えている美女が淫らに崩壊していくくだりが必ずある。書きながら美女が崩壊していくのは何と美しいものかと感じる事があるのだ。SM小説といっても私の描くものにSM的な肉体凌辱を期待されては困るのだ。美女に対する心理的な拷問《ごうもん》が主眼になるわけで、つまり、凌辱の対象に素直に従順になられては、小説を書く上で困るのである。人間の尊厳を守るために徹底して抗戦し、遂に敗れるという筋立てでないと私のSM小説は成功しない。これはつきつめれば人間の本能に息づいているものではないかと思う。こうした性的感情はある程度人間の細胞に因子《いんし》として組み込まれているのではないかと思うのだ。

気取っていうわけではないが、マルキ・ド・サドもザッヘル・マゾッホも文学の中のSMであるが、私の書いてきたものはSMの中の猥《わい》文学だろうと思う事がある。

『烈女顚末記《れつじょてんまつき》』のあらまし

私が『奇譚クラブ』にいわゆるSM小説を書き出した頃、そう、私が三十代の頃だったが、仙台《せんだい》に住む中原《なかはら》という人から小さな包みと一通の手紙が送られてきた。手紙には『奇譚クラブ』に掲載された私の小説に関する感想が述べられていて、「あなたのSM小説は源八流《げんばちりゅう》ですね」と書かれてあった。源八流といわれてもこちらは何の事だかわからない。一緒に送られてきた小包を開くと、新聞紙に丁寧に包まれた薄い書物が入っていた。

開いてみると、表紙などもう虫に喰われてボロボロになり、垢《あか》じみて薄っぺらな和綴《と》じの本で、裏表紙の奥付には限定版とあり、「大正七年八月十日　自費出版す。著者　山田《やまだ》源八」となっている。

このような書物はどんな方法で印刷されたのか私にはわからないが、黄ばんだページに勘亭流《かんていりゅう》文字がぎっしりと羅列《られつ》され何とも読みづらい代物《しろもの》であった。

虫メガネと鉛筆を持ってそのくねくねした文字を仔細《しさい》に調べていくと、案の定、それは春本《しゅんぽん》であった。山田源八という人物の正体はわからないが、この春本の定価を当時の米一升《いっしょう》の価格と同じ五十銭にしている。自分で書いた猥本《わいほん》をそんな高値にするなど相当度胸の据《す》わった人間であったようだ。

ところで、この『烈女顚末記』というのは天保《てんぽう》時代にあった実際の仇討《あだう》ちを素材にしてそれを春本化したものである。しかし、このような事件が実際に江戸時代にはあったのだと思うと私は非常に興味をそそられた。

播磨《はりま》国姫路《ひめじ》・十五万石の譜代大名の家臣・山根卯兵衛《やまねうへえ》が朋輩の権三郎《ごんざぶろう》に殺害され、この仇を討たんとして、未だ十七歳の弟の菊次郎《きくじろう》とその義姉である二十四歳の浪路《なみじ》が旅に出るというところがこの物語の発端になっている。

いくら江戸時代の昔だからといっても仇討ちという穏やかでない行為がそう簡単に出来るものではなく、この珍本の中でもその仇討ちのややっこしい手続きが細かく書き記されているのだった。

私が興味をそそられたのはその山根卯兵衛という武士を斬って逃げた塚口《つかぐち》権三郎という卑怯《ひきょう》者が何となく私にどこか似ているような気がしたからである。ああいう卑怯者ならなってみたいという気分にもなった。

この猥本は文体が古臭くて、冒頭も、

——非文の利は久しからず、天に奪はれる愁《うれ》ひあり、されどこの世の中には——

と、非道な事は長続きしないが、この世の中には天罰も受けず平然として生き長らえる事に成功している悪党がいるもので、といった調子で、卑怯侍・権三郎の事から書き出している。

これを読み終えた時、私は妙に性的に昂奮《こうふん》した事を覚えている。今にして思えばこの『烈女顛末記』は、SM小説の書き方すらろくに知らなかった私に、人間の嗜虐性とは何かを教えてくれた猥本であった。当時、まだ小学校時代の夢路先生に未練をくすぶらせていた私は幻想的な妄想をもとに、『烈女顛末記』のヒロイン浪路を夢路に変えて、その古文を現代文に書き替えてみた。何でそんな面倒な事をしたかというと、その頃はまだ若かった故《ゆえ》か、私好みのオナニー用猥本が欲しかったからである。私はこの猥本に登場する権三郎という卑怯侍をもっと私に似せて書き改めた。

今回、時代劇で情痴ものを書くと編集部と約束していたが、とても私にそんなものは書けないが、ああいう奇妙な猥本ならどうか、と、昔、ただ自分の愉《たの》しみのためだけに現代語訳したものを思い出しながら書いてみる次第である。昂奮した記憶だけで書くので、原本の『烈女顛末記』と異なる部分があるかも知れない、と、お断りしておく。

用心棒《ようじんぼう》稼業

——塚口権三郎は下総《しもうさ》の小沼《おぬま》一家の貸元《かしもと》、小沼の佐助《さすけ》の用心棒になってもう二年になる。

人を斬って逐電《ちくでん》した侍のたどる道は大抵、田舎やくざの用心棒ぐらいなものだが、権三郎は小沼一家の用心棒になってから何か人間の生き甲斐というものを感じ出していた。

生来怠惰《たいだ》で無気力に出来ている権三郎にとって、田舎やくざの用心棒という職業が性に合っていたのかも知れない。それに月三両という手当ては、米飢饉《ききん》が続出し農村が全く疲弊《ひへい》した昨今、多額過ぎる報酬であったし、酒は自由に鱈腹《たらふく》飲める。用心棒一匹ぐらいの飲み屋のつけは、小沼一家の方で、祭礼の賭場が立った日にまとめて支払ってくれるのだ。

第一、何よりも有難いことには、佐助親分は身内総勢が相手と河原をはさんで斬り合うというような派手な喧嘩はしなかった。

月に三両は用心棒の俸給としては有難すぎるが、しかし、年がら年中大喧嘩があって命のやりとりをしなくちゃならないとすると引き合わない。あまり喧嘩が多いようならば権三郎はどこか平和なやくざ一家を探して何時《いつ》でも鞍替《くらが》えする気でいた。

親分の佐助がとにかく変わっている。

やくざの貸元でありながら実に慎重派で、何事も石橋をたたいて渡るような用心深いところがあり、どうしても喧嘩しなくてはならない時は策略を用いるのである。

縄張りのもつれなどから一触即発の危機を帯び始めると相手方へ刺客を送り込む。この刺客は敵方へ雨合羽《あまがっぱ》に三度笠の渡り鳥のいでたちで堂々と玄関口におもむき、手前、生国《しょうごく》と発しますは——と一宿一飯《いっしゅくいっぱん》の恩義にあずかり、その夜、親分の寝床へ忍者のように忍び込んで刺し殺してしまうのだ。実にずるいやり方で、一宿一飯の義理を仇《あだ》にして相手の親分を暗殺するなどこんな卑怯なやり方は渡世人の風上にもおけぬと、佐助は近郷近在の親分衆らの鼻つまみであった。

しかし権三郎は佐助のそのずるさと卑怯さが気に入った。この男、もし戦国時代に生れていれば戦わずして勝つというその策略のうまさでひとかどの大名になれたかも知れぬと思うのだ。

また、卑怯さにおいては権三郎は佐助と相通じるところがある。だから、この親分とはうまが合ったのかも知れないと権三郎は思うのだった。権三郎が姫路で人を斬ったというのも騙《だま》し討《う》ちであった。

権三郎は城下町の道場へ通っていた。

道場には夢路という一人娘がいたがこれが絶世といえる程の美女で、門弟の大半はこの娘目当てに通っているようなものである。この夢路は自分でも剣客の妻になると感じていて、そのためには女ながらも武芸を身につけねばと、乙女の頃から父の指導で稽古に励み、最近では門弟と立ち合っても決してひけをとらぬくらいの無双流の使い手になっていた。あれだけの美貌の女剣客が婿《むこ》養子を取らねばならない。父親の直《なお》左衛門《ざえもん》の一存で、試合に勝った者に娘を与え、道場の跡目を引継がせるという事になるかも知れぬ、と、若い門弟達はそんなお伽話《とぎばなし》みたいな夢を描いて、その日に備え、腕を磨いている。ところが、夢路は権三郎よりもずっと後輩の卯兵衛という門弟と恋仲に陥った。

権三郎は嫉妬して、卯兵衛が病気で道場を休んだ時、折り入って話がござる、と、夢路を道場の裏庭へ呼び出し、卯兵衛は色町に色女を持っている、とか、悪い病気を持っているかも知れぬから気をつけられよ、とか散々、卯兵衛の悪口をいい、自分は道場のためとあなたのためを思っていいたくもない事をいっているのだと、何とかして自分を夢路に印象づけようとして懸命になり、眼に涙まで浮かべるのだったが、夢路は二重瞼《ふたえまぶた》の美しい瞳にキラリと侮蔑《ぶべつ》の色を浮かべて権三郎を冷ややかに見たのである。

「武士が人の悪口をいうのは、はしたないと思います。御自分をお下げになるようなものだと存じます」

権三郎は、夢路の彫りの深い端正な容貌とその美しい瞳に射すくめられ、身動きも出来なかった。

間もなく夢路は卯兵衛と夫婦になり、江藤《えとう》直左衛門の道場は卯兵衛が後継者として引継ぐ事になった。

権三郎は恰好《かっこう》がつかず、道場を飛び出したが、何か腹の虫が治まらない。夢路のような美貌と教養を持つ女がどうして卯兵衛のような田舎出の融通《ゆうずう》のきかない男に惚れたのか癪《しゃく》にさわるのだ。

権三郎は夢路をいわゆる永遠の恋人として見ていた。ただ、夢路がそこに生きている、という感じだけで幸せだったのである。

月に何度か権三郎はこっそり色町通いをしていたが女郎を抱く時も夢路を妄想し、夢路のあの気品のある艶《あで》やかな肌を抱き締めたようにいちずになって貪《むさぼ》りつき、女郎に悲鳴を上げさせた。

江藤の道場をやめてから権三郎は魂の抜けた人間のようにブラブラし、遊び人仲間に加わって博打《ばくち》なども覚えたが、一年程たったある夜、馴染みの居酒屋に行くと江藤道場の門人達が来合わせていた。彼等は、卯兵衛の妻となってからの夢路の美しさは一段と磨きがかかり、一層、女らしくなったという事を話し合っていた。

そんな話を聞かされると権三郎は胸がチクチク痛む。あの美女を卯兵衛が毎夜、思いのままにしていると思うと、権三郎はたまらない気持になるのだった。

門弟達の話も、結局、あの男、うまくやりおって、という卯兵衛に対する羨望《せんぼう》であった。

「おい、貴様達」

と、権三郎はかなり酩酊《めいてい》してきて、江藤の門人達を睨《にら》んだ。

江藤の道場から身を引いた男だが、権三郎に対して門人達も先輩として一応敬意を示している。

「夢路どのと俺は肉のつながりが出来ておるんだ。貴様達はそれを知っておるか」

権三郎は嫉妬のため自棄《やけ》になり、とんでもない事をいい出したのである。

門人達は、えっ、と顔色を失った。

「ハハハ、どうだ、驚いたか。俺が江藤の道場をやめたのは卯兵衛に夢路を譲るためだ」

「そ、それは誠か」

若い江藤道場の門人達は互いに顔を見合わせた。

「武士とは辛《つら》いものよ」

などと権三郎は門人達の一人に注がれた酒を飲んでいい、自分は師匠の江藤直左衛門の含みで夢路と手を切り、彼女を卯兵衛に譲って、江藤道場の実権を卯兵衛に与えたのだと吹聴《ふいちょう》した。

でたらめにしては少し悪質過ぎると自分でも思うのだが、もうあとへは引けない。酒の勢いもあって、話は段々きわどくなってくる。

「だが、あれほど綺麗な体をした女は一寸《ちょっと》珍しいな、全身がまるで雪のような白さだ。それにあの絹餅のような柔らかい乳房――」

門人達は眼をギラギラさせ、唾《つば》を呑み込んで権三郎のでたらめ話を聞いている。

「それに腹部《ねば》といい、腰つきといい実に滑《なめ》らかだ。太腿は実にしなやかで、その上、なかなか粘りがある。特にあそこの毛は多からず、少なからず、烏の濡れ羽色とでもいうか実にいい毛艶をしていて――」

門人の一人は酒樽の床几《しょうぎ》よりドシンと床に滑り落ちた。

「さ、早く後を続けて下さい、先輩」

と、別の一人は調理場の方から新しい酒を取り寄せて権三郎の杯へと注いだ。

「夢路どののあの時の薄紙を慄《ふる》わせるような何ともいえぬすすり泣きは未だに俺の耳に残っているよ。甘く鼻にかかった声で、ああ、切のうございます、と申しおった」

権三郎は女の声音まで模写して巧みな猥談を若い門人達に聞かせ続けた。

たしかにこれは酒席での座興《ざきよう》としては悪辣《あくらつ》であった。

卑猥な話をしこたま聞かされ、フラフラになって引揚げて行く江藤道場の門弟達を見て権三郎は北叟笑《ほくそえ》んだ。夢路を冒瀆《ぼうとく》してやったという事で少しは溜飲《りゆういん》が下がった思いになった――。

それから三日後、船宿の二階に茶屋女を引き込み、昼間から情痴に浸っていた権三郎のところへ江藤道場の下働きの男が卯兵衛の書状を届けに来た。果《はた》し状であった。

あの夜の江藤の門弟達が権三郎の猥談を卯兵衛に告げたのだろうか、それとも門人達の陰口を聞いて逆上したのだろうか。

武士の面目にかけても云々――という文面を読みながら権三郎の顔は強張った。

ねえ、どうしたのさ、とからみついてくる茶屋女を片手でいなしながら権三郎は、今宵《こよい》六つ、蓮台寺《れんだいじ》裏へお越しありたし、というところを実に情け無い顔をして読むのである。

こんな馬鹿げた事で命のやり取りが出来るか——権三郎は舌打ちした。

しかし、あの夜、居酒屋で門弟達にいった事は酒の上の冗談だと謝りに行く気にもなれない。ひがみ根性から事実無根のいいふらしをしたと世間は俺を笑うだろう。

権三郎はふと身体を起こすと茶屋女を突き飛ばすようにして表へ飛び出した。

果し合いの約束の刻限より二刻も早く蓮台寺裏へ出かけた権三郎は担いできた鍬《くわ》でせっせと土を掘り始めた。落とし穴を作ろうというのである。

権三郎は遊蕩《ゆうとう》生活に馴れて腕の方は完全に鈍《なま》っている。江藤道場の主《あるじ》となって貫禄《かんろく》もつき、腕も上っている卯兵衛とまともに戦って勝てる筈はないと思った。

卑怯な方法を用いてもとにかく勝たねばならぬ。

「今に見ておれ、思い知らしてくれる」

権三郎は恋の恨みを今こそ晴らす時だと血走った眼つきになり、力一杯土を掘り起こした。

ポッカリ開いた穴に筵《むしろ》をかぶせ、その上へ土を振り落として平地に見せかけ、権三郎は卯兵衛のやって来るのを待った。

寸時の後、卯兵衛は一人で現れた。

卯兵衛は権三郎と本気で果し合いをする気ではなかったらしい。

「詫びる必要はない」

権三郎は落とし穴を背中にし、卯兵衛と対峙《たいじ》しながら卯兵衛を怒らせる作戦に出た。

「貴様の女房と俺が、以前出来合っていた事ぐらいでそうムキになるな卯兵衛」

といって権三郎はわざと哄笑した。

「おのれ、根も葉もない事を——抜けっ」

ついに卯兵衛は怒りに身体を慄わせキラリと太刀を引き抜いた。権三郎も抜刀しながら、更に揶揄《やゆ》する。

「夢路どのの柔肌のあの甘い匂いはまだ俺の鼻先にただよって困る」

卯兵衛はくそっ、と逆上し、土を蹴って跳びかかった途端に片足が落とし穴にすべり込み、激しい勢いで転倒する。

「間抜けめっ」

権三郎は反射的に跳躍して卯兵衛の脳天に太刀を振り降ろした。砂袋を斬ったように卯兵衛の頭蓋《ずがい》は炸裂《さくれつ》し、脳髄《のうずい》が四散する。

「それで剣術指南がよく勤まるわ。馬鹿者っ」

権三郎は血反吐《ちへど》を吐き、断末魔の痙攣《けいれん》を見せている卯兵衛を恋の恨みを込めて狂ったように滅多《めった》斬りする。

——その足で権三郎は姫路から逃亡した。

凍りつく悪夢

小沼一家の用心棒になってからも権三郎は時々、あの蓮台寺裏の一件を夢に見てうなされる時がある。

どうしてあんな事になってしまったのか、汗びっしょりになって眼覚めてから権三郎は悶々《もんもん》とするのだ。

それから数日後、退廃的な田舎暮らしを送っている権三郎に孤独を慰める友人が出来た。小沼一家に用心棒を志願してきた和田信吾《わだしんご》という男で最初、信吾と再会した時は権三郎は滑稽《こっけい》なくらいの狼狽《ろうばい》ぶりを見せた。

権三郎が玄関脇の溜り場で昼飯をかき込んでいた時、親分との面接を終えた信吾が飯を喰うため、溜り場の障子を開けたのである。その浪人者の顔を見た途端、権三郎はアッと声を上げ、次に飯が喉につかえて激しく咳込《せきこ》んだ。江藤の道場にいた和田信吾ではないか。江藤道場の仇として自分を討ちに来た――とっさにそう感じた権三郎は、

「お前は権三郎じゃないか、こんな所で逢おうとは」

と、大きく目を開き、懐かしそうに近寄って来た信吾の顔に向けて、椀の飯を力一杯投げつけ、上り框《がまち》から飛び下がると、草履《ぞうり》をつかんで突っ走ろうとした。

「待て、何を貴様、あわてておる」

信吾は大口を開けて笑った。

「心配するな。俺も事情があって、姫路から逐電して来た男だ。卯兵衛どのの仇を討ちに来たのではない」

権三郎は信じられぬといった顔つきで土間に突っ立っている。

そのきょとんとした権三郎の顔を見て、信吾はまた声を立てて笑った。

「貴様を討ったところで俺は一文にもならんのだ、俺は銭にならん事はせんぞ」

そういえば、この信吾も、籍だけは道場においていたが、ろくに稽古はせず、遊び人達の間に混じって博打ばかりしていた自堕落《じだらく》な男であった事を権三郎は思い出し

た。

何のために江藤道場に入ったかわけがわからぬ程、やる気のない男で、師の江藤直左衛門からも勿論見放されていたのだった。直左衛門は、一日も早くこの男に破門を申しつけようとしていたようだが、何しろ、滅多に道場へ顔を出さぬので申しつける機会がなかったらしい。

信吾が故郷から飛び出したのは借金で首が廻らなくなったからだという。

「故郷を出てもう三ヶ月になる」

「俺は丸二年だ」

権三郎は、信吾が自分に敵意のない事がはっきりわかると、二年間の凍りついたような孤独感から救い出された気持になり、さも懐かしげに旧友の傍《そば》へ近寄るのだった。

「俺はてっきり、貴様は俺の首をとるために来たと思った」

「馬鹿いうな。貴様と俺とは、同じ師匠に嫌われた仲ではないか。いわば親友だ」

おかしな親友もあるものだと権三郎は久しぶりで笑った。

それからの信吾は、権三郎が卯兵衛を斬殺してからの故郷の事情を話し出した。

「いや、色々と郷里の様子も変わったよ」

卯兵衛が亡くなってからその門弟達はほとんど無念流《むねんりゅう》の流れをくむ岡野宗左衛門《おかのそうざえもん》の道場へ鞍替えしてしまい、道場主の無念を晴らすべく仇討ちに出ようという殊勝《しゅしょう》な心掛けの門弟は一人もいないと聞かされてみると、権三郎は拍子抜けしたような気分になってしまった。

江藤道場の門人達が師の仇を討つため、今日来るか、明日来るかと権三郎はこれまで枕を高くして寝た夜はなかった。二年間、戦々兢々《せんせんきょうきょう》として過ごしてきたのである。

「それではあまりに不甲斐ないのではないか。道場主を討たれたまま泣き寝入りするとは」

信吾をてっきり討手だと思って、草履を摑んで土間を突っ走ろうとしたのに、俺は、討手が来ればいさぎよく勝負して斬死してやる胆《はら》でいたなどと、酒をあおりながら残念そうないい方をするのである。

「世の中がおかしくなってきたんだ」

と信吾は徳利に口を当てて飲み、フーッと息をついていった。

どこにいるかもわからぬ仇を求めて旅に出るなど、まるで自分の一生を棒に振るような馬鹿な真似をする門弟は近ごろ少なくなったと、信吾はぼやくようにいうのだった。

「だが、安心するのは早いぞ。貴様を討つため、二人の者が今年の初め、国元を出発したからな。もうそろそろここらあたりに到着する筈だ」

それを聞いた途端、権三郎はびっくりして、口に含んだ酒をぷっと吐き出した。どうしてそれを早くいわないか、といった恨めしい顔を信吾に向けて、

「そ、それは、本当か」

お前を討ち取りに来るのは卯兵衛の弟、菊之助《きくのすけ》と卯兵衛の妻、いわずと知れた夢路どのだ、と信吾に聞かされて権三郎の眼はつり上った。

兄の仇を討つというので仇討ちの許可を得られたと思われるのだが、何しろ弟の菊之助はまだ前髪の似合う十七歳、それで助太刀《すけだち》として討たれた卯兵衛の妻、夢路が菊之助に付き添って仇討ちのため故郷を出たというのである。

夢路は剣客の江藤直左衛門の娘で、女ながらも江藤道場の師範代《しはんだい》にもなっている烈女である。無双流の使い手の凄《すご》い美人がいると近郷近在に知れ渡っている。また、菊之助も水もしたたるいい若衆として近郷の娘達に騒がれている程の美形だ。

「お前は人妻の夢路どのに邪悪《じやあく》な横恋慕をして近郷でも笑い者になっていた男だから、このような美形二人につけ狙われるという事は果報だと思え。いさぎよく、この

際、二人に討たれてやってはどうだ」

信吾は、腹を抱えて笑い出す。

「ば、馬鹿いえ」

権三郎は死ぬのが恐ろしかった。討たれるなど真っ平だ、と思うのだ。これという人生の楽しさも知らず、三十になるやならずの若さで殺されてたまるか。

しかし、やくざの科白《せりふ》ではないが房州と申しても広うござんす、というのにその二人がもうすぐこの土地へ到着するというのはどういう事か、と権三郎は信吾に不思議そうな顔を見せた。

「ああ、それか。俺が夢路どのにひょっとすれば権三郎の奴、房州、佃川《つくだがわ》の小沼一家に潜伏《せんぷく》しているかも知れぬと教えた」

何じゃと、権三郎は一層、不可解な顔をしたが、信吾によれば、故郷を発《た》つ前にたまたま旧知の小沼の佐助に、「用心棒一人、お召抱え下されまじや」との手紙を出し、佐助からきた承知の返事の中に、うちにはあんたと同じ江藤道場をくずれて来たという浪人者がおります、いいお仲間になると思います、という旨が書いてあったというのだ。

呆然《ぼうぜん》とした顔をする権三郎を信吾は見ていった。

「その知らせを持って夢路どのとお逢いしたのだが、人妻となられて一段と美しさが冴えわたった夢路どのは夫に死なれて、いや、お前に殺されて美貌に翳《かげ》りのある深みが増してきたようだ。ますます美しさに円熟味が増してきた感じだな」

小沼の佐助からきた手紙を見せられた夢路はうすら冷たい象牙《ぞうげ》色の頰《ほほ》を硬化させて、おのれ、権三郎、と唇をかみしめ、夢路の切れ長の潤《うる》んだような瞳に冷酷な色が一瞬よぎったという。

お前に対する敵意を現した時の夢路どのの眼は燐光《りんこう》のような光を帯びてぞっとする程の美しさだった、と、信吾はその時の夢路の顔色を思い出したのか、恍惚《こうこつ》とした表情になっていうのだった。

「こ、小癪《こしやく》な。女、子供にこの俺が討てると思うのか」

と、権三郎は舌打ちしていった。

しかし、自分が夫の卯兵衛を騙し討ちにしてまで惚れ切った夢路が夫の仇である自分を追ってこの土地にまで足をのばしてきたと思うと、恐ろしいようで懐かしいような甘酸《あまず》っぱさがくすぐったく胸に迫ってくる。

――この『烈女顚末記』の中に信吾という小悪党が登場する事によってこの珍妙な猥本はふと面白くなってくる。権三郎と同じく信吾も卑怯者に徹する侍で、それが権三郎の部下となって働くわけだが、この信吾の働きを見ていると私の小学校四年の時、私と一緒にいじめ役をやっていた悪友の一人を思い出した。

やがて、夢路と菊之助は卑怯侍、塚口権三郎の策略によって小沼一家に囚《とら》われの身となる。街中へ探索に出た菊之助が小沼一家の乾分《こぶん》達にふとした事から喧嘩を売られ、小沼の家へ拉致《らち》される事になるのだ。

それとは知らず、夢路の方も旅籠《はたご》、立花屋《たちばなや》へ宿泊中のところを信吾の指揮する小沼一家の乾分達に襲撃される事になるのだ。夢路を小沼一家の息がかかった旅籠へ案内したのも、ぜひ自分も助太刀の一人にお加え下さりたく、と夢路に接近していった信吾の策略であって、信吾は夢路からの果し状を権三郎にとどけるという役も受持っている。旅籠、立花屋の女将は権三郎とはすでに昵懇《じっこん》の間柄であったが、そんな事、夢路には夢にも知り得る筈はない。

この『烈女顚末記』の緊縛悦虐シーンに至るまでのプロセスは大体、こんな調子であって、徐々にオールドファン好みの悦虐倒錯シーンが展開する事になるのである。

峻烈《しゆんれつ》なる夢路剣稽古

『烈女顛末記』の冒頭は卑怯侍、塚口権三郎が雇主の親分、下総の小沼の佐助に助っ人を依頼する事から始まっている。

佐助の居間へ和田信吾と入った権三郎は、親分、相談したい事がござる、といって手勢を借り受けたい事を切り出した。

自分は二年前に故郷において人を斬り、その妻と弟に仇としてつけ狙われている事を初めて雇主の親分、佐助に告白したのだ。

こういうところの用心棒を志願するような浪人者の過去はろくなものではない事はわかっていたから佐助は別段、驚かなかったが、用心棒が逆に自分の用心棒をしてほしいと雇主の方に頼んできたのだから佐助は驚いた。しかも、権三郎を仇として追って来たのが二十四、五歳の人妻ともう一人は十七歳のまだ前髪の若衆というのだから佐助、呆れたような表情になって、

「そんなのにうちの乾分衆を貸し出せというのは世間にみっともないと思いませんか」

といった。

女一人に子供一人、先生がまともに戦って勝てねえ相手じゃねえでしょう、と、佐助は笑い出したが、

「左《さ》にあらず」

と、権三郎と信吾は顔を見合わせながら首を振った。

女は姫路の元江藤道場の主の無双流の免許皆伝を持つ烈女で、権三郎の腕では到底、及ばない、と、信吾はいった。

その女の夫、卯兵衛を権三郎は斬って、故郷から逐電したのであるが、卯兵衛を斬ったのも卑劣な手段で騙し討ちにしたのであり、だから、その妻女である夢路も悪辣な手段で騙し討ちにしたいという信吾の理屈である。

はあ？　と佐助は口をポカンと開け、この二人の卑怯侍のいい分を聞いた。

佐助の女房も加わって酒の席になってくると佐助もようやく引き受ける気になった。

佐助の女房は亭主の稼業とは別に利根川《とねがわ》沿いの宿場で女郎屋・金竜《きんりゅう》を経営している。

ここまでおめおめ出て来た夢路を討ち果たす事はない。引っ捕まえて磨きにかけ、

女郎屋・金竜で働かせる事だって出来る筈だ、という信吾の話に佐助が乗ってきたのだ。

大乗り気になったのは佐助の女房、お紋《もん》である。

夢路という女は比類なき美貌の持主、という権三郎の言葉を聞いたお紋は、

「そんないい女をむざむざ返り討ちで殺してしまう事ないじゃないか」

と、わめくようにいった。

「武家出の女を一人ぐらい、うちも抱えてみたかったんだよ。田舎女郎ばかり見飽きている近郷近在の親分達を一度、びっくりさせてやろうよ」

お前さん、権三郎さんの仕事に手を貸してやっとくれ、と、お紋に腿をつねられた佐助は、

「馬鹿野郎、由緒《ゆいしょ》のある武家女を女郎に落とすって事は至難の業だ」

といって笑ったが権三郎はつけこんだ。

「いや、そういう事に関しては我等、剣術より自信がござる」

それでは、という事で、作戦会議が開かれた。

『烈女顚末記』には夢路、菊之助、そして、この仇討ちに二人の姉弟と同行してきた江藤道場の奉公人、銀八《ぎんぱち》が下総・清滝《きよたき》村の旅籠、立花屋に投宿している様子が描かれ

ている。

とりわけ、宿の主人の傳兵衛《でんべえ》が夢路の高貴で優雅な翳りをにじませた端正な美貌を眼にした時の驚きが、この世のものとは思われぬ絶世の気品であったといささか誇張に過ぎるくらい描写されていた。

ただし、夢路の美貌は容易に人を近づけさせない冷たい威厳《いげん》のようなものを感じさせると描いている。

この江藤家から仇討ちの手伝い人として連れて来ている小者の銀八という男は四十歳の中年男だが、もう二十年も江藤家で働いてきた人間というから相当に忠義な奉公人と見られそうだが、結局、この小者、銀八は主人を裏切る事になるのである。

その日も銀八は小沼一家に潜伏している権三郎の様子を探りに行き、立花屋へ戻ってくると、中庭で夢路が菊之助に剣術の稽古をつけているところであった。

それを旅籠の主人傳兵衛が女房のお菊《きく》、それに女中達数人と一緒に芝居でも見るように遠巻きに取り囲んでいる。

美女と美少年が共に凜々《りり》しく白鉢巻《はちまき》白襷《だすき》をかけて庭に出てくると女中達は溜息をフーっとついた。何か歌舞伎の一場面が現れたような美しい光景に思われたからだ。

とりわけ女中達にとっては菊之助の水もしたたる若衆ぶりが胸をうずかせるのだろ

う。錦絵《にしきえ》から抜け出たような美少年を見て女中達は吐息ともつかぬものを洩《も》らし合っているのである。

若衆ぶりといっても菊之助が薄紅梅のあでやかな小袖《こそで》を着ているというのではない。仇討ちが目的で旅を重ねて来た菊之助だからそれなりのいでたちで身にしているものは質素《しっそ》であった。

浅黄無地《あさぎむじ》に梅を染め出した麻の筒袖に紺の切袴《きりばかま》をはいているだけだが、とにかく美形の若衆である事には違いない。

そんな菊之助が木剣をかまえて師匠である夢路と真剣な眼差しで庭の中央に対峙しているのだ。

夢路は短い木刀を構えている。気高いばかりに端正な容貌を冷たく引き緊めて夢路は菊之助と間合いを取り合い、木刀を斜めに構えているのだ。

夢路の稽古はかなり厳しいもので、濡縁《ぬれえん》に坐《すわ》って見物している傳兵衛夫婦も舌を巻くのである。

この清滝で旅籠を始めてかなりになるが、夢路のような臈《ろう》たけて美しい武家の妻が投宿したのは初めてで、また女武芸者というものを眼にしたのも傳兵衛夫婦は初めてであった。

「下がってはなりませぬ」

夢路が一歩足を進めると菊之助は忽《たちま》ち殺気を感じて二歩、三歩と後退し、もう荒々しく息を乱している。

「それでは隙《すき》だらけではありませぬか。眼を見るのです。相手の眼から眼をそらせてはなりませぬ」

夢路にそう叱咤《しった》されても菊之助は、夢路の燐光のように妖しく光る殺気を含んだ黒い瞳を見ると全身が痺《しび》れ切り顔からは冷たい汗がグダグダと流れ落ちるのだ。

「そんな未熟な腕前で仇討ちが出来ると思っているのですか」

と、夢路はジリジリと後退《あとじさ》りしていく菊之助に向かってまた鋭い声で叱咤する。そんな逃げ腰では犬一匹、斬れないではありませんかと、夢路は辛辣《しんらつ》な言葉を菊之助にあびせかけるのだ。

菊之助は歯を喰いしばった表情になって木剣を構え直した。

そして、夢路の研ぎ澄まされたような切れ長の眼を必死になって見返した。そして、ふと、兄の卯兵衛がこの姉にいった言葉を思い出した。

お前の美しさというものは血の通っていない美しさだな、といった兄の言葉はたしかにその通りだな、と菊之助は感じるのである。

姉が笑うという事は滅多にない。少し大仰めいたいい方をするならば姉の美しさにはこの世のものとは思われぬ人形めいた冷たさが含まれていた。悪口をいうならば姉の美しさには険《けん》があり、堅さがあり、そして、悲しさ、淋《さび》しさが漂っている。

菊之助がそう感じている間にも夢路の菊之助に対する峻烈な剣の稽古が続いている。

ジリジリ押されるばかりで全くつけ込む余地のない夢路に向かって菊之助は捨鉢《すてばち》になり、半分眼をつぶって飛び跳ねながら、

「やっ」

と、打ちかかったが、菊之助の木剣は夢路の木剣で忽ち、カーンと打ち返された。

菊之助はキリキリ舞いをして足元を泳がせたが、そんな菊之助の臑《すね》を夢路の木剣は素早く掬《すく》い上げるように抉《えぐ》った。

充分に加減して打ち据えたのに違いないが、菊之助は、あっと叫んで地面にもんどり打って転がっていった。

夢路のまるで踊り舞うような剣さばきに傳兵衛は、思わず拍手して女房のお菊にたしなめられている。

「不甲斐ないではありませんか」

あっけなく地面に顚倒《てんとう》してしまった菊之助に対し、夢路はまた鋭く叱咤する。

「立ちなさいっ、立つのです」

「ハ、ハイっ」

菊之助は投げ出した木剣を拾い上げて起き上ろうとしたが、転んだ時に腰の部分を松の根にしたたかに打ちつけたらしく満足に立つ事が出来ない。

「奥様、和田信吾様がお越しになりましたが――」

銀八がふとした隙を見て夢路に声をかけた。

和田信吾はもうすでに夢路と菊之助の懐《ふところ》深く侵入していた。信吾は夢路、菊之助の姉弟の仇討ちを遂《と》げさせるための手先になり切っていたのである。この下総の小沼一家に仇の権三郎が潜伏している事を姉弟に知らせたのも、この清滝村の宿、立花屋を姉弟の宿泊先にと世話したのも信吾であった。姉弟を騙し討ちにするための策略だが、更に信吾はこの仇討ちの付人である小者の銀八まで自分の味方に引き入れようとしている。つまり、女主人を裏切らせようとしているのだ。

小沼一家の権三郎の情報を持って来たというのに夢路はちらと信吾に眼を向けただけで、

「今、剣の稽古中ですのでしばらくお待ち下さい」

と声をかけると、腰が砕けて地面に片膝をついてしまっている菊之助に向かって、

「何ですか、その無様《ぶざま》な恰好は」

早く立ちなさい、と今にも打ちかからんばかりに大きく木刀を振り上げるのだった。

遠い所から夢路の厳しい稽古ぶりを見物している和田信吾はハラハラしている。まだ前髪の美少年が哀れでならないのだ。

そして、夢路の顔に似合わぬ冷酷さに舌を巻いている。

菊之助は木剣を上段に構えた夢路に対し、地面に腰を引きずりながら必死になって木刀の切っ先を向け、荒々しい息遣いになっている。

「容赦はしませぬ」

夢路が菊之助を打ち据えようとして着物の裾前をひるがえし一歩踏み込んだ時、

「お待ち下さい」

と叫んで信吾は夢路と菊之助の間に割って入ろうとした。

「菊之助様は腰を痛めておられるのです。それなのにそのような手きびしさは酷ではございませんか」

信吾は未だ十七歳の少年に姉の稽古は厳し過ぎると抗議しているのだ。

「私の稽古が厳し過ぎるというのですか」

夢路は端正な象牙色の顔面を硬化させて信吾を睨むように見た。

「これはもう稽古などという生やさしいものではありません。間もなく私共姉弟は権三郎と果し合いをする事になるのです。わかっているのですか、菊之助」

夢路は鋭い口調で菊之助にいった。

そうなれば腰を痛めているからといって敵が手をゆるめてくれますか。果し合いというのをあなた達は何と心得ているのです、と、夢路は信吾と菊之助を交互に見ながら口惜《くや》しそうにいうのである。

「では、稽古は中断しましょう。和田様、座敷へお上り下さい」

夢路は手にした木剣を銀八に渡し、信吾をうながして座敷へ上った。

夢路は自室へ信吾を通して、権三郎の現在の状況について信吾より逐一《ちくいち》報告を受けている。

権三郎は夢路達、仇討ちの一行がこの立花屋へ投宿している事など夢にも知らず、連日、小沼一家の博徒連中と飲んだくれている事、現在の権三郎は身体がなまり切った酔っ払い侍になり果てているから何も菊之助にあのような過酷な剣の修行などさせるまでもなく、たやすく仕留《しと》める事が出来る、と信吾は笑いながら夢路にいうのだった。

菊之助も加わって信吾から敵の情勢をその場で聞くのだったが、夢路が菊之助に向かっていった。

「仇討ちの場になっても菊之助は自分から討って出てはなりませぬ。権三郎は私が斬ります。あなたの剣は自分の身を守るためのものと心得て下さい」

何故ですか、と菊之助は不服そうな顔になった。

「酔いどれ武士になっているといってもかつては江藤道場の門弟だった男、あなたの腕前では危なっかしいのです」

と、夢路がいい出したので菊之助はむくれた。

「なんの、やくざの用心棒風情におくれなどとりません」

夢路はそんな菊之助の強がりは無視したように信吾にいった。

「信吾様、菊之助は未だ十七歳、江藤道場の継承者とする約定が整いました。藩の方も納得した事です故、何としても危険な目に晒《さら》しとうはありません」

夢路はこの仇討ちの許可を藩からとるまでの苦労を信吾に話して聞かせた。

私は江戸時代の仇討ちに関してくわしい知識など持合わせていなかったから、この

『烈女顛末記』を読む事によって少し賢くなった。

自分の近親が殺《や》られたからといってすぐに殺り返しに行ったのでは単純に殺人罪を適用されてしまう事になる。この仇討ちが事前に公認されていたならば仇討ちの本懐《ほんかい》を果たしても別段、うるさい調べを受けずに無罪となるらしい。藩に届け書を差し出して許可を受け、免許状みたいなものを受け取ればそれで何時《いつ》、仇討ちの旅に出発してもかまわないわけだが、実際にはこれが中々面倒なものであったらしい。

許可される仇討ちは殺られたのが尊属《そんぞく》でなければならず地方によって多少の差はあるけれど、その尊属がまた男性でなければならない。つまり、父親、兄、それから伯《お》父《じ》や叔父《おじ》といった具合になる。そしてその仇が討てる者の資格は被害者に最も近い身内でなければならぬわけだ。父ならばその長男、兄ならばすぐ下の弟という事で、伯父や叔父になると彼等に長男や次男がいた場合、それらをさしおいて自分が仇討ちの当人になる事は不可能であるわけだ。

この『烈女顛末記』に記されてある天保年間の仇討ち秘話では兄の仇を討つのだから弟の菊之助が当然、許可を受けられるわけだが、その十七歳という年齢が問題になっている。未成年だからおいそれと許可は下りない。また、女故に仇討ちの当人となれないから菊之助の助太刀として参加を希望した妻女の夢路にも問題があった。

しかし、江藤道場の代稽古を務められる烈女である事が認められて、藩からの許可が得られたものだ。

迂闊《うかつ》に仇討ち旅に参加したりすれば自分の人生を棒に振らねばならぬ事があり、そう簡単に腰を上げる事は出来ない。かといって妻一人、子一人を仇討ちの旅に発たせるわけにもいかない。つまり、まかり間違えばそのまま別れて子とも妻は二度と逢えなくなってしまう事もあるわけだ。それに妻が仇の手にかかって返り討ちにされたり、犯されたりすれば一族は世間に対して恥をかく事になる。

こういう悲劇が生じないように人妻となった娘にはなかなか仇討ちの許可が下りない。

「わかりました、菊之助様の身に危険が迫らぬよう拙者《せっしゃ》も注意致します」

そういった信吾は、及ばぬながらこの和田信吾、以前、江藤道場に受けた御恩を返すのは今だと心得、助太刀致す所存でござる、といって豪放《ごうほう》に笑って見せるのだった。

「さて、その仇討ちの日取りですが——」

と、信吾は改まった口調で切り出した。

「三日後、この清滝村の鎮守《ちんじゅ》の森で祭礼がござる。その折、森の中の木樵《きこり》小屋で例年の事ですが小博打会が開かれる事になっております」

その寺銭《てらせん》を受け取るため、小沼一家を出た用心棒の権三郎は鎮守の森にやって来る。そこを狙おうではありませんか、と信吾はいった。

何人かのやくざ連中と行動を共にしておると思われるが、拙者が権三郎をうまくおびき出して一人にさせる。森の中の果し合いだ。今から腕が鳴るな、と、信吾は調子よくしゃべり出した。

「まあ、くわしい段取りは権三郎の様子を見て、小者の銀八に説明しておきます。夢路どの、菊之助様、本望《ほんもう》を遂げる日は近づき申した。油断されるなよ」

と、いって信吾は帰り支度にとりかかった。

「色々とお手配、有難うございました」

夢路と菊之助は信吾を旅籠の玄関先まで送って行き、深々と頭を下げるのだった。

銀八が提灯《ちょうちん》を灯して信吾を清滝村のはずれまで送って行く。

村はずれの常夜灯の傍に赤提灯、縄暖簾《なわのれん》の居酒屋を見つけた銀八は、

「一寸、寄って行きましょうや、旦那」

と、信吾の裾を引いた。

「お前、さっきから気になっていたんだが、頭の傷はどうした」

居酒屋の酒樽の上に坐ると信吾は銀八の額のミミズ腫《ば》れにはれ上った個所を指差していった。

「へえ、夢路奥様に木剣でなぐられたのですよ」

信吾は笑い出した。

「いくら気性が荒いとはいえ、下男の頭を木剣で打つなど考えられないな。どういう落度があったんだ」

「まあ、聞いて下さいよ、旦那。俺は腹が立って腹が立って一晩中、口惜し泣きをしましたよ」

運ばれてきた銚子を信吾に突きつけるようにして銀八はいった。

夢路奥様の風呂場をのぞき込み、それがばれてあとから奥様に呼び出されて折檻《せっかん》されたと銀八がいうから、信吾は腹を揺すって笑い出した。

「当たり前だ。下男に入浴図をのぞかれたとあっては夢路どのが怒るのは当然ではないか」

しかし、旦那、と、銀八は額を歪めていった。

「あと何日かたてば俺も権三郎相手に刀を振り廻して命のやり取りをしなきゃならな

い付人なんですぜ。この世の見納めに女主人の風呂の中ぐらいのぞかせたって罰が当たる筈はねえと思うんですが」

まあ、それはお前なりの理屈だ、といって信吾は笑い続け、

「しかし、わからんでもない。あの夢路どのの入浴図は俺だってのぞいてみたくなるものな」

と、いうと、銀八は我が意を得たりというような顔つきになり、

「そうでしょう、旦那、あれだけのいい女なんですからね、のぞかなきゃ損だと思いますよ」

といって昨夜ののぞき魔を演じた時の様子を信吾に語るのだった。

昨夜、敵側の内情を偵察《ていさつ》するという口実を自分で勝手に作って銀八はお紋の経営している女郎屋・金竜へ上って土地の薄汚い女郎達と遊び、深夜になって清滝村の立花屋へ帰ってくると、廊下で立花屋の女中と顔を合わせた。

「俺が今夜、こんなに酔って帰って来た事を奥様や菊之助様にはいわないでおくんなさいよ」

そういうと、女中は、あいよ、と返事をした。

「今、奥様はお風呂にお入りになっているところだから、そっと部屋に戻って寝てし

まった方がいいよ」

といってから自分の部屋へ姿を消した。

今、奥様はお風呂にお入りになっている、という女中の一言で銀八はムラムラとしたものが生じたらしい。

銀八は、一つ、しゃっくりをしてうめくようにいった。

「俺は江藤家の小者なんだからな。奥様がお風呂にお入り遊ばしているなら釜《かま》の火加減なんかも見なければならねえ。それが俺の義務というもんだ」

銀八はブツブツ独り言をいって奥庭の隅にある小さな湯殿の方へフラフラ歩き始めた。

そして、湯殿と隣接している狭い脱衣所で帯を解き始めている夢路を遠目にチラと見ると銀八は途端《とたん》にギョッとしたように立ちすくみ、腰を低め、足音を忍ばせて近づいて行った。

恍惚《こうこつ》の女身

夢路は竹の格子窓から夜空にぽっかり浮かび出た月を眺めつつ、帯揚げを解き、素朴な縞柄の木綿の着物を肩先から脱ぎ出している。

特に武芸の稽古に励む時は必ずこの質素で強靭《きようじん》な会津木綿《あいづもめん》を身にする事にしている。そして、長襦袢《ながじゆばん》も汗を吸う白の木綿、肌襦袢は晒《さらし》であった。

それらを脱衣所で一枚、一枚脱ぎ始めている夢路を、銀八は生唾《なまつば》を呑み込み少し離れた地点からのぞき見ているのだ。

下着の類を一つ一つ軽く折り畳んで脱衣籠《かご》に入れていく夢路は、艶《なま》めかしい水色地の湯文字一枚の裸身となった。

途端に銀八の頭はポーっとかすみ始める。

夢路のキメの細かい雪白の肌をはっきりと眼にして銀八は、金縛りに遭ったように身動きが出来なくなってしまったのである。

質素な衣類とは逆にその中身の美しさはまばゆいばかり、高貴な陶器のようにねっとりとした輝きを放っている。

夢路は腰をかがませて湯文字の紐を解き始めたが、脱衣所より九尺ばかり離れた石の手水鉢《ちょうず》のかげに隠れてのぞき見している銀八の全身は小刻みに慄えた。

水色地の湯文字をさっと脱ぎ落とした夢路はすぐそれを脱衣籠の奥へ隠すように入れ、竹の物掛けにかかっている手拭いを一本とってさっと全身を立ち上らせた。ほんの一瞬だが、夢路の全身裸像が手水鉢のかげに隠れている銀八の眼にはっきりと映ったのである。

上背《うわぜい》があり、均整《きんせい》がとれ、しかも、柔軟さがあって官能味を十分に匂わせた上、全身、乳白色に艶々《つやつや》と輝いている。上半身のしなやかさにくらべると下半身はさすがに武芸で鍛え抜いてあるだけあって、腰部から太腿にかけては官能美の内に弾力があり、肉がよく緊《し》まっている。そして夢路が手拭いでそこを覆うまでのほんの一瞬、銀八の眼を刺激したに過ぎないが、両腿の付根をふっくらと覆い包む漆黒《しっこく》の茂みの何という形よさ、濃くもなく、薄くもなく、妖艶さを含んだ生暖かさとでもいうか、その夢幻的なものに感じられる繊毛《せんもう》の形良さに銀八はジーンと胸の内を痺れ切らすのだった。

先程、お紋の女郎屋・金竜のなかにいた色黒の薄汚い女郎も女なら、この湯殿にいる雪白の裸弁天も女なのかと不思議な気分になる。

夢路は手拭いで前を覆った途端、くるりとこちらへ背を向けて湯殿の方へ向かって行ったが、その瞬間、銀八の眼には夢路の見事に盛り上った双臀《そうでん》がはっきりと見えた。

婀娜《あだ》っぽくて、むっと盛り上り、しかも、肉のよく緊まった双臀――その双臀の中央をぐっと縦長に削いだような割れ目が暗い翳りを内に含んで何ともそれが色っぽい。

銀八は石の手水鉢にとりすがるようにしながら夢路の肉体の美しさ、悩ましさに圧倒された気分になっている。

湯殿の内側に夢路が姿を消してからは、ザーっと風呂の湯が流れ散る音を耳にしつつ、銀八は茫然《ぼうぜん》としてしばらくその場に坐り込んでいた。

銀八は自分の股間のその部分が何時《いつ》の間にか硬化し、屹立しているのに気づいた。自分の女主人の裸身をのぞき見して、自分の肉体を痺れ切らせるなど、何とも浅ましいと思うものの生身の人間なんだからこればかりはどうしようもない。

銀八はよろけるようにして腰を上げ、庭の方から湯殿の釜を探して廻った。

庭に面した湯殿の窓に銀八が近づくと、流し場に流れている湯の音が止まり、

「誰ですっ」

と、夢路の殺気を含んだ鋭い声が聞こえてきた。

もう一度、夢路の美しい裸身を自分の眼に焼きつかせようとして湯殿の窓に身を寄せつけようとした銀八だったが、夢路の鋭い声が耳に入ると銀八はハッとして小さく身を縮みこませた。

「外にいるのは誰です」

再び、夢路の何かを警戒しているような声が聞こえると銀八は釜の傍に転がっていた火吹竹をあわてて拾い上げて、

「銀八でございます」

と、上ずった声で返事した。

「湯の加減はいかがでございますか、奥様。薪《まき》をもう少し、燃やした方がよくはございませんか」

銀八は下男が湯場へ火の加減を見に来たような調子で外から夢路に声をかけた。

外にいるのは小者の銀八であるのに気づくと夢路は安堵《あんど》したようである。

「湯加減はこれで充分です。もう薪を入れる必要はありません」

と、夢路は再び、湯の音をさせながら冷ややかにそういった。

まさか使用人の銀八が女主人の裸身をのぞき見するために湯殿に近づいてきている

とは夢路は想像もしていない。

「そうですか。もう薪はくべなくともよろしゅうございますか」

銀八は湯殿の傍にうずくまるようにして何か未練げにいうのである。

「本日は、小沼一家の内情を探り出すために利根川近くの金竜という女郎屋も見て廻りました。佐助という貸元はかなりあくどい商売に手を出しているようです」

「そうした事は、また明日、くわしく聞かせて頂きましょう。今夜はお前もお疲れの筈、部屋へ戻って休んで下さい」

「はい、わかりました」

と、銀八は答えてその場から立ち去る風を装って、そっと背伸びし、湯殿の窓から内側をのぞき込むのだった。

夢路は洗い場に肉の緊まった両腿を立膝に組み合わせるようにして坐り、身体を洗っている。豊かで形のいい二つの乳房は夢路が背筋を濡れた手拭いで洗う毎《ごと》にブルン、ブルンと揺れ動いているようだ。立膝に組んだ膝から下の陶器のような下肢にしろ、足首にしろ、女武芸者のそれとは思われぬくらいに華奢《きゃしゃ》で繊細《せんさい》であり、肩にしろ、腰の廻りにしろ、情感と優雅さを兼ね合わせたようで品位のある武士の妻といった一種の貫禄のようなものを感じさせる。

また、立膝に組み合わせた乳色の両腿の間より湯に濡れた漆黒の茂みが浮立つようにのぞき出ていて、それすら武士の妻の恥毛らしくつつましやかで品位を感じさせるものであった。

銀八は洗い場で湯を使う武士の妻の美しく冴え切った裸身を涎《よだれ》を流しそうなとろんとした顔つきでのぞき見していたが、突然、その顔に濡れた手拭いがつぶてのように飛んでバシッと当たった。

夢路が気づいたのである。

夢路は形のいい両乳房を両腕を胸の上で交錯《こうさく》させるようにしてさっと隠し、両腿を引いて一層、小さく縮ませながら、憤怒に眼をつり上げて窓から顔をのぞかせている銀八を睨みつけるのだった。

「銀八、主人の肌をのぞき見するとは何事ですっ」

夢路は口惜しげに口走り、小さく縮み込ませた裸身をガクガクと慄わせながら、

「見てはなりませぬ。あっちへお行ききっ」

と、わめくようにいった。

銀八が夢路にひどい折檻を受け、額にミミズ腫れの傷を負わされたのはその翌朝である。

銀八《ぎんぱち》の叛旗《はんき》

朝餉《あさげ》の時は、主従顔を揃える事になっているのに銀八が顔を見せないので菊之助は不審な顔つきになった。

「姉上、銀八はどうしたのでございましょう」

銀八のいない朝餉の膳を見て菊之助は夢路にたずねたが、夢路はうすら冷たい横顔を菊之助に見せたままで、

「さあ、どうしたのでしょう」

と、いっただけで、箸《はし》をとり、椀を手にしてあとは黙々としたまま朝食をとるのである。

この姉弟の朝餉の給仕をするのは立花屋の女中、お竹《たけ》だが、お竹は銀八が朝食の席に出てこられない理由を知っていた。

明け方、銀八は寝ているところを夢路にたたき起こされた形で、庭に連れ出された。それをお竹は見ていたのだ。

仇討ちも間近に迫ったので、みっちり稽古をつけてやるという理由で銀八は夢路に

引っ張り出されたわけだが、本当はそれだけではなく、

「お前の淫《みだ》らな心を剣で清めてあげます」

と、夢路は手にしていた二本の木剣のうち、長い方を銀八に投げ渡し、自分は短い木剣を斜めに構えて、間合いを取り始めたが、銀八は夢路の殺気をはらんだ切れ長の眼を見るともうそれだけでおびえ切り、地面に跪《ひざまず》いてペコペコ頭を下げるのだ。

お竹は渡り廊下の柱の陰に隠れて様子をのぞき見していたが、何故、夢路が激昂《げっこう》し、こんな時刻に銀八を庭へ引っ張り出したか、その理由がわかった。

銀八は夢路の前に這いつくばるようにして謝っているのである。

「申し訳ございません。二度と風呂場をのぞくような真似は致しません。昨晩はいささか手前、酔っておりましたし、つい、出来心で」

銀八は気持を顚倒させてそんな事をいい、再び、ペコペコ頭を下げるのだったが、

「主人の入浴をのぞき見して、酔っていたとか、出来心とか、よくもそんないいわけが出来るものです。お前の根性をたたき直します。さ、木剣をとって立ちなさいっ」

と、夢路は再び、昂《たかぶ》った声を張り上げるのだった。

普通ならいくら主人とはいえ女だてらに生意気な、よし来い、とばかりに反撥《はんぱつ》するところだが、相手は小太刀は無双流の名手で女ながらも武芸は免許皆伝の腕前だ。喧

嘩腰になったところで太刀《たち》打ち出来る相手ではない。どうか、お許し下さい、と、平謝りに謝るより仕方がないが、

「仇討ちの日に備えて稽古をつけてあげるといっているのです。さ、立ちなさい」

と、夢路は銀八を叱咤するのだった。

とんでもない女の肌をのぞき見してしまったと後悔したが、もうおそい。それにしても、こんなに気性が激しく、そして、氷のように冷淡な夢路の肉体が何故、あんなにしなやかで、なよやかで、雪白の美しい光沢に包まれていたか、ふと、銀八の脳裡《のうり》に昨晩、湯殿の中をのぞき見した時の夢路の優美な裸身がチラと浮かんだが、その幻影をぶちこわすかのようにいきなり夢路が木剣の切っ先を銀八の鼻先へ突きつけてきた。

その刹那《せつな》銀八は反射的に木刀を横に振って夢路の切っ先をはね返そうとしたが、夢路の木剣はそれを外して分銅のようにはね上り、真一文字に銀八の脳天めがけて打ち込んだ。

「あっ」と叫んだのは渡り廊下の柱のうしろに隠れて成り行きを見つめていたお竹である。

夢路が銀八の脳天を木剣でたたき割ったと一瞬、感じてお竹は悲鳴を上げたのだ

が、夢路は木剣の切っ先で銀八の額《ひたい》の皮膚を一文字に削った。

銀八の皮膚は裂けて真っ赤な血が迸《ほとばし》り出る。

「うわっ」

銀八は木刀を投げ出し、両手で額を押さえ、再び地面に坐り込んでしまった。

手加減して切っ先を軽く当てるつもりだったが、かなり銀八の額をえぐったらしく、出血がひどいので夢路も動揺する。

「大丈夫ですか、銀八」

地面にうずくまっている銀八に夢路が近づこうとすると、

「奥様、あまりにむご過ぎるではありませんか」

と、たまりかねたようにお竹が出て来た。

「奥様は冷酷です。銀八さんに少々の落度があったにせよ、木剣で額を割るなど、本当に奥様は恐ろしいお人です」

女中のお竹にそう叱咤されて夢路は返す言葉もなく、そこに立ちすくんでしまうのだった。

「思わず手元が狂ってしまいました。許してたもれ、銀八」

夢路は冷ややかな表情でそういうと、お竹に、銀八の傷の手当てを頼みます、といったけでさっと引き揚げて行くのだった。

お竹は布を裂いて銀八の額に巻き、出血を押さえた。

「私もとんだ事をしてしまいまして、奥様が御立腹なさるのも無理ございません」

銀八はお竹の手で傷の手当てをされ、恐縮しながら幾度も頭を下げるのである
――。

――だから、銀八は朝の食事にも顔を出せなかったわけだ。ひょっとすると傷が痛み出して床の中でうめいているかも知れない。

「私、一寸《ちょっと》、銀八さんの様子を見て参りますわ」

といってお竹はその場から立ち去り、続いて菊之助も、

「自分も銀八の様子を見て参ります」

といって立ち上ろうとすると、

「使用人の様子を一々うかがうなど無用です」

と、夢路は凍り付いたように冷たい横顔を見せたままでいった。そして、あとは仮面をつけたような血の通わぬそっけなさで黙々と食事を続けるのである。箸の使い方にしろ、汁の吸い方にしろ、夢路の場合は武家の妻の食事のとり方とはこのようなものか、と給仕の女中が驚く程の冷ややかさであった。

「しかし、銀八が朝の食事に顔を出さぬというのは変です。一体、どうしたというのでしょう」

菊之助が箸を置いて夢路に声をかけたが、夢路は相変わらず無言であった。不快な気分を呑み込んでいるような夢路は冷たい視線を一点に向けながら茶を飲んでいる。

縄暖簾の居酒屋の中で銀八の愚痴を聞いていた信吾は、

「そこまで夢路どのにひどい折檻をされたとなってはお前も報復手段に出るより仕方があるまい」

と、皮肉っぽい微笑を口元に浮かべた。

銀八は自分の心理を信吾に一瞬、見抜かれたようにハッとした表情になり、すぐに相好を崩して、

「いくら下男だといってもここまでコケにされちゃ裏切りたくもなりますよ」

私は江藤道場の下男として二十年、大過なく勤め上げて、この年になってこの辱《はずかし》めを受けるなど、もう我慢が出来ねえ、と、銀八は一点を睨みつけるようにして愚痴った。

「そこまでの辱めを受けてまだ奉公しようというのは馬鹿だ。反逆しなきゃ男じゃな

い」

信吾は、まあ、飲め、といって銀八の持つ茶碗に酒を注ぎ、銀八の顔を面白そうに見つめている。

「な、銀八、この世の中というものは不純に生きてこそ面白いものだ。主家を裏切るというものがどんなに快楽か、お前、想像してみろ」

あの絶世の美女、夢路どのを凌辱したいと夢の中では思った事があるだろう、と、信吾にいわれると図星を指されて銀八はうろたえた表情になった。

「そんな事が出来たら、俺、その場で死んだっていいと思った事がありました」

「別に死ななくとも、やろうと思えば出来るという事だ。権三郎とこの俺に協力して夢路どのと菊之助を裏切ればいい事だ」

信吾は銀八をいとも簡単に籠絡《ろうらく》していく。

「お前も承知していると思うが、権三郎は夢路どのに横恋慕《よこれんぼ》して、夢路どのの夫、卯兵衛を殺害し、故郷から逃げた。お前も知らなかったと思うが、俺は卯兵衛の弟の菊之助に衆道《しゅどう》の思いを寄せていた」

へえ、菊之助に衆道の思い、と意外な事を聞かされて銀八は、まじまじと信吾ののっぺりした顔を見つめた。

義姉の夢路が比類のない美女だけに義弟の菊之助も美小姓として姫路では知れ渡り、娘達の話題をさらっていたのだが、信吾が衆道、つまり、男色の対象として菊之助に思いを抱いていたとはさすがに銀八は想像もしていなかったので驚いた。

「俺は権三郎のようにあけすけに欲望をぶつけるような真似はしたくはない。恋とは秘するものよ」

しかし、事、ここに至っては秘するも隠すも無用だ。権三郎とお前は夢路を好きなように凌辱しろ。俺は菊之助を好きなように遊ばせてもらう。

そういって信吾は腹を揺すって笑い出した。

「どうだ、主家を裏切る決心がついたか、銀八」

と、いって銀八が大きくうなずくのを見てとった信吾は、

「よし、それでは作戦を立てる。俺はいうなれば軍師だ。これからは俺の指図通りに動くんだ。いいな」

といった。

堕《お》ちていく女身

その翌日、菊之助は銀八一人を供にして清滝村の鎮守の森周辺の地理を調べる目的で昼過ぎに立花屋を出た。

参謀として朝から立花屋へ姿を現した信吾の方針に従ったまでである。

「いよいよ明日が決戦の時でござる。夢路どのも菊之助どのもゆめゆめ御油断なされるな」

まず、決戦の場の地の利を調べるのが肝要《かんよう》でござる、と、清滝村の木樵《きこり》小屋の周辺を菊之助に前もって調べさせる――それが逆に権三郎側の策略だった。

「夢路どのは国元へ報告の手紙をお書きになるべきでしょう。明日、仇討ちの本懐を遂げる日が参った事など親御どのへ送られるのがこうした場合の作法でござる」

「それは気づきませんでした。早速手紙をしたためまする」

夢路が居間へ戻って手紙を書き始めると信吾は、

「それでは夢路どの、明日、六ツの刻（午前六時ごろ）にお迎えに参ります。御本懐を遂げられるよう切に祈っております」

と、一応、別れの言葉を吐いた。

「信吾様、いろいろお手数をおかけ致しました。明日、無事、本懐を遂げましたなら、改めてお礼をさせて頂きます」

夢路は重ねて信吾に礼を述べた。

「なる程、左様でございましたか。権三郎という男、全くの悪党でございますね」

夢路の部屋へ茶を持って入った立花屋の女将のお菊は、つれづれの話から夢路よりこの度は仇討ちのため、当地をたずねたのです、と真相を聞かされ、わざと大仰に驚いてみせた。

「小沼一家の用心棒、権三郎は私も存じております。でも、まさか、あの男がそんな大悪党とは夢にも存じませんでした」

「明日は姉弟揃って権三郎と立合う事になりますが、万が一、不覚をとり、返り討ちに遭うような事になりましたら、この書状を国元にお届け下さいますよう」

夢路は一通の書状をお菊に差出し、これはほんの心ばかりのお礼です、と小判を二枚それに添えた。

「いえ、そんな事までして頂いては」

と、お菊は恐縮しながら、万一の時はこのお手紙、必ずお届け致します、と、きっ

ぱりいい、

「首尾よく御本懐遂げられますよう、陰ながらお祈り致しております」

と、殊勝な事をいった。

「そうそう、すっかり長居致してしまいましたが、今、丁度、お風呂が沸いております。今日の汗を流して、明日に備えて下さいませ」

「間もなく弟達が帰って来ると思いますので」

「ま、いいではありませんか。弟様がお帰りになればすぐにお伝え致します。せっかく沸いたところですのでどうか、冷めない内に」

では、せっかくでございますから、と夢路が腰を上げたので、

「さ、どうぞ、ご案内致します」

と、お菊は先に立って、夢路を湯殿へ案内して行く。

渡り廊下を通り、湯殿の方へ向かって行く夢路を庭の灯籠《とうろう》の陰から見ていた亭主の傳兵衛は、すぐに裏の木戸を開け、待機していた小沼一家の手勢十人余りを庭へ侵入させた。

信吾が指揮を執っている。

声を立てるな、身を伏せていろ、と信吾は喧嘩支度した連中に低い声で命令し、自

分も灯籠に身を寄せて、傳兵衛と肩を触れ合わせながら湯殿の方へ眼をこらした。

お菊は庭へ廻って竹の筒で風呂の釜を吹きながら、湯気を吐く湯殿の窓に向かって声をかけている。

「お湯加減は如何《いかが》ですか」

「ええ、とてもいいお湯ですね。何だか生き返った心地が致します」

すると、お菊は灯籠の方へチラッと眼を向けた。

傳兵衛は手真似で何か合図し、それにうなずいたお菊は濡縁《ぬれえん》に上って再び湯殿の脱衣所へ入って行った。

それと同時に傳兵衛もスルスルと庭から濡縁の上へかけ上り、お菊について脱衣所の方へ入って行った。

早くしろ、と傳兵衛は血走った眼をお菊に向け、脱衣所の籠につまれてある夢路の衣類を夫婦で外へ持ち出したのである。

脱衣所の棚に置いてあった夢路の護身用の懐剣《かいけん》も奪って、廊下に出た傳兵衛とお菊は、庭の灯籠の陰に身を潜めている信吾に合図した。

それ、と信吾は顎でやくざ達に命令し、足音を忍ばせて、夢路の入っている湯殿を一重《ひとえ》二重《ふたえ》と包囲した。

信吾はそっと湯殿の窓から中をのぞいた。

夢路はこちらへ背を向け、立膝になり、身体を洗っている。その乳色の艶麗《えんれい》な肌と柔媚《にゅうび》で悩ましい身体の曲線を眼にした信吾は、胸を高鳴らせた。

妖しいばかりの艶とねばりのある熟《う》れ切った夢路の柔肌は信吾の眼に痛いくらいに沁み入るのだ。

まだ、三十にはなるまい。二十七か、八というところか、信吾が痺れた気分になって窓からのぞき込み、銀八がのぞき見したがるのも当然のように思うのである。

「誰ですっ」

と、夢路の鋭い声がし、信吾は一緒にのぞき見していたやくざの頭を押さえてハッと身を低めた。

表に人の気配を感じた夢路は、手拭いで前を押さえてさっと立上る。

湯殿の窓から表に眼を向けた夢路は、支度したやくざ達がいつの間にか周囲をすっかり包囲しているのに気づいて顔色を変えた。

小沼一家のやくざ達であるのを知った夢路は湯殿の窓を閉めると、流し場より脱衣所へ走り出したが、途端にあっと声が出る。

脱衣籠がなくなっているではないか。棚の上に置いた護身用の懐剣もいつの間にか消え失せている。

夢路は血の気を失って狼狽した。

謀《はか》られた、と思った途端、夢路の切れ長の美しい眼に憤怒《ふんぬ》の色が滲《にじ》み出る。

「夢路どの、お湯の加減は如何でござる」

と、哄笑しながら外より声をかけてきたのは信吾であった。

「無双流の達人も羽衣を奪われては派手に立廻れまい」

その言葉に夢路の全身は憤怒と口惜しさで慄えた。

「信吾、そ、それではあなたは——」

「左様、拙者《せっしゃ》は権三郎の無二の親友だ。あいつが尋常に戦って夢路どのに勝てるわけがないからな。策略を用いる事にしたまでよ。さ、こうなればおとなしく縄につかれよ」

「卑、卑怯な。湯殿から衣類まで奪って女を騙し討ちにするとは。そ、それでも、あなたは武士ですか」

夢路は口惜しさに歯がみして吐き出すようにいったが、

「権三郎も拙者も武士はとうの昔に廃業しておるよ」

と信吾の声がはね返ってきた。

「さ、お前達、湯殿の女を搦《から》めとれ」

信吾の声と一緒にやくざ数人が湯殿の中へ乱入してきた。

ハッとして夢路は立上ると手拭いで前を覆いながら流し場の桶《おけ》を突入してきたやくざに向かって投げつけた。

こんな所で、しかも、仇討ちの本懐を遂げようという直前に——そう思うと夢路は憤辱《ふんじょく》の思いで血を頭へ上らせ、一糸《いっし》まとわぬ素っ裸の羞《は》ずかしさも忘れて髪より簪《かんざし》を引き抜き、乱入してきたやくざ相手に暴れまくった。

手拭いで前を覆う間もなく、片手で簪を振り廻して流し場より廊下へ躍り出た夢路は竹槍など構えて遠巻きに取囲み、ニヤニヤ笑っているやくざ達を柳眉《りゅうび》を吊り上げて睨みつけている。

「ハハハ、夢路どの、そのように素っ裸で簪一本でどれだけ戦えるというのだ。このような事になれば女子《おなご》とは辛いものだな」

信吾は夢路のねっとり脂肪を乗せた優美な裸身を楽しそうに眺めながら、そういってからかい、露《あらわ》になっている美しい胸の隆起を眼を細めて見つめ、それに吸い寄せられるようにフラフラと近づいて行く。

「さ、夢路どの、往生際が大切ですぞ。おとなしく縄を受けるのだ」

やくざの一人に手渡された麻縄《あさなわ》をしごきながら前に寄った時、妖しいばかりに成熟した夢路の裸身は飛鳥のように飛び跳ね、信吾の腕の付け根あたりを簪の先でえぐったのだ。

「あっ」

と、信吾は腕を押さえてつんのめった。

その瞬間、眼にもとまらぬ早さで信吾の腰から太刀を奪った夢路は、背後より組敷こうとするやくざの一人を振り払い、肩先へ太刀の一撃を加えたのである。

「うわっ」

と、血煙を上げて斬られたやくざが横に泳ぐと、夢路は眼を吊り上げ、廊下から二階へ逃れようとする信吾を追った。

「おのれ、卑怯者っ」

片手で太刀を振り廻す夢路の黒髪は艶やかな肩先から豊かな乳房の上にまで深々と垂《た》れかかり、ふと、凄惨《せいさん》な感じさえする。

こうなると、夢路の美しい裸身をニヤニヤ楽しんでいるような余裕はやくざ達にはなかった。

喧嘩支度の博徒連中はいずれも真剣な眼差しになって、竹槍や長脇差の切っ先を揃えて夢路に襲いかかっていく。

「何をしてるんだ。斬れっ、かまわんから斬ってしまえ」

と太刀を夢路に奪われた用心棒の信吾は、必死に夢路から逃れながら悲痛な声を張り上げている。

「菊之助もこのような騙し討ちにかけたのであろう。卑、卑怯者っ」

夢路は信吾の逃げる背中に向けて一太刀浴びせようとしたが、その時、背後からやくざの一人が投げた捕縄が夢路の首に巻きついた。

それ、とばかりにやくざ達が調子づいて夢路の裸身にまといつく。

「お、おのれっ」

と、思わず首に巻きついた捕縄を夢路は片手でつかんだ。

それを足で蹴り飛ばし、どっと夢路につかみかかるやくざ達。

二階の廊下へ息を切らせて這いつくばった信吾の眼にやくざ達につかみかかられ、必死に身悶えする夢路の白い裸身が痛いばかりに眼に突きささるのだ。

乳色の肉づきのいい太腿をのたうたせて悶えまくる夢路の、太腿の付け根にむっと豊かに盛り上った悩ましい絨毛《じゅうもう》の翳りを眼にした時、信吾は思わずごくりと唾を呑み込んだ。

刀を奪い取られて組み敷かれている夢路に気づいた信吾は声を張り上げた。

「早く、早く縛り上げろ。身動きの出来ぬよう雁字搦《がんじがら》めに縛り上げるんだ」

へい、とやくざ達は夢路の両腕を寄ってたかって背後へねじ曲げさせている。

一人が夢路に手の甲に噛《か》みつかれて悲鳴をあげた。

やがて、男達は滑らかな背中の中程へ夢路の両手を交錯させ、それにキリキリと縄をかけ始める。

「じたばたするねえ」

必死に身をよじる夢路の頰へ激しい平手打ちを喰わして、やくざ達は両手首をきびしく縛った縄尻を強くしごきながら前へ廻し、豊かで形のいい乳房の上下を二巻三巻と強く緊め上げるのだった。

「へへへ、ざまあ見やがれ」

やくざ達は縄止めをすませると、さ、立ちやがれ、と夢路を縛った縄尻をひいて、無理やり引き起こした。

口惜しげに歯を噛み鳴らし、固く眼を閉ざして、その場へ引き起こされた夢路の官能味を湛《たた》えた美しい全裸像をやくざ達は貪るような視線で凝視した。

充分に熟した肉、艶やかで滑らかな肌の白さ、麻縄にきびしく緊め上げられた乳房の見事さといい、スベスベした腹部からつづく両腿の息苦しいばかりの女っぽさといい、男達は圧倒されるような官能味を夢路の裸身から感じとって心を昂ぶらせ、痺れさせている。

特に充分に肉の実った両腿の間にむっと柔らかそうに盛り上った何か秘密っぽい繊毛の美しさを眼にしたやくざ達は、

「畜生、たまらねえな。いい生えっぷりをしてやがるじゃねえか」

と、顔を見合わせ、心を更に痺れさせていくのだ。

「殺せ、ひと思いに殺せっ」

と、高手小手に縛り上げられた夢路は優美な裸身を狂おしく揺さぶって声を上げた。

「ま、そうあわてるには及ばぬではないか。夢路どの」

信吾は夢路に簪で刺された腕のあたりを痛そうにさすりながら階段を下りて来た。

「菊之助にひと目逢うてからでも死ぬのはおそくはあるまい」

信吾は屈辱に身を慄わせる夢路にそういい、

「駕籠《かご》に乗せろ」

と、やくざ達に命じた。

「さ、歩きやがれ」

と、やくざ達に縄尻をとられた夢路は滑らかな背中をどんと押されて廊下をよろよろと歩き始める。

端正な頬におどろにまつわりつく黒髪の端をさも口惜しげに噛みしめて歩き出した夢路を信吾は小気味《こきみ》良さそうに眺めている。

庭には駕籠が一丁用意されていた。

飛石伝いに駕籠のまえまで引き立てられた夢路は、ふと足を止めると、

「武士の妻をこのような姿のまま外へ連れ出すつもりですか」

と、信吾の方へ憎悪の光を込めた瞳を注いでいった。

「左様、権三郎の前に素っ裸で引出す所存でござる」

やくざ達は夢路の肉づきのいい太腿の付け根でさも柔らかそうに盛り上っている漆黒の翳りに、周囲から血走った眼を注いでいたが、一人がたまりかねたようにそっと手を触れさせてくる。

途端に夢路はさっと腰をよじり、逆上して大声を張り上げた。

「な、なにをするっ、下郎っ」

「下郎だと、でけえ口をききやがって、この阿女《あま》」

いっせいに夢路につかみかかろうとするやくざ達を信吾は押しとどめた。

「待て、あわてるな。木樵小屋へ戻ってから好きなように料理すればいいのだ。とにかく早くこの女を駕籠へ乗せろ」

へい、とやくざ達は夢路を駕籠の中へ押し込み、顎を押さえ、豆絞りの手拭いで猿《さる》轡《ぐつわ》をはめ始めた。

「へへへ、こいつは権三郎先生にとっては何よりもいいみやげってもんだ」

やくざ達は固く豆絞りの猿轡をはめられ、無念そうに長い睫《まつげ》毛を閉じ合わせている夢路の白蠟《はくろう》のように美しい横顔を楽しげに眺めている。

線の美しい鼻の頭をきつく猿轡で緊め上げられて閉じた夢路の切れ長の眼尻よりは一筋二筋、屈辱の口惜し涙がしたたり落ち、それは信吾の眼にふるいつきたいばかりの色香を感じさせた。

「よし、木樵小屋に運べ。いや、ちょっと待て。いくら何でも素っ裸は哀れすぎる。武士の情けだ、せめて腰に手拭いの一枚でも巻いてやれ」

信吾は男達に命じた。

駕籠の垂れを下し、その上に荒縄を二重三重に巻きつかせたやくざ達は、そらよっ、と担ぎ上げた。

その駕籠を見送るように立花屋の奥から亭主の傳兵衛と女房のお菊が姿を現して信吾に声をかけた。

「うまくいきましたね、信吾先生」

「ああ、お前達のおかげで計画通りに事は運んだ。佐助親分からあとで褒美《ほうび》が出ると思うが――」

といって信吾は傳兵衛の肩を叩き、

「この姉弟の宿へ残した所持品、すべて戦利品としてお前達夫婦にくれてやる。しかし、他言は禁止だぞ」

といって笑った。

「有難うございます。武家女の裸踊りなんかが見られていい眼の保養になりました」

傳兵衛は愛想笑いしていって、また何か儲け話があったら一口乗らせて下さいと信吾にいった。

「それにしても美しい武家の奥様を騙したと思うと私は何だか寝覚めが悪いね」

お菊はふと顔を歪めていった。

これから夢路奥様はどうなるんです。バッサリ返り討ちですか、と、傳兵衛が聞くと、

「夢路も菊之助もあれだけの美形だ。バッサリ返り討ちにするだけでは勿体《もったい》ない。それに権三郎はもともと残忍な人間だからな。ネチネチとなぶり殺しにするのではないかな」

要するにまんまと我々に騙されてしまった姉弟が武芸者としてはまだまだ未熟者だった事になる。恨むなら自分を恨むんだな、といった信吾はホイサ、ホイサと駕籠を揺らす博徒達と一緒に闇の中に消えて行った。

毒蛇の巣窟《そうくつ》

銀八一人を供にして清滝村の鎮守の森へ入った菊之助は半分《なかば》、朽《く》ち果てたような木樵小屋を見つけた。

明日、決戦の場となるその小屋の周辺を二人は念入りに探索した。

「菊之助様、もう少し森の奥を探っておきましょう」

と、銀八にいわれて菊之助は銀八のあとについて、深い草むらを杖《つえ》で払いつつ奥へ足を踏み入れて行く。木々の間を飛び交う小鳥が盛んに囀《さえず》り出した。

古びた石の祠《ほこら》があり、その近くに湧き水があるのか、水の音がしている。

ふと、菊之助はその周辺に人間の気配を感じて身体を緊張させた。

大きな杉の木立ちのうしろに人足《にんそく》風の男が三、四人、身体を低めてこちらの様子を窺《うかが》っているのを菊之助は見つけた。

「何者だっ。何故、そんな所に隠れているのか」

菊之助が鋭い声を上げると、人足風の男達はのっそりと身体を起して木立ちから姿を現した。いずれも蓬頭垢面《ほうとうこうめん》、頰に刀傷を持つ凶悪な人相の男もいた。

風体からすれば出稼ぎ人足風で小沼一家の博徒には思えず、しかし、菊之助は油断は禁物だと刀の柄に手をかけて様子を窺っていると、

「手前達《てめえ》こそ、何者だ。この森一帯は望月《もちづき》代官様おかかえの人足頭、源兵衛《げんべえ》様の縄張りだって事を知らねえのか」

と、頰に刀傷を持つ凶悪な人相の男がわめくような声を出した。その男がその人足頭の源兵衛なのだろう。菊之助が何かいおうとするのを銀八が制した。

「こんな連中にかまっていちゃ損ですよ。菊之助様、明日は大事な仇討ちなんですから」

大事の前の小事だから、なにがしかの銭をやって追っ払った方が無難です、という銀八の進言を受けて菊之助はうなずいた。そして、人足の首領らしい源兵衛にいった。

「この森がお前達の縄張りかどうかは知らぬが明日は一日、ここを借り受けたい。ここに金がある」

菊之助は懐から財布を取り出して人足達の前でヒラヒラ動かして見せた。

「五両は入っておる。飲み代としては充分だろう」

源兵衛は仲間の者達と顔を見合わせてからのっそり菊之助の前に近づいて来た。

「そんなにはずんで下さるとは。こいつは春から縁起がいいわい、でさあ」

源兵衛はえびす顔になって仲間三人に声をかけた。

「捨吉《すてきち》、三郎《さぶろう》、米吉《よねきち》、この若いお武家様にお礼申し上げな。こんな豪気なお客様もたまには現れるんだな」

人足達は頭をヘラヘラ下げながら菊之助の周辺を取巻くように近づいて来る。

「お有難うございます。大明神様《だいみょうじん》」

源兵衛は菊之助から財布を押し頂くようにして受取り、中をたしかめて、

「へい、たしかに五両、受取らせて頂きました」

ホクホクした表情でそういってから、

「ここまで気前のいいお坊ちゃまなら、その腰に差している大小二本の刀も、立派そうな印籠《いんろう》もこちらへ下げ渡して下さってもいいと思うんですがね」

といって菊之助の腰のあたりを指さした。

途端に菊之助の表情は強張《こわば》った。

何を申すか、と、再び、菊之助が刀の鯉口《こいぐち》に手をかけると源兵衛はニヤニヤ笑い出していた。

「わっしの表向きは人足頭の源兵衛だが裏を返せば別名、追剝《おいは》ぎの源太郎《げんたろう》で、この界隈《かいわい》ではちっとは名の売れた山賊でござんす」

森へ入った獲物の身ぐるみを剝ぐのが商売よ、と、化けの皮を脱いだ追剝ぎの源太郎が凄《すご》んで見せると、盗賊の一人、一番背の低い捨吉がこれまで何度も使ってきた科白らしく暗唱するような調子でがなり立てた。

「ここは地獄の一丁目、身ぐるみ脱いで失せやがれ」

カっとして菊之助が刀を引き抜くと、

「身ぐるみ剝がすだけで命だけは助けてやるという俺達の情けがわからねえのか」

と、三郎と米吉が腰に差していた山刀を抜き出した。

「銀八、もう容赦《ようしゃ》は無用だ。お前も刀を抜け」

菊之助は無気力に棒杖を盗賊達に向けているような銀八に叱咤するような声を出した。

「わかりました。何とかこの場を斬り抜けましょう」

銀八はわざと昂ぶった声を上げ、菊之助の背後を守るように廻って行って、ヤアッと声を上げたが、それは盗賊達に向けたのではなく菊之助に向かって発したもので、銀八は菊之助の後頭部を棒杖で激しくぶちのめしたのである。

あっ、と菊之助は草むらに転倒した。まさか、銀八が裏切ったとは知らず、しかし、今の一撃で脳震盪《のうしんとう》を起し、一瞬、気を失ってしまったのである。

「あれ程、油断しちゃならねえといったのに情けないじゃありませんか、若旦那」

銀八は悶絶《もんぜつ》したような菊之助を見て、せせら笑うようにいってから盗賊達を見廻した。

「いや、御苦労だった。仇討ちだ、果し合いだ、と意気がっていても、やっぱりまだ子供だなあ」

身ぐるみ剝がすのもいいがここじゃまずい。木樵小屋へ連れ込んでから好きなように剝げ、と、今度は銀八の指示を受けた形で盗賊達はぐったりとなっている菊之助を

寄ってたかって担ぎ上げた。自分の御主人様を棒でぶんなぐって失神させる家来とは

「しかし、驚いたな。

「世も末だねえ、全く」

何日か前に打合わせ済みの事だが、こうも筋書き通りに事が円滑《えんかつ》に運ぶとは思わなかったので盗賊達は失神した菊之助を抱きかかえて運びながら笑い合っている。

「大丈夫。心の臓は動いている。打ちどころが悪くてくたばったのでは信吾先生に申しわけが立たないからな」

銀八は追剝ぎ連中に担がれている菊之助の胸に耳を当てて走りながら、ほっとしていった。

「俺も小者ながら、江藤道場に二十年も奉公してきたんだ。剣の心得は多少とも有しておる」

今のは峰打ちではなく峰棒といって剣術の極意の一つだ、と笑って銀八は盗賊達と一緒に木樵小屋へ走った。

小屋の木戸口から一行の到着を待っていたように顔を出したのは小沼一家の博徒、仙吉《せんきち》と糸平《いとへい》と用心棒・権三郎の三人である。すべて予定通りの行動で、小屋の中で待機していたわけだ。

悪鬼達の狂宴

「うまく事は運んだようだな」

ぐったりとなっている菊之助が盗賊達の手で運ばれてきたのを見とどけると、権三郎は北叟笑んだ。

小屋の中の板敷きの上に投げ出された菊之助はかすかにうめいて身動きしたがまだ意識は覚めやらない。

「じゃ、俺達の分捕り品としてこの若侍から身ぐるみ剝がしますぜ。異存はないでしょうね、旦那」

追剝ぎの源太郎は一応、権三郎の顔色を窺った。

「そういう約束だからな。好きにしろ」

権三郎の許可を得て、捨吉、三郎、米吉の三人は板敷きの上の失神状態の菊之助の衣類を剝がしにかかった。

「衣類を剝ぎ取るのはかまわんが、中身は大事に扱え。中身は信吾への献上品だ。肌に下手に傷をつけては大目玉を喰らうぞ」

そういって権三郎はカッカッカッと腹を揺すって笑った。

信吾は立花屋の湯殿を急襲して夢路の捕縛にかかり、権三郎は清滝村の森に待ち伏せして菊之助を罠にかける。二人は持ち場を分担し合って姉弟を捕らえようと計略を策したのだった。

捨吉と三郎は菊之助の腰から、柄が白黒だんだら織りになった大小二本の刀を抜き取り、ついで羽二重《はぶたえ》の二枚重ねの道中着、道中袴をあわて気味に剝ぎ取っていく。男ものの木綿の肌襦袢まで剝ぎ取って菊之助の小麦色の肌が露になった。同時に菊之助は前髪を激しく揺らせて息づき、大きく身体をくねらせた。

「正気づいて暴れられると面倒だ。麻縄でしっかり縛っておけ」

権三郎に声をかけられて捨吉と三郎は小沼一家が用意してきた麻縄の束を受け取ってまだ意識が回復しない菊之助の両腕を背後にねじ曲げ、素早く縄がけをしていく。

白褌《ふんどし》一丁の裸身にされた上、盗賊二人の手にかかってキリキリ後手に縛り上げられていく菊之助を見て、権三郎はまた腹を揺すって笑い出した。

「遠路、姫路からこの地へ仇討ちに来て、追剝ぎに身ぐるみ剝がれるとは、何とも気の毒な稚児《ちご》どのである」

意識は大分、回復の兆《きざ》しを帯びてきたのか、菊之助は後手に緊縛された裸身を激しくうねらせるようになった。

「もうすぐ正気づきますぜ。さぞかし、驚くだろうな、このお坊ちゃま」

銀八は菊之助の緊縛された裸身が激しく揺れ動いているのを眼にしながらおかしそうに権三郎にいった。

気がつけば自分の眼前にいるのは憎さも憎し、兄の仇の権三郎、しかも、いつの間にか自分は下穿《したば》き一枚の丸裸に剝かれ、後手に緊縛されているなど、武士としてこれ程の屈辱があろうか。気持を動顚《どうてん》させて再び気を失うかも知れぬ、と権三郎がおかしそうに銀八にいった時、権三郎の眼とようやく正気づいた菊之助の眼がふと触れ合った。

最初、幻でも見つめるように菊之助は朦朧《もうろう》とした視線を権三郎に向けていたが、やがて瞳孔《どうこう》に光が帯び、息づくように大きく目を見開いた。

「権三郎よな、お、おのれ」

血を吐くような声と一緒に菊之助は自分が裸身のまま緊縛されているのも気づかず、上体を起そうとし、忽ち縄にたぐられてその場に転倒する。

博徒や盗賊達は手をたたいて笑いこけた。

「あわてるねえ。今時、仇呼ばわりしたって様にならねえぜ」

小沼一家の仙吉が嘲笑していった時、菊之助は自分の屈辱的な肢体に初めて気づいて狂ったように全身をのたうたせた。

「お、おのれ、謀ったな、銀八っ」

菊之助は仇の権三郎の横手に突っ立ってエヘラ、エヘラ北叟笑んでいる銀八に怒りに狂った眼を向けた。背面の敵を防御すると見せかけていきなり背後から自分の後頭部を一撃したのは銀八であった事に菊之助は気づいたのだ。

「身内の者だからといって油断なさるお坊ちゃまがいけないんですよ。武芸者としてはまだまだ未熟でござんしたね」

「くそっ、解けっ、この縄を解けっ」

菊之助は逆上したように裸身をうねらせ、自分を高手小手に緊縛している縄目から脱しようと激しい悶えをくり返したが、盗賊でもあり、人足でもある捨吉や三郎の馬鹿力で緊縛された縄目はビクともするものではなかった。

「たしかに主筋である菊之助様に一撃を喰わし、気絶させちまった事は申し訳なく思っておりますよ。だけど、私ゃ、あなたの姉上、夢路様に凄い一撃を喰らわされましたからね、そら、私の眉間をご覧なさい」

銀八は眉間の傷あとを指さして、菊之助の方にぬーっと示した。

「ちょっと風呂場をのぞこうとしたくらいで使用人に対するこの仕打ち、もう我慢ならねえ。主家を裏切る気になったのも、もとはといえばこの傷のせいなんですよ」

悪くは思わねえで下せえ、と、銀八がせせら笑うようにいった時、戸口の外の気配を見張っていた小沼一家の糸平が叫んだ。

「立花屋へなぐり込みに行っていた連中が帰って来たようですぜ」

その声がしたのと入れ違いに襷《たすき》がけの喧嘩支度をした小沼一家の三下《さんした》らしいのが伝令として木樵小屋へかけ込んで来る。

夢路、捕縛に成功した、という三下の報告を聞いて権三郎は、歓声を上げた。

「でかした、御苦労であった」

顔面一杯に喜色を浮かべて権三郎が声をはずませた頃、ホイサ、ホイサ、と夢路を乗せた駕籠が小沼一家の三下に担がれて小屋の中へ運ばれて来る。

その駕籠に寄り添うようにして走って来たのは信吾であった。

「権三郎、喜べ。夢路どのはこの駕籠の中だ」

三下達の手で縄張りされた駕籠がドンと乱暴に土間に投げ出されると、信吾はニヤニヤして権三郎の顔を見た。

「計画通り、風呂場を襲って捕らえた。面倒だから、素っ裸のままで運んできてやった」

「なんと、素、素っ裸で――」

権三郎は声を上ずらせ、次に生唾を呑み込んでかすかに蠢《うごめ》く駕籠に眼をやった。

「そうか。それはそれはかたじけない。俺にはまたとない至上の贈り物だ」

権三郎は気分を昂ぶらせて信吾にいってから、

「お前に俺からの贈り物を用意しておいた。あの可愛い稚児どのだ」

と、小屋の片隅で小さく縮かんでいる菊之助を指さした。

「こ、これは、何と！」

信吾は下穿き一枚の裸身を雁字搦めに縛られてうずくまっている前髪の美少年が菊之助であるのに気づくと絶句した。

「清滝村の山賊・源太郎の手を借りたから菊之助をたやすく罠に掛ける事が出来たが、奴等も商売だからな」

獲物から身ぐるみ剝がす、というのを反対も出来ないではないか、といって権三郎は大笑いした。

菊之助と衆道の契りを結びたがっておるお前にとってはその方が手間がはぶけるというものだ、と権三郎は茶化すようにいったが、信吾は吸い寄せられるようにフラフラと縮かんでいる裸の菊之助の方へ近寄って行く。

「菊之助、おお、可愛いぞ、菊之助」

喘《あえ》ぐような声音を出して信吾は菊之助のスベスベした小麦色の肩先に手をかけようとした。菊之助は戦慄したように激しく身をよじって緊縛された裸身を立ち上らせた。

「貴、貴様も、裏切り者だったのか」

血を吐くような声音で毒づいた菊之助は危っかしい足どりで小屋の中を逃げ廻り、

「卑怯な騙し討ち。それでも貴様は武士のつもりか」

と、くり返し、信吾に向かって毒づくと、信吾は哄笑していった。

「さっき立花屋の湯殿を襲った時、夢路どのも逆上して、それでも武士か、恥を知れ、と我等を叱咤された。そんな事、叱られなくともわかっておる。我等、もうとっくに武士は廃業しておる。しかし、騙し討ちにかけるというのも、計略の一つだ。騙される方が未熟というのがわからんのか」

そして、再び、恍惚とした表情になって何とか菊之助の肌に手を掛けようとして迫り、菊之助は緊縛された裸身をフラフラ泳がせるようにして小屋の隅から隅へ逃げ廻るのだった。

小娘と酔っ払いの鬼ごっこだな、と、それを見て笑った権三郎は盗賊三人組に向かっていった。

「お前達、人夫ならそこの板敷きの上に柱を二本、ぶち込め、夢路と菊之助を晒して戦勝祝いにかかろうではないか」

小沼一家の方から、戦勝祝いに、といって使いの三下達によって酒や肴《さかな》が運ばれてくると、博徒達も盗賊達も昂奮して動きが敏捷《びんしょう》になり、朽ち果てたような板敷きの間に白木の柱が二本、横に並べてぶち込まれていく。

小沼一家の仙吉と糸平が信吾の手を逃れようと小屋の中を走り廻っていた菊之助を追いつめ、縄尻をつかんだ。

「さ、戦勝祝いの晒しものにしてやるぜ、観念しな」

博徒二人は引きずるようにして菊之助を引き立て白木の柱を背にして立たせると、別の麻縄を使ってしっかりと立位のままに縛りつけた。

「間もなく姉上と丸裸同士で対面できるのだ。嬉しく思わぬか、菊之助」

信吾は徹底して自分を嫌悪する菊之助に腹癒《い》せのつもりか口を歪めて皮肉っぽくいった。

滅びへの道

「よし、駕籠の中の夢路どのを引き出せ」

信吾の声がかかると三下達は駕籠の表面にかかった縄を解き、さっと垂れを跳ね上げた。

今度は権三郎が魂消《たまげ》て、悲鳴に似た声を張り上げた。

「何と、何と、夢路どの、素っ裸とは！」

ねっとり乳色の脂肪を浮かばせた優美な裸身、そして、麻縄を上下へ二本、三本喰い込ませている椀型の形のいい両乳房、武家の妻のその圧倒されるような官能美を眼にした権三郎は一瞬、息づまって声が出なくなった。

「どうだ、お前のために手間をはぶいて丸裸のまま連れ出してやったのよ」

何よりもいいみやげ品だろう、と信吾が魂を宙に飛ばしたような権三郎の顔を見ておかしそうにいうと、権三郎は、ああ、うう、と、呻いて駕籠の中で緊縛された裸身を縮めている夢路の官能味を匂わせる雪白の肢体に眼を釘づけにしていた。

「嫌に神妙になっていると思えばなる程、猿轡《さるぐつわ》を噛まされていたわけでござるか」

権三郎は固く猿轡をはめられている夢路を心地よさそうにうっとりして見つめた。

夢路は線の綺麗な鼻の頭を豆絞りの手拭いで緊め上げられ、無念そうに長い睫毛を閉じ合わせているのだが、その白蠟のような形のいい頰は屈辱に歪んでいた。

白木の柱を背に褌一つの裸身を立位で縛りつけられていた菊之助は駕籠の中に入っていたのは姉、夢路の裸身であるのに気づき、激しい狼狽を示した。

「ああっ、姉上っ」

引きつった声を張り上げ、柱に縛りつけられた裸身を痙攣させたようにガクガク慄わせた。そして、そのやり場のない汚辱感をただ敵に対する怒りだけに変えて、

「おのれ、権三郎っ、信吾っ、卑劣なる騙し討ち、武士なら恥を知れっ」

「馬鹿者、何度同じ事をいわせるんだ。俺達は今では武士ではないと申しておるではないか」

信吾がせせら笑っていった。

「それより、恥を知れといいたいのはお前達の方だ。武家の名門に生まれ育ちながら、仇の前に丸裸を晒して捕らえられるとは、何たる醜態《しゅうたい》だ」

駕籠に乗せられた夢路の閉じ合わせた切れ長の目尻より口惜し涙が一筋、二筋、したたり落ち、白蠟の頰を歪むばかりに緊めつけた猿轡を濡らし続けているのだが、乱

れ髪をもつらせた、そのしっとり濡れたような夢路の横顔は権三郎の眼にはふるいつきたいばかりの妖しい色香を感じさせるのだった。

「さ、夢路どのを駕籠から連れ出し、弟の菊之助と並べて晒しものにしろ」

信吾の声で三下二人は夢路の肌身に手をかけて駕籠の外へ引き出した。

夢路は形よくくびれた腰廻りをわずかに手拭いで覆われただけの素っ裸であった。

「何もかも丸出しというのは気がとがめるので、腰の廻りだけは手拭いで隠してやった。取るも外すもお前の好きにすればよい」

信吾は権三郎にそういって身体をよじって笑い出した。

一瞬、夢路の眼がチラっと菊之助の眼と合わさったが、夢路はすぐにその眼を伏せ、白木の前へ押し出されて行く。

わずかに腰を手拭いで覆っただけの裸身を麻縄できびしく後手に縛り上げられている夢路は、もはや、抵抗しても無駄と観念したように固く眼を閉じ合わせ、氷のように冷たく、蒼ずんだ横顔を見せながら柱を背にして立つと、山賊や博徒達の手でキリキリと別の麻縄を使ってつなぎ止められていく。

菊之助は無念の涙で頬を濡らし、血の出る程、固く唇を噛みしめながら、山賊達の手で柱につながれている我が身を幾度も揺さぶるのだ。

それを眼にした権三郎と信吾は、胸の中が切なく掻《か》きむしられるような甘い疼《うず》きを感じ合う。

二本柱に夢路と菊之助の姉弟を立位にして縛りつけ、晒しものにしてから、その前に酒や肴を並べ立てこれから小沼一家が戦勝祝いでどんちゃん騒ぎをやる気らしい。

「今日ほど楽しい酒盛りはあるまい。なあ、権三郎」

と、信吾が声をかけると、

「左様、まさか、夢路どのが裸の生《いき》弁天になって現れるとは夢想だにしなかった」

といって晒されている夢路の方にフラフラ近づいて行く。

一切を諦めたように固く眼を閉ざしていた夢路だが、さすがに権三郎が近づき出すと全身が憤怒に変わったようにピーンと張りつめ、瘧《おこり》にかかったようにかすかに痙攣を示すのだった。

「そう怖い顔をなされるな。せっかく綺麗な顔にその猿轡は無粋だ。取って進ぜる」

それにせっかく弟と出会ったのにしゃべれぬとあっては可哀相だからな、と、権三郎はニヤニヤしながら夢路の口を覆っている猿轡を外し取った。

その瞬間、夢路はフーっと大きく息を吐いて、

「卑怯侍、権三郎っ」

と、権三郎を激しく面罵《めんば》した。

権三郎ははじかれたようにギョっとして後退《あとずさ》りする。

恨みを込めて燐光のような冷たく光る眼で権三郎を睨んだ夢路は激しく口走った。

「私達、姉弟を慰みものにするならするがいい。しかし、必ずお前を討ち果たしてやる」

この恨み、晴らさでおくべきか、とばかり夢路は半狂乱になって権三郎に毒づくのだった。

「ほう、これは手厳しい」

権三郎はわざと大仰に驚いて見せ、信吾と顔を見合わせてゲラゲラ笑い出した。

「この期《ご》に及んでもまだ我等を討ち取るつもりといわれるのか」

「いわずと知れた事。お前のような悪人は天が許す筈がない」

夢路は引きつった声音《こわね》で口走るのだが、口惜しさと屈辱感で半分、涙声になっている。

急に小屋の表の方がざわめき出した。

戸口で見張りに立っていた三下が入って来て、

「親分とおかみさんがいらっしゃいました」

と、権三郎に知らせた。

小沼の佐助が女房のお紋と連れ立って様子を見に来たらしい。

「これは、これは、親分。お陰様を持ちまして奇襲に成功、美人姉弟を肴にして、これから酒盛りを始めるところでござる」

まずは、これへ、と、信吾は佐助夫婦を前列の席へ気を配って坐らせようとする。

「お紋が店で使えるかも知れねえからぜひ、その武家女ってのを見ておきたいという
んだよ」

佐助はすすめられた席にお紋と並んで坐り込んでそういったが、この両人でござ
る、といって権三郎が柱につながれている夢路と菊之助を指で示すと、

「へえぇ、これは驚いた」

と、大きく眼を瞠《みは》り、チラっとお紋の顔を窺うように見た。

お紋も一瞬、息を呑んで薄布で腰を覆われただけの姉弟の裸身を凝視している。

「いい女だねえ。まるで天女じゃないか」

世の中にはこういう女もいるんだねえ、とお紋は溜め息を吐いて夢路の見事に均整
のとれた美肌に見惚れているのだ。

全身が雪白で、しかも艶っぽく、肩といい、背筋といい、しなやかで優雅な線に取

囲まれている。それに麻縄を上下に喰い込ませている乳房の張りのある優美さと腰廻りの官能味のある曲線はどうだろう、と、お紋は陶然《とうぜん》とした表情になって全体が乳色の靄《もや》に包まれたような夢路の美麗な裸身をうっとりと見つめているのだ。

「どうだ、お紋、気に入ったようだな」

亭主の佐助に声をかけられてふっと我に返ったようなお紋は、

「文句のつけようがありゃしませんよ。こんなのが一人、うちの女郎屋・金竜にいてくれりゃ、忽ち土蔵がいくつも建つってものですが――」

しかし、何とも気性が荒そうな女だねえ、とお紋は夢路の唇をギューっと口惜しげに嚙みしめ、頑《かたく》なに眼を閉じ合わせている表情を見て薄く笑いながらいった。

「その弟の方もいい稚児さんだねえ。まだ十七、八の若竹なんだろう。金竜には若竹狂いの客も多いんで、そんなのが一人、店にいてくれりゃ、金竜は大繁盛するんだがねえ」

菊之助の憎悪のこもった視線を受けてお紋は、

「やっぱり、武家育ちの二人を女郎屋で働かせるって事はどだい無理だろうね」

といってから権三郎と信吾にいった。

「でも返り討ちにこの二人をバッサリ殺《や》っちまうのは何とも勿体ない気持がするんだ

よ」

そのあたりは斟酌《しんしゃく》無用でござる、と権三郎はいった。

「いずれ返り討ちにするにせよ、これだけの美形二人、早く始末をつける事は致さぬつもりだ。出来る限り生かしておいて楽しまねば損ではないか」

といって権三郎と信吾はまた顔を見合わせ、笑い合った。

それを耳にした菊之助は柱につながれた裸身を激しくうねらせて狂ったようにわめき出した。

「くそっ、人でなし、殺せっ、我等姉弟を一思いに殺せっ」

そんな菊之助のわめき声を権三郎は心地よさそうに聞き流して、

「うるさく吠え面をかくな。斬る時がくれば斬ってやる。いいか、俺達は勝ち組、お前達は負け組だ。敗者のくせに勝者にうるさい注文をつけるな」

と、わめき返すようにいった。

戸口の方でまた人声がして、一人のボロ布を着たような中年女が周囲にペコペコ頭を下げながら入って来た。

なんだ、お前は？と、信吾が大きな風呂敷包みを抱きかかえている不器量な中年女をいぶかしげに見つめると、

「人夫頭、いえ、追剝ぎ頭、源太郎の女房、お杉《すぎ》と申します」

といって女は舌を出した。

先程から仲間二人と酒の支度にかかっていた盗賊頭の源太郎が苦笑して、

「商売になると思うと、この野郎、すぐに亭主の仕事場へかけ込んで来やがるんですよ」

亭主が山賊稼業をやってるなら女房の方は故買《こばい》稼業をしているようなもので、と、源太郎が説明すると、お杉は風呂敷包みを広げて中身を示した。

「今日、立花屋さんにお寄りしてうんと商売させて頂きましたよ。これ、今、晒しものにされているその奥方のお召し物だったのでしょう」

こんな中になれているのか、お杉は目の前に若い男女が裸の晒しものになっているのを見ても顔色を変える事はなかった。

お杉が風呂敷から取り出して見せたものはすべて夢路が身につけていた衣類であった。艶やかな元禄小袖《げんろくこそで》や銀地に鶸色《ひわいろ》の帯、それに小梅ちらしの媚《なま》めかしい長襦袢から水色地の湯文字まで、

「大家の若奥様のお召し物だけに相当、値がはりましたが、久しぶりにいい儲けになりました」

といったお杉は、

「そのお坊ちゃま侍から剝ぎ取ったものも、どうぞ、このお杉に下げ渡して頂きたいものでして」

それでこの森の奥までたずねて来た、というから権三郎も信吾も舌を巻いた。

「亭主が亭主なら女房も女房だな。俺だって同じだといわれれば一言もないが――」

佐助は笑って、好きにしろ、とお杉に声をかけるとお杉は土間に放り投げてある菊之助から剝がした衣類をせっせとかき集め始めた。

羽二重、二枚重ねの道中着に道中袴、それに男ものの白地の肌襦袢まで風呂敷の上に積み重ねて、算盤《そろばん》を弾き始め、親分、これくらいで如何でしょう、と佐助相手に買値の交渉に入り出した。

嬲《なぶ》りもの

「そうだ。夢路どののその美しい裸身を我々以上に眼にしたがっていた男がもう一人いるんだ」

と、信吾が急に思い出したように大声をあげ、

「銀八、銀八はどこだ。隠れておらず顔を出せ」

と、周囲を見廻して声を張り上げた。

銀八は追剝ぎの源太郎の乾分達と片隅の暗がりで息をひそめて酒を飲んでいたのだが信吾に声をかけられ、のっそり前へ出て来る。

チラと銀八を見た夢路の顔面は恐ろしいくらいに引きつった。

「おのれ、銀八っ」

銀八の裏切り行為によって菊之助は捕らわれの身となった事はわかっているから夢路は銀八に毒づこうとしているのだが、憎悪の感情が狂おしく猛ぶるだけで声がまともに出てこない。

「さぞ、私の事を恨んでおられると思いますよ。奥様」

銀八はわざとせせら笑うようないい方をした。

「しかし、このように私を裏切らせたのは奥様御自身でございますからね。立花屋の風呂場を一寸のぞき込んだだけであの木剣の一撃、あれで御陀仏《おだぶつ》しなかった私が不思議でした」

これ、この傷を見て下さい、と、銀八は眉間についた生傷をこれ見よがしに指で示して夢路の方にヌーっと顔を突き出した。

「私は江藤道場には先々代の時代からもう、二十年も奉公している忠義一途な人間でした。その私が取るに足らぬ些細《ささい》な理由で奥様に眉間を割られたとなると自棄《やけ》になって反逆したくなるじゃありませんか」

銀八はまくし立てた。少しでも言葉がゆるめば気性の激しい夢路から手きびしい言葉が浴びせられると、それを恐れているようであった。

「よし、わかった銀八」

信吾は笑って必死にまくし立てる銀八を制した。

「夢路どのも二十年忠勤を励んだ奉公人に、思えばひどい事をしたもんだと今では後悔なさっている筈だ。腰の手拭いも外し取って、毛の生え具合も見てほしいと今では望んでおられる筈だ」

信吾のその一言に小屋の中を埋め尽くしている男達は哄笑した。

佐助の女房で女郎屋・金竜を任されているお紋が狡猾そうな笑いを口元に浮かべていった。

「そう、そう、商売に使えそうか、そうでないか、たしかめるためぜひ、そこの所は私も見ておきたいんだよ」

それにその手拭いは立花屋のものだろう。立花屋に返さなきゃいけないんだよ、といって、

「誰か、引き剝がしておしまい」

と、大声を出したので、信吾にうながされて銀八がニヤニヤしながら夢路の前に進み出た。

「その役は長年奉公していたこの銀八が引き受けやしょう。奥様には随分と可愛がって頂きましたからね」

銀八は夢路の前に跪き、夢路の腰をたった一枚で包み込んでいる手拭いを剝がし取ろうと手を伸ばした。

夢路の全身は屈辱の極みにブルブル慄えた。

「おのれ、銀八、主人の私をどこまで辱めれば気がすむのですか」

声を引きつらせて夢路がわめくと、銀八はしゃがみ込んだまま夢路を見上げて、

「笑わすんじゃねえ」

と、毒っぽい声を張り上げた。

「主人の私を、なんぞほざきやがって、もう立場が逆転しているのに気がつかないのかい」

と、やくざっぽい荒々しい言葉を吐いた次には急に低姿勢に出て、

「奥様は弟の菊之助と仇討ち旅を重ねて来て仇の権三郎に捕われ、共に丸裸の晒しものにされている。もう、勝負ははっきりついたようなもの、奥様が今、毒づかれている事は引かれ者の小唄といったものです」

まだ、わかりませんかね、と銀八は哄笑するのだった。

「さ、駄々《だだ》をこねず、奥様の必死に隠したがるその部分を皆んなの前にいさぎよく晒して頂きましょう」

といって銀八の手が伸び、夢路の腰をかろうじて覆っている手拭いの結び目に手をかけた。

途端にギャーっと悲鳴が上った。悲鳴を上げたのは夢路ではなく銀八だった。銀八の手が薄布一枚に触れた途端、夢路は逆上して片足を跳ね上げ、銀八の胸を蹴り上げ

たのである。

銀八は土間にもんどり打って転げ落ち、顔を歪《ゆが》めてうめき続けている。

「どうした、銀八、大丈夫か」

権三郎も信吾も顔色を変えて驚いたが、次には互いに顔を見合わせて笑い合った。

「よくよく銀八は夢路どのに嫌われているようだな。以前は木刀で額を一撃、今度は足蹴りで胸を一撃されるとは」

畜生、ふざけやがって、と銀八は土間に転がっている鎌をつかんで憤怒の眼を夢路に向けた。

「やめろ、銀八、そのように裸で縛られていても夢路どのは並の女ではない。女ながら無双流の達人だ。自由な足を揺さぶって今度は股間の急所を蹴り飛ばされるぞ」

信吾は笑いながらいきり立つ銀八を制した。

小沼一家の仙吉と糸平が銀八に代って夢路に挑みかかっていく。

「武家の奥様というのは往生際が悪いんだな。いい加減、観念しちまいな」

仙吉は柱の裏側に廻って背後から夢路の両肢を押さえ込み、糸平は正面に腰をかがませて腰を覆い隠す手拭いの結び目を難なく解き始めた。

「何をする、無礼者っ」

たまりかねて大声を張り上げたのは隣の柱に姉と同じく立居で縛りつけられ、晒されている菊之助だった。

「離せっ、姉上から手を引け、おのれ、人でなし」

と狂おしく身をよじってわめき立てる菊之助の頬を追剝ぎの手下である三郎が激しく平手打ちした。

「うるせえっ。ガキみたいにやかましくわめき立てるんじゃねえ」

その瞬間、夢路の腰から布が剝ぎ取られ、小屋の中を埋め尽くす男達はいっせいに喚声を上げた。

夢路のぴったり閉ざした肉づきの優美な太腿の付け根にむっと婀娜《あだ》っぽく膨らみを見せた漆黒の茂みに男達は揃って恍惚の表情になる。

「どうだ、これが由緒ある武家女の素っ裸だ。またとない眼の保養だと思え」

権三郎は気持ちを浮き立たせながら得意そうに博徒や盗賊達を見廻していった。

夢路は固く眼を閉ざし、血の出る程、唇を噛みしめ、真っ赤に火照《ほて》った顔面を横にねじったままこの屈辱に必死に耐えている。

「畜生、いい身体していやがる」

「あの毛の生えっぷりを見な。味もよさそうだぜ」

「俺は昔から一生に一度でもいいから武家女とやってみたいと思ってたんだ」

博徒達は口々に勝手にほざき始め、笑い合うのだった。そして、酒盛りとなる。

「さ、皆んな大いに飲んで騒いでくれ。今日、この美形二人を捕まえる事が出来たのはお前達の力添えがあったからだ。俺たちは大いに感謝しておる」

権三郎と信吾はそういって恵比須《えびす》顔になり、博徒や盗賊達に徳利の酒を注いで廻る。

酒宴の喧騒が激しくなると菊之助はたまりかねたように夢路に向かっていった。

「姉上、もはや、仇を討つ希望《のぞみ》はなくなりました」

菊之助は姉の裸身に目を向ける勇気はなく、顔をよじらせて号泣しながら姉に向かって口走った。

「これ以上、権三郎の前で生恥を晒す勇気はございませぬ。ひと思いに舌を嚙んで――」

この屈辱から逃れましょう、といいたいのだが、

「いけませぬ。菊之助、勇気を持つのです」

と夢路は叱りつけるように声を出した。

「まだ機会はあります。決して命を粗末にしてはなりませぬ。もう、ここまで恥を晒

してしまったのなら毒を喰らっても生き延び、仇を討つ機会を狙うのです。死ぬより辛い辱めを受けても命だけは最後まで守り通す事、これを夢路と固く約束して下さい」

と、夢路は強い口調でそういうのだ。

「辱めを受けて口惜しさに死ぬのは権三郎を討ち果たしてから――私はそう決めております」

と、夢路はキラリと涙を美しい瞳に浮かべながら、はっきりした声音でいったのである。

「わかりました。姉上のおっしゃる通りに致します」

と、菊之助は顔を伏せたまま深くうなずいて見せる。

ふと、柱の裏側を徳利かかえて通りかかった盗賊の乾分の小柄な米吉が姉弟の決心をすっかり聞いていた。

そして、すぐに酒を酌み交わしている権三郎と信吾の傍へかけつけ二人に報告する。

「ほう、どのような生恥を晒しても自害せぬというのだな。そりゃ、こちらにとっても好都合ではないか。な、権三郎」

と、信吾は笑った。

「あの連中に見世《みせ》女郎としての修業をさせる。これは、夢でないぞ。な、親分」

と、今度は佐助の方を向いて信吾は楽しそうにいったが、権三郎は浮かぬ顔つきで、

「それ程までして俺の命を狙うとは、全く執念深い奴等だ」

と、吐き出すようにいった。

「お主が警戒を怠らなければそれでいい事ではないか」

と、信吾は笑い、夢路のそうした決意を逆用して大いに楽しもうと、一人で悦に入っている。

権三郎はついと立上ると素っ裸の晒しものになっている夢路の前に進み寄り、その場にどっかりとあぐらを組んで坐り直した。

「共に天を戴《いただ》かざる仇の前に素っ裸を晒すなぞ、さぞ口惜しいでござろうな、夢路どの」

権三郎は北叟笑んで夢路を挑発するのである。そして、夢路の妖しいまでの色白の美肌を正面から舌なめずりするようにしげしげと見つめるのだった。

夢路は権三郎が真正面に坐り込むと思わず腿と腿とをぴったり閉ざし、憎悪の極み

に美しい眉根をキッと上げ、切れ長の瞳に憤怒をこめて見開いた。

「見下げ果てた犬侍、権三郎、この恨み、必ず返すつもりです。覚えておくがいい」

血を吐くような引きつった声で夢路は叫ぶと、さっと赤らんだ頰を横にそむけて嗚《お》咽《えつ》の声を洩らすのだった。

「何とでもほざくがよい。しかし、見れば見る程、いい身体をなさっておるではないか、夢路どの」

高貴な冷たい光沢を放つ夢路の肌の美しさもさる事ながら、柔軟な色っぽい肩のあたりといい、官能味を盛った豊かな腰廻りといい、その女っぽい成熟した身体の線は何という悩ましさか、と権三郎は圧倒されたような気分になっている。

麻縄で上下を二重三重にきびしく締め上げられている乳房が豊かに実って、量感のある双臀の見事な盛り上りも溢れるばかりの色気を湛えていたが、ぴったり閉ざしている女っぽい肉づきの優美な太腿の付け根に、むっと婀娜っぽい膨らみを見せている豊かな繊毛の艶々しさは、見ていてボーっと頭がかすみそうな気分になってしまうのだ。

夢路は権三郎の貪るような淫らな視線に耐えられず、

「何時まで我等姉弟を晒しものにするのです。もう充分であろう。殺すなら一思いに殺すがよかろう」

と、口走った。

「そう、そう、何時までも晒しものにしておくだけでは芸がないな。何か、夢路どのに酒席の余興を演じて頂きたいものだ」

さて、どうする銀八、と、権三郎は銀八の方に視線を向けていった。

「お前は一度ならず二度まで夢路どのに手痛い目に遭わされたんだ。恨みを返すのは今だぞ。何か妙案はないのか」

と、信吾にも声をかけられた銀八は、そうでやんすね、と、ニヤニヤしながら腰を起こした。

「眉間を割られたんで、仕返しに女の眉間を割るというのは相手が美人だけにどうかと思うんですよ。ですから、その股間の美しい茂みを剃《そ》ってやるというのはどうでしょう」

すっかり茂みを剃りとられて、女の割れ口をはっきり晒させりゃ少しは女っぽく変身するんじゃないでしょうかね、と、銀八がいうと男達はどっと笑いこけた。

「そいつは面白いや」

と、小沼一家の親分、佐助も手をたたいていった。

「無双流の女達人から剃った縮れ毛となるとうちの若い衆の喧嘩の時の守り札になるってもんだ」

よし、乾分達に一本一本分けてやるんだから、あまさず綺麗に剃り上げるんだぜ、と、佐助にも声をかけられ銀八は自分の着想が功を奏した事を知って得意顔になっている。

「そういう事になりました。ですから、奥様、御覚悟の程、お願いします」

銀八が夢路の引きつった顔面を小気味よさそうに見てそういうと、夢路の口から罵《ば》声《せい》が迸り出た。

「そこまでお前は人非人に成り果てたか。銀八っ」

昂った声を張り上げつつ、剃毛されるのを恐れたのか、夢路は腿と腿とを頑ななばかりに密着させ、小刻みに慄えを見せている。

「茂みを剃りとられて桃の縦筋をはっきりのぞかせた奥様はさぞ色っぽくおなりになると思われますよ」

銀八は嵩《かさ》にかかって嘲笑する。

「おのれ、いわせておけば——」

夢路は全身で憤怒を示したように身をよじらせるのだった。

「よし、おい、お杉」

と、佐助は故買屋のお杉に声をかけた。

お杉は何でも金目になるものはくれてやる、という佐助の許可を得て、立花屋にある夢路の身の廻りの品、紅藤色の長襦袢、水色地の湯文字、献上織りの伊達巻《だてま》き、紋綸子《もんりんず》の伊達締め、そんな艶めかしい武家女の下着類まで一枚一枚、数えて大きな風呂敷につめ込んできていたが、次に夢路の頭髪を飾っていた櫛《くし》や簪《かんざし》類に目をつけ、そっと夢路の傍へにじり寄ってせかせかと頭髪から抜き取っていた。それで黒髪の元結いは切れて片頰にパラリと黒髪がほつれかかり、妖しい色香を匂わせていたが、

「お前、昔は髪結い稼業をしていたそうじゃないか。昔とった杵柄《きねづか》でその武家女の毛剃りを引き受けてくれ」

と、佐助に命じられると、夢路の黒髪から簪類を引き抜きながらお杉は笑った。

「へえ、これだけ稼がせて頂いたのですから、毛剃りだって毛抜きだって手伝わせて頂きますが――」

それにしてももう何も奪う物がないと思っていたこの奥様から茂みまで奪い取るなんて、長いこと故買屋生活しておりますが、こんなのは初めてです、とお杉がいい出したので一座は大笑いになった。

屈辱の嵐

ぬるま湯とよく切れる剃刀の用意をしておくんなさい、とお杉にいわれて小沼一家の乾分達は剃刀を鑢《やすり》で研《と》ぎ始め、ぬるま湯の支度にとりかかる。

「身ぐるみ剝がされた上、茂みまで剃りとられるとは思わなかったろうな。夢路どの」

つまり、これが名高い地獄の一丁目というわけだと、権三郎はせせら笑っていった。

「剃毛の最中にガタガタして大事な所に傷がつくとまずいからな。両足はかっちりと縛らせて頂こう」

権三郎は夢路奥様の両肢をかっちり縄止めせよ、と小沼一家の三下達に下知《げじ》した。

乾分達はいっせいに腰を上げて、柱を背にかっちりと縛りつけられている夢路につめ寄ろうとする。

さすがに夢路の形のいい象牙色の頬も、怖い程に蒼ざめ引きつった。

「こ、この上、私に生恥をかかせる気なのですか。この上の狼藉は許しませぬっ」

夢路が憤怒に燃えた瞳をカッと見開き、昂った声を張り上げると、博徒も雲助もゲラゲラ笑い出す。

「狼藉は許しませぬ、と、さ」

三下達は手をたたいて笑いながら、全身を鋼鉄のように固くしている夢路を取り巻くようにした。

「文句がいいたきゃ、その貝をむき身にしてからいいな」

三下の一人が身をかがませ夢路の腿に手をかけようとしたが、途端に全身の血を逆流させた夢路は思わず、

「何をするっ、無礼者っ」

と、鋭い声で叫び、優美な下肢を激しくばたつかせた。

夢路の陶器のように艶やかな脛《すね》のあたりが跳ね上って、二肢を押さえ込もうとしていた三下の鼻っ柱に炸裂《さくれつ》する。

あっ、としたたか鼻を蹴り上げられた三下はうしろへひっくり返った。

「やりやがったな」

博徒達は夢路に蹴り上げられた仲間が鼻血を出して苦しがっているのを見ると血相を変えて、いっせいに襲いかかった。

「おのれっ、人でなし」

夢路は柱に縛りつけられた裸身を狂気したように悶えさせ、両肢をばたつかせて腰部に手をかけてくる男達を振り切ろうとする。

「足を縛れっ、足の動きを封じるのだ」

権三郎は夢路の必死にのたうたせている二肢で払い飛ばされている博徒達に声をかける。

やくざ達は別の麻縄を持出して夢路の両肢を柱につなごうとし、再び、襲いかかった。いくら夢路が激しい反撥を示しても、もう、どうしようもない。

柱のうしろへ廻った二人が腰をかがませてばたつかせる夢路のなよやかな線を持つ白い下肢を柱ごと抱え込むと、すかさず雲助達が腰をかがませて麻縄をキリキリそれらにからませた。

「卑、卑怯な。あなた達は自由を奪った女を、な、嬲りものにする気ですか」

両足を揃えさせて、それを柱ごと縄がけされる夢路は歯ぎしりして口惜しがり、おどろに乱れた黒髪を激しく揺さぶるのだった。

菊之助も姉と同様、雲助達を罵倒し、足をばたつかせて蹴り払おうと、必死に身悶えをくり返していたが、ついに両肢を搦めとられ、これも姉と同じように柱にかっちりと麻縄で縛りつけられる。

「おのれっ、縄を解けっ、卑怯者っ、この縄を解けというのがわからぬのかっ」

と、両腕、両肢の自由を封じられた菊之助は口惜し泣きしながら身動きをくり返している。

「そうだ、おい、お杉」

と、今度は信吾がお杉に声をかけた。

「お前、菊之助の身の廻り品は全部手に入れたんだな」

へい、とお杉は信吾に頭を下げて菊之助の黒羽二重に道中袴、下着に至るまでもすっかり風呂敷に包み込んでいるのを信吾の眼に示したが、

「菊之助の下穿きは不用なのか、と聞いておるのだ。名家のお坊ちゃまの褌《ふんどし》だぞ」

「そりゃ、頂けるものなら、下穿きでも褌でも頂戴したいものです」

ハゲタカ商売なもんですから、何でも買い取らせて頂きますが、何しろ相手はお武家のお坊ちゃまらしいので控えさせて頂きました、と、お杉がいうので、

「斟酌無用だ」

と、信吾は笑った。

「姉の方はあからさまに晒しておるのに弟分だけ隠すというのは不公平というもの

だ。菊之助も早く晒け出したいと心中、思っている筈」

信吾はそういって、

「遠慮するな。菊之助の腰に巻いておる褌もくれてやる。脱がせて持って行け」

と、笑いながら声をかけた。

追剝ぎ盗賊の乾分、捨吉と三郎がわらわらと菊之助の前につめ寄った。

「そら、お姉様の方もああして、丸出しになさっているんだ。おめえもいさぎよく一《いち》物《もつ》を晒け出しな」

と、ゲラゲラ笑いながら、腰をかがませて、菊之助の褌の結び目を解き、くるくると外し取っていく。

もはや、両足の自由も麻縄で封じられてしまった菊之助はどうする術もなく、顔面を火のように紅潮させ、歯を喰いしばった表情になっているのだ。

「紅顔の美少年が一物を晒すわけか」

と、信吾はまるで女のような菊之助の下ぶくれの愛らしい顔が真っ赤に火照り出したのを見てニヤリと口元を歪めた。

「憎い兄の仇の手で褌を解かれ、一物を晒さねばならぬとは、さぞ、無念だろうな、菊之助」

権三郎がそういって嘲笑すると、菊之助は遂に前髪をフルフル慄わせて号泣する。男とは思えぬ菊之助の淡い小麦色の餅肌《もちはだ》にも赤味がさした。

「菊之助っ、耐えるのです。死、死んだ気になって耐えるのですっ」

一糸まとわぬ素っ裸を野卑な男達の眼前に晒している夢路も乱れ髪を慄わせて嗚咽しながら菊之助に向かって声をかけた。

その憎みても余りある夫の仇の前に素っ裸の晒しものになるなど、これはこの世の出来事かとさえ夢路は思い、半ば気が遠くなりかけてくる。未だ、十七歳の純真な菊之助が盗賊の手で下穿きまで奪い取られるなど、その屈辱感は恐らく自分のそれより激しいものである筈だと夢路は我が身の辛さより菊之助の辛さを思い、おろおろするのだった。

「ざまあ見やがれ」

菊之助の腰からようやく六尺褌を引きむしったのを見たやくざ達はどっと笑い出した。

菊之助は首も顔も燃えるように熱くして、ガクガク全身を痙攣させている。

屈辱の極致に追い込まれて火照った頬を横に見せながら激しく嗚咽する菊之助はすこぶる美貌の持ち主であるだけに、少女が身も世もあらず羞恥《しゅうち》に悶え泣いているような何ともいじらしい風趣さえそこに感じられた。

股間の肉塊がそこに露呈しなければ娘だと間違うかも知れぬ程の美貌の菊之助を、先程から溶けそうな粘っこい眼で見つめているのは小沼一家の親分、佐助とお紋である。

佐助は菊之助から剝ぎ取った六尺褌をくるくると丸めてお杉の方へ投げつけると、菊之助の股間のそれを見て、

「へえ、なかなか見事なものをぶら下げてやがる。ちゃんと皮も剝けかかってるぜ。もう立派に大人のものじゃねえか」

と、いい、腹を揺すって笑うのだ。

菊之助も夢路も肌理《きめ》の細かい頰を赤く染め、緊縛された全身を固く強張らせながら、もう一言も口をきかず、必死になって火の玉のように胸の中に込み上げてくる屈辱と戦っているようだった。

「フフフ、お坊ちゃん。とんだ仇討ちになっちまったね。兄上の仇の眼の前でチンチンまで見られるとは思わなかったろう」

立膝《たてひざ》になって茶碗酒を手にしているお紋がそういうと、博徒達はどっと哄笑した。

「ハハハ、夢路どのもまさか、夫の仇と素っ裸の丸出しで対面する事になろうとは思

わなかったろうな。いや、御同情申し上げる」

権三郎は調子づいて、素っ裸の晒しものにされてしまった夢路を見ながら楽しそうにいった。

「さ、皆んな、今夜は夢路と菊之助を生け捕った祝いの酒盛りだ。遠慮せずにどんどんやってくれ」

と、信吾は小屋の板の間に坐り込んでもうかなりいい気分に酔っ払っている博徒や雲助達にいった。

酒の肴はその柱につないでいる素っ裸の夢路と弟の菊之助だ、と、加えて権三郎がいうと、

「何よりも結構な酒の肴でござんす」

と、やくざ達は酒で火照った顔をくずして声を上げ、権三郎と信吾はどっこいしょ、と柱を背にして晒されている夢路と菊之助の前にあぐらを組み、徳利を引き寄せる。そして、相好を崩して、夢路と菊之助の裸身を見くらべるのだ。

女っぽい、どことなく華奢な線で取囲まれている菊之助の小麦色の滑らかな裸身と、女盛りの成熟味をムンムンと匂わせる夢路の雪白の艶っぽい裸身――菊之助の胸の上には三本から四本の麻縄が強く喰い込み、夢路の熟した形のいい乳房の上下には

合計五本の麻縄が痛々しいばかりに喰い込んでいる。菊之助の鞣皮《なめしがわ》のように引き緊まった腹部の縦長の臍《へそ》、夢路のスベスベした絹のように滑らかな腹部の丸みを持った可憐《かれん》な臍、それらをニヤニヤしながら見くらべていた権三郎は次に二人の太腿の付け根あたりを舌なめずりするような顔つきで見くらべる。

菊之助の繊毛は未だ充分に密生はしていないが、淡い茂みに縁《ふち》取られた肉塊はもう充分に熟れて先端の包皮ははじけ、薄紅の綺麗な色に染まった生の肉塊をはっきりとのぞかせていた。夢路のそれは女盛りの婀娜っぽさを示すように、艶っぽい漆黒の繊毛は絹のような柔らかさで生暖かく盛り上り、しかも、手入れを念入りにほどこしたような形よさなのだ。

「十七歳の新鮮な松茸と二十八歳の熟れた蛤《はまぐり》の身。松茸と蛤とはうまくいい当てたものだ」

信吾は北叟笑みながら、権三郎の耳に口を寄せて小声でいった。

「何しろ相手はこれまで数々、我々を手古《てこ》ずらせた女剣客だ。素っ裸の晒しものにされ、観念したように見えるが、いざ毛剃りの刑をほどこすという事になると、かなりこちらを手古ずらせるかも知れぬ。そこで、これにも策略を用いねばなるまい」

権三郎は含み笑いしながら信吾の耳元に口を寄せて小声でささやいた。

何としても菊之助の命だけは救いたいと、それに夢路は最後の望みをかけているところがある。それにつけ込むのだ、と、権三郎はいうのだった。

うまくいけば、今夜、夢路はおとなしく我々に抱かれるかも知れぬぞ、と、権三郎は声をひそめて信吾にいった。

「あのように美しい裸身をじかにこう見せつけられてはこのまま夢路どのを処刑するのは何としても惜しい。今夜はあの美しい茂みの奥の出来具合をじっくり調べて楽しみたい、そうは思わぬか、信吾」

いわずもがなだと信吾はうなずいた。

夢路を嬲りものにするといっても、相手は権三郎も信吾も剣を交えて勝つ事の出来なかった女武芸者であり、一筋縄《ひとすじなわ》ではいかない事は確かだが、それだけにまた、楽しみがあると権三郎は思った。

信吾は茶碗酒をぐいと一飲みしてから権三郎にいった。

「な、そろそろ始めようではないか。この場で夢路のあの男心を溶かすような茂みを剃り上げ、割れ目を披露させるとか。菊之助の一物を蠟燭《ろうそく》でジリジリ焼くとか」

信吾がニヤリと笑みを浮かばせてそういうと、酒気を帯びた博徒や雲助達は、先程からどうしようもないくらいに込み上げてきていた欲情をまた一層、昂ぶらせて、いっせいに歓声を上げた。

「そいつは面白えや。早速、やろうじゃありませんか」

「おい、剃刀と蠟燭をこっちへ持って来い」

と、気の早いやくざ達はすぐに私刑の準備を始める。

一本一本、念入りに剃り上げ、女剣客の割れ目をくっきりむき出しにさせてやる、
と佐助が昂奮し切って声を上げると、博徒も盗賊達もわっとはやし立てた。

「それから皆んなで上つきか下つきか、じっくり調べ、貝柱の頭にお灸《きゅう》をすえてやる」

と、一人がわめき、小屋の中は狂暴と昂奮のむっとする熱気が充満し始めた。

悦虐《えつぎゃく》の門

夢路と菊之助の表情はさすがに一変する。

佐助の乾分の仙吉がニヤニヤしながら蠟燭を差し込んだ燭台《しょくだい》を菊之助の前に置く

と、菊之助の顔面からは忽ち血の気が引いた。

「武家の名門の御曹司《おんぞうし》がタマを焼かれてどんな悲鳴を上げる事になるか、これは楽しみな事だ」

仙吉は蠟燭の芯に火を点けると冷酷な微笑を口元に浮かべた。

「な、何というむごい事を。待って。待って下さいっ」

菊之助のそれを蠟燭で焼くという残忍な事をやくざ達が冗談ではなく、本気でする気になっているのに気づいた夢路は象牙色の頰を引きつらせて思わず上ずった声を上げた。

「権三郎どの、何卒、お慈悲をおかけ下さい」

夢路は切羽つまって仇の権三郎に慈悲を求めたのである。

「菊之助はまだ年端もいかぬ少年です。そのようなむごい事はやめて下さい。あなた達が憎むのはこの夢路である筈、菊之助に加える責めはこの夢路に加えて下さい」

必死な声でそう叫んだ夢路の翳りのある睫毛には涙がいっぱい滲んでいた。

「菊之助なんかかまっている閑《ひま》はねえぜ。おめえはおめえで毛剃りのお仕置きを受けるんだよ」

仙吉がせせら笑いながらいった。

同じく佐助の乾分の糸平が剃刀を持って、ニヤニヤしながら夢路の前にぬーっと馬《う》面《づら》を出してくる。

夢路の優雅な氷のように冷たい頬も今は憤怒と羞恥と屈辱に歪み、妖しいばかりに熟れ切った太腿もブルブル慄えた。

しかし、夢路は仇の手でそのような死ぬより辛い汚辱の思いを味わわされていると いう事より、菊之助の急場を救いたい一心が先に立って、

「私はもうどのような辱めを受けてもかまいませぬ。お願いです。菊之助だけは、菊之助だけは何卒、お助け下さい」

と、権三郎の方に涙に潤んだ瞳を向け、声を慄わせて哀願するのだった。

菊之助は耐えられなくなって、

「姉上、鬼畜の権三郎に慈悲を求めるなど、おやめ下さい」

と、引きつった声を張り上げた。そして、権三郎の顔をキッと睨みつけた菊之助は、

「覚悟は出来ている。いたぶるなら好きにいたぶれ。なぶり殺しにするなら、なぶり殺しにしろ」

と、自棄になったようにわめき立てるのだ。

夢路の方はそれとは逆に、

「お、お助け下さい、権三郎どのっ、菊之助だけは何卒、ああ、権三郎どの」

夢路はもう見栄も体裁も忘れて、必死な声で権三郎に向かい哀願し始める。

菊之助の玉を焼くという残虐行為におびえきり、すっかり弱気になってこちらに慈悲を求めてきた夢路が権三郎は嬉しくて仕方がない。信吾と権三郎は顔を見合わせ、共に北叟笑むのだ。

「なる程、仇の我等に武士の情けをかけてくれ、と夢路どのは懇願されるわけだな」

と、権三郎は夢路の悲痛な顔を心地よく見つめながら勝ち誇ったようにいった。

夢路は涙に潤んだ切れ長の瞳を権三郎に向けて口惜しさに歯ぎしりしながらいった。

「一思いに首を刎《は》ねられるなら、菊之助も私も満足致します。しかし、このような生恥を晒すような責めは私共、姉弟にとっては死ぬより辛い責め苦になります」

何卒、そのような淫らな責めは御容赦下さいませ、と、引きつった声音で叫んだ夢路は顔をねじるようにして嗚咽するのだった。

「左様、この二年というもの拙者を仇としてつけ狙っていた姉弟を死ぬより辛い淫ら責めにかけるのが拙者の夢でござった。その夢が叶って、今、拙者の眼前には夢路どのと菊之助どのが素っ裸の晒しものになっているではないか」

そのように美人姉弟の蛤と松茸をこうも真正面から見る事が出来るとは夢想だにしなかった事だ、といって権三郎は信吾と一緒に腹を揺すって笑い合った。

そこで一呼吸をおいて権三郎は、

「よろしい。夢路どのが自分の身に代えても菊之助の身を守りたいという姉らしい心情に免じて菊之助の玉を焼く事は勘弁《かんべん》致そうではないか」

と、いうと、夢路はほっとしたのか顔を起こした。

「その代り、夢路どのの方は最初からの予定通り、そこの悩ましい茂みは一切、剃り落として頂く事になる。異存はあるまいな」

と権三郎が夢路の乳白色の官能味のある太腿の付け根、そこに絹のような感触でふっくらと盛り上る漆黒の茂みを指さしていうと、夢路はハッとして剃り取られるのを恐れるように両腿をぴったり閉じ合わせるのだった。

「異存はなかろうな、と聞いておるのだ。返事をせぬか、夢路どの」

権三郎はついと立上り、元結《もとゆい》の切れた黒髪を激しく揺さぶって嗚咽する夢路の肩先にそっと手をかけるようにした。

権三郎の手が肌に触れた途端、夢路は反射的に身をよじって権三郎の手を振り切ろうとする。仇の権三郎の手が少し触れただけでも全身に鳥肌が立ったようにピーンと夢路の全身の筋肉が硬化するのは仕方がないとしても、さて、この気性の強い武家女を籠絡するのはさても難儀な事だと権三郎は思うのである。しかし、それは嗜虐趣味者である権三郎にとっては無上の愉悦に違いなかった。

権三郎はおどろに乱れた夢路の黒髪や夢路の艶っぽいうなじから匂い立つ女の甘い香りをくんくんと鼻で楽しみながら官能の芯をすっかり疼かせていた。

異存はなかろうな、と再度権三郎につめ寄られて夢路は真っ赤に染まった顔を横に伏せ、全身を小刻みに慄わせながら、

「異存はございませぬ」

と、血を吐くような思いでうめくようにいった。

「よし、わかった」

と、小沼一家の貸元、佐助が身を乗り出してきた。

「おい、毛剃り屋のお杉、お前の出番だぜ」

先程から佐助の女房のお紋とキャッキャッ笑いながら酒を飲んでいた故買屋のお杉が、私は毛剃り屋じゃないですよ、親分、といってフラフラ立上り、晒されている夢路の前に近づいてくる。

「昔、髪結い稼業をやっていたお前の腕の見せどころだ。酔っ払ってしまわねえ内に、仕事を始めろ」

と、佐助に声をかけられてお杉は夢路の下肢の前にかがみ込み、腿の付け根の部分を凝視する。夢幻的な柔らかさでふっくら盛り上る漆黒の繊毛をお杉はしげしげと見つめて、

「こんな形のいい茂みを剃り上げるなんて、何だか勿体ない気もするんですがね」

武家女の気品さえ感じられるような黒々として優美な茂みを剃り上げるというのは何とも気がとがめるとお杉がいうと佐助は、

「馬鹿野郎、だからその武家女の気位を打ちくだくために剃り上げるんだ。一皮剝けば自分だって普通の女と何の変りもねえって事を割れ口を晒して思い知らせてやるんだ」

と、がなり立てるようにいった。

「それからさっきも話したようにその女武芸者の茂みは一本一本、喧嘩に滅法弱いうちの乾分達のお守りにするんだからな。無駄にしねえように大事に取り扱ってくれなきゃ困るぜ」

と、つけ加えて佐助はお杉にいった。

「わかりました。親分」

といってその場から腰を起こしたお杉は、

「女のそこを剃るのは立ったままじゃ仕事がやり難《にく》いのです。横に寝かして両肢をしっかり開かせて頂けませんか」

と、佐助に注文を出した。

「なる程、女のそこは形からいっても横に寝かして大股開きにしねえと剃り難いというわけだな」

すまねえ、それには気づかなかった、と佐助はいって、

「野郎ども、戸板の上にその武家女を大股開きにして縛りつけろ」

と、手下達に命じた。

この夢路と菊之助が晒しものになっている土間と並んで、六帖《じょう》一間ぐらいの板の間が上り框《がまち》をはさんで隣接している。そこへ追剝ぎの手下、捨吉、三郎達がどこから古びた雨戸を外して持出してきて置くと、小沼一家の乾分、仙吉と糸平が近くの竹藪の竹を一本切り落として持込んで来た。青竹は夢路の二肢を開脚位にしてつなぐためのもので、故買屋のお杉の下知のもとやくざ達はいそいそと仕事にかかっているのだ。

「これ、木樵《きこり》さんがうたた寝に使っていた木枕なんだね。いいものがあったよ。これ、武家女の腰枕として充分使えるよ」

お杉は板の間の片隅に転がっていた木枕を見つけ、それを戸板の上へ放り投げた。

「なる程、女のあそこを毛剃りするには腰枕が必要というわけか」

お杉のあとについて小座敷の方へ上った権三郎は感心したような声を出す。

「そうですよ。大事な部分をしっかり浮出しにさせとかないと綺麗に仕上げる事は出来ませんからね。尻の穴と前の茂みの間の細かい産毛まで、剃り上げなければ髪結い屋としていい仕事をした事にはなりませんからね」

お杉がそういうと権三郎は、なる程、なる程と好色そうな笑顔を見せて、

「その方が見ていて見物のし甲斐があるというものだな」

と、声を上ずらせていうと、お杉はそれにはっきり答えた。

「武家女の大蛤のむき身がはっきり御覧になれるというものです。何なら、赤貝の活《いけ》造《づく》りにして御覧に入れる事だって出来ますからね」

権三郎は全身揉み抜かれるような嗜虐の昂奮に浸りきりながら、小沼一家の乾分達に号令した。

「こちらへ夢路どのを連れて来い。この戸板の上へ大股開きにして縛りつけるのだ」

合点《がってん》だっ、と佐助の乾分の仙吉と糸平が敷居から土間へ飛び移り、一本柱に縛りつけられている夢路の裸身を引き離し、戸板の方へ引き立てようとする。

狂ったように緊縛された裸身を揺さぶってやくざ達に怒号したのは菊之助だった。

「貴様達、姉上を何とする気だっ」

立位でつながれている柱を揺らすばかりに裸身をのたうたせながらわめき続ける菊之助の頬に佐助が激しい平手打ちを喰わせた。

「まだわかんねえのか。手前《てめえ》の姉上様は毛剃りのお仕置を受けなさるんだよ。手前の玉を焼くのだけは勘弁してほしいと手前の代りに俺達の酒の席の余興を姉上は演じて下さる事になったんだ」

姉上様に手前は感謝しなきゃ罰が当たるぜ、と佐助はどなるようにいってから、

「さ、戸板の方へ武家女を早く引き立てて行きな」

と、夢路の縄尻を持つ乾分達に声をかけた。

「さ、とっとと歩きやがれ」

三下達は夢路の白磁の滑らかな背中をドンと突き上げ、夢路は堅く唇を噛みしめながら歩みかけたが、ふと、柱に縛りつけられている菊之助の方に悲壮味を帯びた表情を向けた。

「最後の時が来るまで如何なる屈辱にも耐え忍び、命を守り抜く事、これを最後の夢路の言葉だと思って下さい」

自分で自分の命を断つような軽はずみな真似をしてはなりませぬ、と、菊之助に声を慄わせていい含める夢路の睫毛の間からは熱い涙が一筋、二筋、したたり落ちて乱れ髪をもつれさせた優雅な頰を濡らすのだった。

「姉、姉上っ」

柱を背に立位で縛りつけられている全裸の菊之助は屈辱に歪んだ顔面を横にねじらせて号泣する。

人の字縛《しば》り

夢路は再び、縄尻を取る博徒達に肩や背を押され、凍りつくような表情になって歩み始めた。

歩く度に夢路の量感のある女っぽい双臀がかすかに揺れ動くようで、それが何とも悩ましく、引き立てられる夢路の背後について歩く権三郎は好色な笑いを口元に浮かべるのだ。

「男泣かせの見事な尻でござるの、夢路どの」

むっとした官能味を帯びた割れ目までが何か優美でまた色っぽく、それを見つめるやくざや盗賊達は疼くようなものを感じて思わず生唾を呑み込むのだった。

劣情を催したやくざ達はさらに前に廻って夢路の下腹部に目を凝《こ》らす。

一歩、一歩、静かに足を動かす夢路の熟れた肉づきのいい太腿も武家女らしくつつましやかにふっくらと盛り上り、今まで風呂場でやくざ達を相手にして暴れ廻っていた女とは思えない。

やくざ達は情欲の芯を燃えたたせ、揃って目をぎらつかせるのだった。

その部分に男の貪るような視線を受けても夢路はそれをわざと無視したように綺麗な睫毛をそよとも動かさず、冷たく冴えた表情を頑ななまでに硬化させて引き立てられるまま、ゆっくりと歩き続けている。

「ひとまず、夢路どのはそこに坐ってお待ちなされよ。すぐに支度を整える」

権三郎は戸板の前に後手に縛られた素っ裸の夢路を坐らせようとする。

夢路は固く目を閉ざしながら権三郎に命じられるまま、膝を二つに折って戸板の前に静かに坐ったが、これから一体、自分をどうしようというのか、何か淫猥《いんわい》な不気味さを感じてさすがの夢路も繊細な象牙色の頰を蒼白く強張らせている。

というのは、嗜虐のいたぶりを受ける事を覚悟した夢路だったが、先程から佐助の女房のお紋と権三郎と信吾がクスクス笑い合いながら何か小声で打ち合わせを行っているようでそれが不気味なものに感じられ、耐えようのないおぞましさを感じたからだ。

お紋から布袋のようなものを手渡された権三郎は中を覗き込んで信吾と顔を見合わせ、淫靡な笑いを交わし合った。

「いや、お待たせして申訳ない」

権三郎は戸板の傍に立膝して腰をかがませている夢路に近づくと、

「今、お紋さんから一つ、提案がござってな」

いまになって夢路どのにこんな事、申しにくいのだが――と、権三郎はニヤニヤしながらわざと口ごもっていった。

「お紋さんのいわれるには無双流の女剣客でもある夢路どのが麻縄で手足を固く封じられたとしても、股間の毛剃りのようなお仕置をおとなしく受け入れる筈はないといわれるのだ。我等に向かって必死に毒づき、わめき立て、狂おしく身悶えして我等を手古ずらすのは必定だといわれるわけだ」

だから、でござるな、毛剃りの前に、夢路どのの身体を充分、お慰めした方がよかろう、というわけでござる。といった権三郎がお紋に手渡された布袋の中に手を差し入れて取り出したのは男根を象《かたど》った水牛《すいぎゅう》の張り形であった。

その張り形を夢路の鼻先へ近づけ、

「この布袋の中にはお紋さんの店、女郎屋・金竜の七つ道具が入っておるらしい。女に気をやらせるための珍品をお紋さんは用意して下さったのだ」

などという権三郎の説明がじれったくなったのか、お紋が権三郎に代って夢路に声をかけた。

「つまりだね、毛剃りがやりいいように自分でそこの所をぐっしょり濡らして頂きたいんだよ」

と、弾き返すような勢いでいった。

「出来たら、たっぷり潮を吹き上げてもらいたいもんだね。そうすりゃお杉の毛剃りの仕事の手助けになるじゃないか」

権三郎が突き出して見せた水牛の張り形からハッと狼狽して目をそらせた夢路を見てお紋は笑いこけた。

それを聞いていた佐助が、お前が金竜の七つ道具を持出してきたのはそういうわけだったのか、と笑いながら近づいて来て、

「それにしても女って奴は男よりあくどい事を思いつくじゃありませんか」

と、権三郎の顔を見てニヤリとした。

お紋が亭主の佐助にいった。

「ひょっとするとその夢路という武家女、うちの金竜で働かせる事だって出来るじゃありませんか。そうなると女のそこの部分の出来具合がキメ手になる。毛剃りする前に一応、調べておきたいんですよ」

そういうわけでござるよ、夢路どの、と権三郎が真っ赤に染まった頬を横にねじり、小刻みに慄えている夢路に向かって勝ち誇ったようにいった。

「夢路どのにとっては憎さも憎しと思われているこの権三郎が腕によりをかけて夢路どののそこをぐっしょりと濡らして進ぜる。面白い仇討ち劇の結末とは思いませんか」

権三郎は信吾と顔を見合わせてゲラゲラ笑い合った。

戸板の傍にうずくまっていた夢路は急に顔を起こし、キッと権三郎と信吾を睨むように見た。

夢路の表情には再び、憎悪の色が浮かび出て翳の深い瞳の中に敵意と反撥の色が滲み出るのだった。

「ハハハ、夢路どの。そう怖い顔をなされるな。そう睨みつけられると脛に傷持つ我々としてはおどおどするばかりではないか」

夢路は今度は権三郎の方に悲哀の色を湛《たた》えた眼を向けていった。

「一体、何故、私を淫ら責めにかけようというのですか」

やくざ達が部屋の中央に戸板を置き、その端に青竹を横にして乗せ、更に麻縄の束などを持出してくると、得体の知れぬ不気味さと恐怖を感じて夢路の優雅な象牙色の頬は次第にまた強張り始めている。

「いや、何もそう固くなる事はないぞ、夢路どの。今まで我等と刀を交わし合ったり、やくざ達相手に大奮闘なさった夢路どのを今度はそのような殺伐《さつばつ》な方法ではなく、優しくいたわり、お慰め申そうという趣向でござる」

権三郎は彼特有のねちねちしたいい廻し方で深い憂《うれ》いを滲ませたような夢路の、睫毛の長い黒目がちの瞳を見つめるのだった。

「夢路どのの見事な剣技には感服仕《つかまつ》った。到底、我等、こんな田舎に巣くう浪人達の剣技では、歯が立ち申さぬ。しかし、女剣客の夢路どのは女としての価値というものの方はどの程度、有しておられるか、我々はそれに興味を抱いたわけだ」

こう申しても理解出来ぬか、夢路どの、と、権三郎は夢路の蒼ざめ始めた線の綺麗な頬を愉快そうに見つめながらいうのである。

「つまり、今度は夢路どのの敏捷に動くその肢の自由まで奪い、女にとって最も羞ずかしい個所一つで我々と戦って頂こうというわけだ」

権三郎がそういうと、夢路も男達の狙いをはっきり覚《さと》り、その瞬間、いきなり冷水を浴びせかけられたように全身を慄わせた。

「毛剃りして、蛤をむき身にし、女肉の有様を晒け出す前に張り形などにて夢路どのの女の実態を晒け出す。要するに美人剣客の夢路どのの肉体を動と静の地点からゆっくり探索してみたいというわけでござる」

今度は信吾が夢路に向かってそう声をかけ、身体をよじらせて笑い出す。

夢路は呼吸も止まるばかりの衝撃を受けて発作的に逃げようとして立上ろうとする。

そんな夢路の柔軟な肩に周囲を取囲むやくざ達が前後左右から毛むくじゃらの手をのばして押さえつけた。

「この期《ご》に及んでおびえるとは情けないぞ、夢路どの。あなたは無双流免許皆伝の女名状の出来ぬ屈辱と恐怖に優雅な頬を引きつらせている夢路を見つめて権三郎はおかしそうにいった。

「よし、夢路どのを戸板の上に寝かせろ。大股開きにしてかっちり縛りつけるんだ」

と、権三郎に命じられた博徒達は夢路を前後左右から抱き上げるようにして戸板の上へ仰臥位《ぎようがい》に倒していく。

夢路は戸板の上へ倒されながら、柳眉をつり上げ、憤怒に燃える瞳を権三郎と信吾に向けながらわなわな唇を慄わせて叫び続けた。

「私は剣の修行のみに暮らして参った女です。色責めや淫ら責めにはそぐわない女、望まれる女には成り得ませぬ」

と、半分泣き声になって口走ると権三郎はせせら笑っていい返した。

「男嫌いの生涯だったとおっしゃりたいのだろうが、それは江藤道場の娘時代だけの話。夢路どのは我が後輩の卯兵衛と祝言も挙げ、夫婦《みようと》生活も送ったではないか。人妻の経験も有しながら色事には無縁という理屈は通じませんぞ」

夫、卯兵衛を騙し討ちにした憎さも憎し某《それがし》の手にかかって襞を広げられ、赤貝をつまみ出され、揉みかきまわされている内、必ず肉体は熱く濡れる事になると拙者は読んでおる、と権三郎は酔い痺れた気分になって夢路に語りかけるのだった。

その言葉を聞いて夢路は逆上したように押さえつけている博徒の手を振り切ろうとして裸身を激しく揺さぶり、立上ろうとしたが、

「往生際が悪いぞ、夢路どの。菊之助のタマを焼いてもかまわぬのかっ」

と、信吾が一喝する。

その一喝で夢路の全身から力が失せていく。

再び緊縛された夢路の裸身が博徒達の手で戸板の上へ仰向けにしっかり倒されていくのを眼にした権三郎は、

「それっ、青竹を足枷《あしかせ》にして夢路の両肢を縛れ。出来るだけ大きく開かせるのだ。早く縛らんかっ」

と、声をはり上げた。

仙吉と糸平は戸板の上に仰臥した夢路の優美な下肢をからめ取ろうとしたが、夢路は真っ赤に火照った顔を激しく揺さぶり、同時に下肢を縮めたり、頑なに閉じ合わせたりして最後のあがきを示している。

「菊之助を救うためじゃねえか。何時《いつ》までも駄々をこねてもらっては困るぜ」

そういって嘲笑しながら仙吉と糸平は遂に夢路の雪白の脛と官能味のある太腿をつ

かみ取り、

「そら、御開帳だ」

と、左右に力一杯、割り裂いていくのだった。

「ううっ」

夢路は全身から血が噴き出るばかりの屈辱と羞恥に狂気したように乱れ髪を振り廻し、傷ついた獣のような呻き声を口から洩らした。

息苦しい程にムチムチ肉の実った乳色の両腿が割り裂かれて、卵の白身のような粘りのある艶っぽい内腿が耐えようのない屈辱感を示すように、わずかに痙攣している。むっと悩ましく盛り上る艶っぽい繊毛はそのため露《あらわ》に浮き上り、夢路の二肢をからめ取りながらそれを眼にした権三郎は思わず生唾を呑み込むのだった。

「おい、ぼんやりせずに夢路の足首を青竹に縛りつけろ。かまわん、もっと大きく股を開かせるんだ。急げ、早く縄をかけろ」

両腿を開いた夢路の姿にすっかり官能の芯を昂ぶらせてしまった権三郎はもうじっとしていられなくなったように、その場でそわそわしながら、開かせろ、とか、縛りつけろ、などと口走っている。

戸板の端に配置されている青竹の両端に更に大きく割り開かれた夢路の足首は押し

つけられてキリキリ縄がけされていくのだ。

やくざ達に戸板の上で人の字に縛りつけられていく夢路を見て、権三郎は、やったぞ、と胸の中で歓喜の声を上げた。

如何に相手が無双流を使う女剣士であれ、素っ裸のまま、このような姿に縛りつけられれば、そのあと、落花《らっか》無残の生恥を晒す以外、どうしようもない。

屈辱の慄えを示す夢路の品位を帯びた形のいい両足首を青竹の両端に厳重に縛りつけたやくざ達はほっとしたように顔を上げ、額に滲む汗を手の甲で拭っている。

「やれやれ、随分と手間をとったが、どうやらこれで一段落した感じだ」

権三郎は小躍りしたくなる悦びを抑えながら博徒連中を見廻していい、次に戸板の上に人の字に縛りつけられた夢路の身も世もあらぬ悶えようを見て薄笑いを口元に浮かべるのだった。

夢路は火がついたように真っ赤に染まった頬を右にそむけたり、左にそむけたり、そして、緊縛された上半身をガクガク揺さぶったり、開脚位に縛りつけられた優美な二肢をくねらせるように悶えさせ、艶やかな内腿まではっきり見せて割り開いた悩ましい両腿をさも哀しげにくなくなよじらせているのだ。と同時に上気した頬をわなわなと慄わせながら屈辱の口惜し泣きをくり返している。

「女剣士もそうして羞じらいの身悶えを示し、すすり泣くところを見ればやっぱり女でござるな」

権三郎はそういって笑い、羞じらいと屈辱の身悶えをくり返す夢路のくねり合わせている両腿の付け根に好色に潤んだ眼を注ぐ。

夢路のその男心を疼かせるような艶やかな繊毛のふくらみは夢路が悲痛な身悶えをくり返す度にそよぎ出し、その奥に秘められた女の色っぽい亀裂をふと露にするようでいながらなかなか見えず、それが見ていて何とも悩ましく、小沼一家の佐助はぐっと肉棒にこみ上げてきた欲望の息吹に耐えられなくなったように、腰を上げたり、下ろしたりをくり返している。

「権三郎先生、この眺めは一寸、刺激が強過ぎるようですね。わっしは腰の下がさっきから疼いてしまって満足に坐れなくなりましたよ」

佐助が照れ笑いをしてそういうと、権三郎も先程から全身、痺れる思いで夢路の悶えを凝視していたが、ふと顔を起こし、ニヤリとした。

「まだ何も手出しせぬ内、気の弱い事を申されるな」

さて、何時までもこのまま、じらしておくのはむしろ夢路どのに失礼というものだ。そろそろ、料理にかかるか、と権三郎は佐助の女房のお紋の方に眼を向けた。

「この布袋の中の七つ道具というものを披露して頂けませんかな。お�./紋さん」

といって、布袋を手渡した。

戸板の傍へ坐り込んだお紋が布袋から取り出した大小幾つかの張り形、それに姫泣き輪とか指人形とか、肥後《ひご》ずいきとかいう今まで権三郎が聞いた事もないような何だか得体の知れぬ淫らな責めの小道具類である。

「私も一生に一度でいい。武家育ちの女ってのをさめざめ泣かせてみたいと思っていたところなんですよ」

お紋は淫らな笑いを片頬に浮かべて、油紙を開き、その中にある二つの小さな金色の玉をわざと、おびえ切っている夢路の眼に示した。

「これは琳《りん》の玉といいましてね。じっとり身体が潤んできた頃を見計らって、これを奥深くに含めるんですよ。それから張り形責めにかける。すると、二つの玉が触れ合って、いい音色を立てるし、また、コリコリ肉がこすられて女の方はたまらない気分になるんですよ」

いくら気性が強かろうが、堅物だろうが、こいつにかかっちゃ、声を張り上げて泣き出す筈なんですがね、と、お紋はわざと戸板の上に開脚位の姿態で縛りつけられている夢路の耳にも聞こえるように声を大きくして権三郎に語りかけるのだった。

左様か、なる程、なる程と感心したようにうなずいていた権三郎は、

「よし、最初はこういう小道具を使って銀八に責めさせてみよう」

と、いい出した。

「元、江藤道場の使用人、銀八は泣いて悦びますぞ、夢路どの」

銀八と聞いて夢路の全身は戦慄したようにガタガタ慄えた。

開帳と開帳

「銀八、どこにいるのだ。出て来い」

今まで人ごみの中に隠れるようにして小屋の片隅でチビリチビリ酒を飲んでいた銀八は権三郎に声をかけられ、うろたえ気味に立ち上って戸板の上に仰臥位につながれている夢路の傍へ近づいて来た。

チラと銀八の顔を見た夢路の狼狽は激しかった。

戸板の上へ素っ裸のまま開股位にされて縛りつけられている夢路の傍に銀八がニヤ

ニヤして腰を据えつけると夢路の顔面は恐ろしいくらいに引きつり、

「銀八っ、傍へ寄ってはなりませぬ。あっちへお行きっ」

と、引きつった声を張り上げ、さっと火照った顔を横へよじらせ、肩先を慄わせて涕泣《ていきゅう》するのだ。

開帳位につながれている夢路の乳白色の下肢も両腿も屈辱のため小刻みにブルブルと慄えているのが銀八の眼にはっきりと映じ、銀八は思わず生唾を呑み込んだ。

「今まで影すら踏めなかった江藤家の奥さまが素っ裸の大股開きを奉公人の私に見せて下さるなんて――」

銀八は声をつまらせてそういい、

「やっぱり長生きしてよかったと思いますよ」

と、声を上ずらせていった。

権三郎が愉快そうにそんな銀八に対していった。

「銀八、お前、夢路どのの裸身を風呂場からのぞき見して、その夢路どのにあとから折檻されたそうだな」

「へい、次の日、庭へ引っ張り出されて木剣で足腰が立たぬくらい、手ひどい折檻を受けました」

あの時、受けた傷が今でもズキズキ痛んで夜なんか満足に寝られやしません、と銀八が眉間に受けた傷を権三郎に示して口をとがらせるようにいうと、

「その時の恨みを今、返させてやるといってるのだ。夢路どのの女陰を責めて責めて責めまくり、見事に潮を吹かせてみろ」

と、権三郎は銀八の顔を面白そうに見ていった。

そして、憤辱《ふんじょく》の思いを必死にこらえている夢路に向かって権三郎はいった。

「おわかりか、夢路どの。これから銀八が夢路どのに受けた折檻の仇を返すといっておるのだ。そうでなくとも江藤道場に銀八は二十年も小者、中間《ちゅうげん》として働いていた忠義者だ。ここまできたなら、その労に報いるため、銀八に弄《もてあそ》ばれてもいいではないか」

そして、毛剃りが楽になるよう茂みをぐっしょり濡らして見せるのだ。いいな、夢路どの、と権三郎は勝ち誇ったようにいった。

「よし、銀八、そろそろ料理にとりかかれ」

権三郎は放心したような表情で夢路のあられもない姿態に見入っていた銀八に活を入れるようにいった。

銀八が我に返ったようにすぐに夢路の下半身に身を寄せつけていき、くなくなとよ

じらせている肉づきのいい乳白色の太腿あたりにふと手を触れさせると、夢路の全身は硬直し、次に悪寒《おかん》に触れたように激しい痙攣が生じ、夢路の口からヒイっと甲高い悲鳴が生じた。

「おのれ、銀八、ここへきてまだ私に生恥をかかせるつもりか」

人の字縛りにされた全身を狂ったようによじらせ、

「使用人のお前の手でたとえ嬲《なぶ》りものに遭《お》うても私の心は怯《ひる》みませぬ。この恨み、必ず晴らして見せます。覚えておくがいい」

夢路は真っ赤に火照った頬を強張《こわば》らせ、美しい眉根をしかめ、血を吐くような声音で銀八に毒づくのだ。

「いい加減、観念したらどうなんだ。奥さま」

と、銀八も先程から夢路に叱責されてばかりいるような自分が情けなくなってやくざを見習ったように強気に出た。

「近づいてはなりませぬ、あっちへお行き、とか、使用人のお前に嬲りものに遭っても心は怯みません、とか、何時《いつ》まで俺様を使用人扱いにして犬や猫みてえに扱う気なんです。よござんすか、俺達は勝ち組で奥さま方は負け組なんです。今までとはすっかり立場が逆になった事をもういい加減、覚《さと》ってもらわないと困るんです」

と、銀八はせせら笑うようにして夢路にいい聞かせた。

夢路は口惜しげに奥歯を噛み鳴らして、号泣する。

「そら、ここにいいものがあるよ。銀八さん」

と、佐助の女房のお紋が女郎泣かせの七つ道具の袋の中から茶色の小瓶に入った練り状の塗り薬を銀八の傍に置いた。

「こいつは姫泣き油といってね、潤みのとぼしい女郎に塗り込んでやると、効果てきめん、身体がカッカと燃え立ってじっとり濡れしめってくれるんだよ」

こんな気性の強い武家女には打ってつけの妙薬だと思うんだがね、とお紋はクスクス笑いながら銀八にいった。

「よいか、皆の衆」

権三郎は戸板の周囲を取囲んでいる博徒と盗賊達を得意げに見廻すようにいった。

「仇の手でいたぶられる夢路どのの口惜しさを察して手荒には扱わず、気分が乗るように優しく責めて頂きたい。銀八の女陰責めに協力してやって頂きたいのだ」

まず、夢路どののその形のいい乳房を左右から優しく揉上げてやって頂きたい、と権三郎がいうと、よし、その役は俺が引き受けよう、と小沼一家の親分の佐助と追剝ぎの首領の源太郎が同時に声を上げ、開帳縛りにされている夢路の左右へ添い寝するように身を寄せつけていった。

佐助は夢路の右の乳房、源太郎は夢路の左の乳房を受持ち、いたぶり抜こうというのである。

「ほう、両親分が介添《かいぞ》えして下さるとなると、銀八も張り合いがあるだろう」

権三郎は北叟笑んだが、佐助と源太郎の手が左右から夢路の優美でふくよかな乳房に触れた途端、夢路の口からはつんざくような悲鳴が迸り出た。

「何をするっ、無礼者」

人の字縛りにされた素っ裸を狂ったように左右へよじらせながらわめき出した夢路を見て、佐助と源太郎は呆気《あっけ》にとられたように顔を見合わせた。

「おい、聞いたかい。無礼者だってよ」

佐助は源太郎に声をかけ、

「武家女というのは全く始末に負えねえな。何時までも手前《てめえ》、何様のつもりでいやがるんだ」

佐助はカッとしていきなり夢路の右側の乳房を鷲摑《わしづか》みにして遮二無二《しゃにむに》揉上げた。再び夢路の口からはけたたましい悲鳴が迸り出る。

「おい、おい、親分。そんな手荒な乳揉みは感心しませんな」

と権三郎が笑いながらいきり立つ佐助を制した。

「夢路どのの気分が高揚《こうよう》して茂みをぐっしょり濡らさせるのが目的でござる。乳房を両手で柔らかく包み込んで優しく揉上げるとか、乳房を口に含んで柔らかく吸ってやるとか、女泣かせの戦術を発揮して頂きたいもの」

なる程と佐助はうなずいて麻縄を強く巻きつかせている夢路の乳房にそっと両手をからませていく。

途端に夢路は、うぅっ、とひと際激しいうめきを口から洩らし、さも口惜しげにキリキリ奥歯を噛み鳴らして艶っぽいうなじを大きくのけぞらせるのだった。

「へえ、何て柔らけえおっぱいだ。まるで掌の中で溶けてしまいそうな感じですぜ」

佐助は夢路の熟れた白桃のように瑞々《みずみず》しい乳房を両手で柔らかく包み込み、ゆるやかに押し上げたり、揉上げたりを粘っこくくり返すのだ。

「じゃ、俺もひとつ、優しく扱ってやるぜ」

と、夢路の左の乳房を受持つ源太郎は乳房を両手で包み込み、緩やかに揉上げながら、その薄紅色の可憐な乳頭にそっと唇を押しつけると、チューチュー音を立てて吸い始める。

げたのだった。

「あっ、ああっ」

夢路は元結の切れて乱れた黒髪を激しく揺さぶりながら遂に悲鳴に似た声を張り上げたのだった。

「武、武士の妻を、こ、このような者共の手で嬲りものにさせるとは、権三郎どの、この恨み、忘れは致しませぬっ」

夢路の悲鳴を耳にして権三郎は博徒達と一緒に哄笑したが、夢路は憤怒に燃えた瞳をカッと見開くようにして昂った声を張り上げるのだった。

「そう野暮な事は申されるな、夢路どの。それより、ここにいる連中がこのように努力して夢路どのの身体を柔らかくほぐそうとしておるのだ。御自分でも気分を出すようにつとめてみてはどうだな」

権三郎はせせら笑っていい、茶碗酒をぐいと一呑みした。

佐助と源太郎は夢路の乳房を揉上げつつ、左右より夢路の赤く染まった耳たぶ、うなじ、そして、咽喉首《のどくび》あたりにせかせかと口吻を注ぎ始めるのだが、夢路は美しい眉根を曇らせ、世にも哀しげな表情になって抗《あらが》う術もなくその屈辱を受け入れているのだった。

「おい、銀八、親分衆の乳揉みを見て、ボーっとしている場合ではないぞ。自分のやる事を忘れたのか」

　権三郎に声をかけられて銀八はやっと我に返った。

「奥さまのこんな姿を眼に出来るとは夢にも思っていなかちまったので気が遠くなっちまったのです。これはこの世の出来事でしょうかね」

　空虚《うつろ》な眼をしばたたかせながら銀八がそういうと、

「馬鹿か、お前は。現実の出来事だ」

　と、権三郎は笑い、

「長年、お仕えしていた奥さまには恐れ多くて手が出せぬというならそこを退《の》け。俺がお前に代って奥さまにたっぷり潮を吹かせてやる」

　といって銀八を押退けようとすると、銀八は梃子《てこ》でもこの場から動くものかとばかりその場にしがみついた。

「どうせ貴方様はあとで奥さまを充分ご賞味なさるつもりでしょう。最初、奥さまに潮を吹かせる仕事は何卒、この銀八にお任せ下さい」

　長年、恋し、いとしい、と心の中でお慕い申し上げた奥さまにこんな事が出来るなんて、私は自分の寿命を減らされてもやってみたかった、という銀八のいい分を聞いてお紋は身体をよじって笑い出した。

「そうかい、そうかい。それなら、こちらも手を貸してやろうじゃないか」

といって小沼一家の乾分達に命じた。

「武家女の腰に木枕を当てて、銀八さんの眼の前に肝心《かんじん》のところをせり上げてやんなよ」

その方が銀八さんも仕事がやりいいだろう、というお紋の下知を受けて仙吉と糸平が立上り、二人がかりで青竹に開股位につながれている夢路の下肢を持ち上げ、見事に盛り上った夢路の双臀を浮上らせた。

「ううっ、まだ狼藉を働くつもりか。放せっ、放せっ」

夢路は紅潮した顔面を強張らせ、眉根をしかめて口走りながら浮上った双臀を右左にゆさゆさ揺さぶった。

「こうすりゃ、お前さんの大事なところが銀八さんの眼にもっとはっきり見えるそうだよ」

鼻でせせら笑いながらお紋は乾分達の手で浮上らせた夢路の双臀の下へ素早く木枕を押込んだ。

「姫泣き油を塗り込む時、お尻の穴に塗ってやるのも効果があるそうだよ。武家女は案外、悦ぶかもしれないねぇ。男達に尻を持ち上げさせて、いっぺん試してみてはどうなんだい」

お紋はそういって励ますように銀八の肩を軽くたたくのだった。

腰枕を当てられたため宙に向かって夢路の腰は浮立ち、そのため、銀八の眼前に夢路の羞恥の源である微妙な部分は更に露にむき出され、強調された観になる。

緻密《ちみつ》で艶やかな繊毛は一層、浮立って、その奥に秘められた甘美な女肉が生々しく露呈し、羞じらいを秘めた桜の蕾《つぼみ》までもがその片鱗《へんりん》をのぞかせて、その悩ましさに銀八は思わず息をつめるのだった。

ほうっ、と権三郎も夢路の露に晒け出した羞恥の丘の見事な盛り上りを見て熱っぽい息を吐いた。

暗い秘密っぽい翳《かげ》りを持つ縦長のそれが新鮮な果肉にも似た淡紅色の肌を露呈させ、さも羞ずかしげに花芯をわずかにのぞかせているなど、ふと、いじらしいような風趣《ふうしゅ》さえ感じられ、これが自分達を散々手古ずらせた女剣士の姿だと思うと何とも信じられない感じがするのだった。

と同時に、身体の芯まで揉み抜かれるような官能の陶酔に権三郎は浸り切り、そして、それをごまかすように声を上げて笑い出す。

「何とも、すさまじい恰好になられたではないか。しかし、これで拙者、ますます夢路どのが気に入った。器量もよし、身体もよし、そして、そこの部分もまた結構、申し分のない出来栄えでござるよ」

夢路は乱れ髪を赤らんだ頬にもつれさせながら奥歯をキリキリ嚙み鳴らし、屈辱と羞恥のため、気が狂いそうになるのを必死に耐えているようだった。

枕の上へ双臀を乗せ、更に露に開花したその部分へ男達の眼が貪るように集中しているという事も夢路は感じとる。

息も止まるばかりの汚辱に夢路は眼がくらみかけているのだ。

仙吉と糸平は、耐えようのない屈辱感のために痙攣さえ示し始めた夢路の太腿を左右からそっと掌で撫でさするようにし、クスクス笑い出す。

「へへへ、江藤家の若奥さま。いいんですかい、憎き夫の仇の前にそんな恥ずかしい花びらまでのぞかせてしまって」

魂まで押し潰されそうな、言語に絶するこの屈辱――夢路は全身の毛穴から血が噴き出そうになる口惜しさと羞ずかしさに幾度、舌を嚙もうかと思ったか知れない。しかし、自分が自害すれば菊之助はどうなる――それを思うと夢路は気が遠くなりそうな自分を叱咤し、火の玉のような憤辱の火照りをキリキリと奥歯を嚙み鳴らして耐え切ろうとするのだった。

その時、土間の方で大きな物音がし、菊之助の狂ったような怒号が聞こえてきた。

「貴様達、姉上を何とする気だ。権三郎っ、銀八っ、貴様達は人間ではない。恥を知れっ」

敷居の内側に集まってこれから夢路を淫辱に責め立てようとしている権三郎や銀八達に向かって菊之助がわめき立てているのがわかり、

「こちらに夢中になって菊之助の事は忘れていた」

と、権三郎は舌を出して、破れ放題の衝立障子《ついたてしょうじ》をこじ開け、土間の方に眼を向けた。

立位につながれている素っ裸の菊之助のすぐ前に信吾が下腹を押さえて苦しそうにうめきながら跪《ひざまず》いている。

「どうした、信吾」

と、権三郎があわてて声を出すと、信吾に寄り添って介抱《かいほう》していたお杉がいった。

「この若衆に足で一物を蹴り上げられたんですよ」

それでさっきの激しい物音は菊之助に蹴られて信吾が転倒した響きだとわかったが、それにしてもたしか、菊之助の二肢は一本柱にかっちり縛りつけてあった筈。

「いや、申し訳ない。足の縄を解いてやったのはこの俺だ」

と、信吾は痛さにうめきながら権三郎にいった。

「そちらが夢路どのに夢中になっている間にこちらは手っ取り早く菊之助と衆道の契りを結ぼうと思ってな。となると、足にかかっている縄が邪魔だった」

なる程な、と権三郎は笑った。

「貴様が菊之助に衆道の思いを寄せていた事は俺も充分承知している。しかし、縄を解いた途端、蹴り上げられるとはひどい肘鉄《ひじてつ》を喰らったものだ」

権三郎は哄笑しながら、盗賊の乾分の捨吉と三郎に向かって、

「青竹を足枷にして菊之助も夢路どのと同じく大股開きにして縛りつけろ」

と命じた。

合点だ、と源太郎の二人の乾分は青竹を手にして菊之助に襲いかかる。菊之助は激しく抗って、両肢をばたつかせ、二人の乾分を払い除けようとしたが、屈強な男二人の馬鹿力には抗す術がなかった。

菊之助の両肢は大きく割り裂かれて青竹の足枷につなぎ止められる。

夢路が仰臥位の開帳縛り、菊之助が立位の開帳縛りに仕上げられているのを見た権三郎は、よし、と会心の笑みを浮かべていった。

「姉と弟が仲良く大股開きになったところで改めて対面させてやろう」

菊之助の眼に晒してやるのだから一寸《ちょっと》、道を開けろ、といって夢路の周囲にへばりついているような男達を一旦、その場から離し、土間の方へ腰を向けた。

「おい、菊之助、見えるか、これが俎《まないた》の上に乗った夢路どのの姿だ」

足枷をかけられ、素っ裸の開帳縛りにされている菊之助は怖々と顔を上げた。双臀の下に腰枕を当てられて腰をせり上げている凄《すさ》まじいばかりの無残な姉の姿態を眼にした菊之助の顔面は恐ろしいくらいに引きつった。

「ああ、何とむごい事を。お前達、それでも人間か。恥を知れっ」

菊之助は泣きべそをかきながら狂ったようにがなり立てた。

「恥を知れ、という言葉は俺からお前達姉弟にいいたい科白だ。仇討ちに来て、お前達姉弟は何てざまだ。両人とも素っ裸の大股開き、生身の松茸と蛤を仇の前にむき身にして見せてそれこそ、恥を知れではないか」

権三郎はそういって笑いながら夢路のうなじの下に手をかけてぐっと顔面を起こし、夢路の視線を無理やり菊之助の方へ向けさせた。

「こうして顔を起こせば菊之助の姿が見えるだろう。菊之助も夢路どのと同じ大股開き、見事な一物を姉上にはっきり見てほしいそうだ」

権三郎に二度、三度、顔を揺さぶられて夢路はそっと眼を開いて土間の方へ空虚な視線を向けたが、ふと、菊之助のおろおろした視線と眼が合わさった瞬間、夢路の口から、凄まじい悲鳴が上った。

「見てはなりませぬ。菊之助っ、お願い、姉のこの姿、見てはなりませぬっ」

菊之助は突然、姉に激しい叱責の声を浴びせられ、ハイ、ハ、ハイと口ごもりながらあわてて視線を横にそらした。

「お願い、菊之助、この姿、見ないで下さい。眼を閉じて。後生ですから眼を固く閉じて下さい」

そう口走る夢路も菊之助の哀れな屈辱の姿態からはっきり眼をそらし、肩先を慄わせて号泣するのだった。

凌辱《りょうじょく》開始

　今まで、自分を取巻く敵側の人間に対しては素っ裸にされようと開帳縛りにされようと敵意をむき出しにし、反撥を示し続けた夢路だが、弟の菊之助の眼に自分のあられもない姿態がさらけ出されると極端におびえ、お願い、菊之助、見ないで下さい、と女っぽく泣いて哀願するのを見て権三郎は夢路が女の正体の片鱗をのぞかせてきたのを知った。

「これから姉弟、お互いに見たり見られたりしながら淫ら責めにかけようという趣向なのだが、如何かな」

　と、権三郎が必死に顔面をそむけている夢路に向かってからかうようにいうと、夢路は紅潮した顔面を狂ったように揺さぶった。

「嫌です。嫌でございます」

　弟の眼に我が身を晒すなど、それだけは御容赦下さいませ、と、夢路が涙に濡れた切長の瞳で権三郎を見上げ、必死な思いで口走る。今までとは違って夢路が、嫌でございます、とか、それだけは御容赦を、とか、女っぽい哀願を始めた事に権三郎は女の片鱗をますます感じとり、満足そうな微笑を口元に浮かべた。

「なる程、弟の菊之助にじろじろ見られていては身体が燃えぬと申されるのだな。銀八の手管《てくだ》で気をやって見せるのはむつかしいといわれるのか」

権三郎は顔面に喜色を浮かべて夢路につめ寄った。

夢路はすすり泣きながら、ひっそりとうなずいて見せた。

権三郎は夢路にますます女っぽさを感じとって、

「よろしい。では、前のように衝立障子をはめ込んで菊之助の眼から覆い隠して進ぜる。その代り、夢路どのは素直な気持になって我等のいたぶりを甘受してくれなければ困りますぞ」

と、会心の笑みを浮かべていった。

「まず、二十年勤続の銀八を木剣で傷つけた事を詫び、銀八の手管で身体を蕩《とろ》かし、見事に気をやってみせるのだ」

これ、返事をせぬか夢路どの、と権三郎は催促するように火照った顔を必死にそむけている夢路の肩先を揺さぶった。

「気をやるといってもむつかしい事ではない。元、人妻の経験もあり、二十八歳の女盛りである夢路どのならすぐ体得される筈だ。それにここには佐助親分を始め源太郎親分、色事に精通した親分、乾分衆が銀八の助っ人を買って下さっている。あとは夢路どのの心掛けひとつで何とでもなろうというもの」

わかったのだな、と権三郎がしつこく迫って夢路の肩先を揺さぶると、根負けしたように夢路は悲壮味を帯びた表情になってかすかにうなずいた。

「よし、それでは衝立障子をそこへはめ込んで菊之助の視線を遮《さえぎ》れ」

と、権三郎は源太郎の乾分の捨吉と三郎に声をかける。

敷居と土間の間に衝立がはめ込まれると、菊之助の怒号が再び聞こえてきた。

「姉上、ああ、姉上っ」

と、連呼して泣きわめき、次には淫虐の徒に対してがなり立てている。

「貴様達、姉上を何とする気だ。これ以上、姉上を辱める真似をするなら、容赦はせぬぞ」

開帳縛りの夢路の傍に坐り込んだ男達は、まだ、あんな強がりをいってやがる、といってゲラゲラ笑った。

「ま、あの若衆の方は信吾に任せて、我等、夢路どのの身体をじっくり楽しませてもらおうではないか。皆の衆、持ち場へ戻られよ」

と、権三郎が声をかけると、佐助と源太郎は夢路の左右に添い寝するようにして乳房をいたぶりにかかり、乾分の仙吉と糸平も左右に分かれて夢路の優美な下肢に口吻の雨を降らせまくるのだった。

仙吉と糸平は這いつくばるような恰好になって青竹に縛りつけられている足首にまで舌を押しつけ、それからぐっと削いだように美しい線を描く下肢、膝頭のあたりより徐々に肉づきが豊かになっていくムチムチした乳色の太腿、内腿にまで唇を押しつけるのだった。

「色の道の達人が四人がかりで責めているのだ。普通の女子なれば、もうそろそろメラメラと燃え上る筈だが――」

権三郎は茶碗酒を飲みながらじっくり見物している。

「いや、もう相当に酔い痴《し》れている筈ですよ。そこはそれ武家女のたしなみ、必死に歯を喰いしばって耐えているのでしょう。つまり、痩せ我慢というやつですな」

と、夢路の乳房を受持つ佐助は笑って答えるのだった。

その途端、ヒイッと夢路は喉の奥から絞り出すような声を出した。見れば、銀八が鳥の羽毛を取り出し、夢路の乳色の脂肪でねっとり潤んだような内腿あたりをくすぐり始めているのである。

お紋が持ち込んできた例の七つ道具の内から銀八が最初に選び出したのは大きな鳥

の羽根である。

へへへへ、と銀八はいやらしく笑いながら夢路の内腿と太腿の表皮を微妙にそして粘っこく鳥の羽毛でくすぐり始めたのだが、乳房を佐助と源太郎に揉みほぐされ、全身の肉がただれそうになってきた矢先、下腹部にジーンと痺れるばかりの刺激を受けた夢路は進退窮まったような悲痛な悶《もだ》えを示し始める。

左右に大きく割り裂かれた夢路の官能味のある両腿は内腿をはっきり見せて官能の痺れのためかブルブル小刻みの痙攣を示し出した。

銀八は気もそぞろになって粘っこく羽毛を扱いながら生唾を呑み込んで夢路にいった。

「正直申しますとね、奥さま。実は私、小沼一家が営む女郎屋・金竜へ信吾旦那とちょくちょく遊びに行ってたんです。女の泣かせ方、いかし方は充分勉強したつもりです」

と、声をうわずらせてそういった銀八は、

「だからこの銀八に一切、お任せ下さい。充分、奥さまを満足させ、この茂みをぐっしょり濡らして差上げますから」

と、つづけ、更にぴったり身をすり寄せていくと、遂に夢路が最も辛いと思われる女陰に鳥の羽毛を触れさせるのだった。

「ああっ」

夢路は火のように真っ赤に火照った顔を横へねじらせて全身をわなわな慄わせる。

絹のようにやわらかで緻密なふくらみが銀八の持つ羽毛で緩やかにまさぐられ、夢路は思わず悲鳴を上げて腰枕に当てられた双臀と開股に縛りつけられた両腿を狂おしく悶えさせるのだ。

(お、おのれっ、銀八っ、こ、この恨みは——)

口の中で叫んだ夢路は遂に声を慄わせて泣き出した。

佐助と源太郎の手で巧妙に乳房を愛撫され、うなじにも頬にも粘っこい口吻を注がれた夢路の肉体はやはり女の哀しさ、嫌悪感や屈辱感と並行して身体の芯にまで疼くような甘い痺れが込み上げてきたのだが、さらに銀八の持つ羽毛のくすぐりといたぶりとではっきりと官能の芯に火がともされたのを感じとる。

そんな自分におびえて夢路は自分を威嚇《いかく》し、叱咤するつもりで佐助と源太郎をののしり、呪い続けるのだったが、銀八の微妙に動かす鳥の羽毛に繊毛をくすぐられ、甘い官能の疼きをはっきり知覚し始めた夢路の肉体は更に溶かされ燃焼させられていく。

「ほほう、木剣を持たせると全く様にはならぬが、こいつ、鳥の羽毛など持たせると中々の名人芸を発揮するではないか」

権三郎は銀八の手管に酒に濁ってとろんとした眼差しを向け、しきりに感心したように首を動かしている。

開股に縛りつけられ、しかも腰枕まで当てられて浮上って見える夢路の艶やかな悩ましい繊毛は銀八が動かす鳥の羽毛で逆撫でされてその形を崩したり、また、元通りに梳《す》き上げられて形を整えたりをくり返しているのだ。

「なる程ね。無双流の女剣客ともなれば下の口の開けっぷりも見事なものでござんすね」

銀八は上から下へまたさすり上げて根底の花芯の谷間を無残なくらいに露にさせ、ゲラゲラ笑った。

今や抗う術もなく、眼前に女陰の綺麗な色を生々しく晒している夢路に、銀八は俺は今、夢を見ているのではないかとさえ思い、恍惚とした嗜虐の感激にとっぷりと浸っている。

そして、さて、お湯加減の方はそろそろ如何なもんでござんしょうかね、と、銀八がそっと指先を含ませようとすると、夢路はまた、ああっ、と甲高い声を上げ、左右に割られた肉づきのいい太腿の筋肉をピーンとつっぱって狂喜したように首を振り出した。

「そ、それだけは――ああ、ならぬ。なりませぬっ」

取り乱して、うわ言のように口走る夢路を見て権三郎は笑い出した。

「ここまできて、ならぬ、なりませぬ、とはおそれ入るな。夢路どの、さ、もういい加減に観念するのだ。腰を据えて銀八の手管をじっくり味おうて御覧《ごろう》じろ。長年、夢路どのを恋慕していた男だ。その内、憎からぬ男に思えてくる筈だ」

権三郎は汗ばんだ肩先を慄わせて激しく嗚咽する夢路にそういい、つづけろ、と銀八の方に眼くばせを送った。

淫虐《いんぎやく》の部屋

「ああっ」

夢路は憎みても余りある銀八の指先をそこにはっきりと感じた途端、全身の血が逆流し、魂が押し潰されるような痛烈な汚辱感で一瞬、気が遠くなりかけた。

「ああ、菊、菊之助——」

裏切り者の使用人の手で羞ずかしめを受けるこの姉をどうか許して——と、夢路は胸の中で血を吐くように絶叫した。

如何に防ごうとしても手足の自由さえ奪われた素っ裸、その上——自分の意思ではどうにもならぬ官能の痺れが口惜しくもじわじわと夢路の全身を包み込んでいくのだ。

「へへへ、何だかんだといってもやっぱり女ですねえ。ここがもうしっとりと潤んでいるじゃありませんか」

そんな銀八の言葉が夢路の汚辱感を一層昂めたが、もう夢路は屈辱の口惜し涙を流すより他に手だてはなかった。

「さて、女剣客の身体のつくりをくわしく拝見しようじゃありませんか。この奥に奥さまの強さの秘密が隠されているのかも知れねえ」

夢路の花肉の層は銀八に一枚一枚剝《は》がされるように押し開かれていく。銀八はこれまで夢路に呑まされた煮え湯の恨みをこれで充分に晴らす事が出来たという悦びで胸が高鳴り、更に残忍なものを自分にけしかけているのだ。

「おや、さすがに女剣客のお核《さね》は普通の女よりでっかく出来ているようです。形もいいし、貫禄があります」

と、銀八はそっと指先を触れさせてやくざ達をどっとわかせるのだった。

「ああっ、嫌っ、嫌ですっ」

銀八につかまれた途端、思いがけなく夢路が真っ赤に火照った顔を揺さぶりつつ女っぽい悲鳴を上げたので権三郎は何ともいえぬ嬉しそうな表情を見せる。

「ハハハ、夢路どの。どうやら女の正体を曝《さら》け出されたようだな」

銀八は手馴れたソツのない手管で夢路の女陰を溶かしにかかり始める。

一気に責め立てようとはせず、切なげなうねりを見せ始めた両腿の付根をジワジワと揉み、漆黒の艶やかな繊毛を掌《てのひら》で上方へ撫で上げ、美麗な花肉を浮出させると、さあ、どうだいといわんばかりに淫虐者は得意になって技巧を発揮するのだった。

権三郎も全身、痺れ切った思いになり、身を乗り出し、血走った眼差しで銀八が懸命になって凌辱している夢路の肉体を凝視する。

あろう事か、あるまい事か、美貌の女剣客、江藤夢路は裏切り者の使用人、銀八の巧妙極まる指さばきによって女の悦びを知覚しようとしている。婀娜っぽく膨らんだ花肉の層を銀八にゆだねて身も世もあらず悶え泣いているではないか。

「ほう。美貌の女剣客も遂に城門を開き、降伏を示す決意になられたようだな」

権三郎が意地の悪い揶揄を浴びせると、夢路の頬は一層、赤く火照り、啼泣の声も一段と激しくなる。

素っ裸を晒すだけでも武家女として死ぬより辛い辱めであるのに、しかも、戸板にあられもない開股の姿態で縛りつけられ、倶《とも》に天を戴かざる裏切り者の手管で臓物までむき出しにされる夢路の無念さと屈辱感は如何ばかりか、それを想像すると、権三郎は身内に慄えが生じる程の嗜虐の悦びを感じるのである。その嗜虐の悦びは、じかに夢路を責め立てている銀八の方が大きいかも知れぬ。指先にまつわりつく夢路の熱く熟した女陰を魂まで溶けてしまいそうな甘美なものに感じ合い、嗜虐の情念は最高潮に達しているのだ。

「このように、俺達仇《かたき》の眼前に奥の院まで曝け出して下さるのは有難えが、へへへ、奥さま、まだまだ、潤み加減が足りねえようでござんすよ」

さ、遠慮しっこなしだ、うんと気分を出して、たっぷりと滴《したた》らせておくんなさい、と、銀八はせせら笑いながら小刻みに指先を使い始める。

夢路の喘ぎは荒々しくなり、乱れ髪を激しく揺さぶって、あっ、あっ、と断続的な悲鳴を上げたが、

「さて、少し、特別の御奉仕をさせて頂きましょうか」

と、銀八は更に身を乗り出して左右に割り開いた夢路の太腿を両手でしっかり抱き込み、その生々しく開花した女陰にいきなり唇を押しつけてきたので夢路はけたたましい悲鳴を上げた。

「ああ、何をするのですっ、いけないっ、いけないっ、ああっ」

夢路は逆上して舌足らずの悲鳴を上げたが、いけないもくそもあるものか、と銀八はがむしゃらになって舌先を押し込むのだった。

夢路はつづけて引きつったような悲鳴を上げ、上半身を激しく悶えさせたが、それをなだめるように佐助と源太郎は汗ばんだ夢路の肩を押さえ込み、荒々しく波打たせている乳房を再び、粘っこく愛撫するのだった。

憎い男の舌先で味わわされる痛烈な屈辱感、嫌悪と恐怖に全身を痙攣させながらも夢路は次第に五体がどろどろに溶かされていくような被虐性の快感をはっきりと知覚するのだった。

それだけ乳房をいたぶる佐助と源太郎、そして女陰を責める銀八達の愛撫が合体して巧妙さを発揮したわけだ。そして、幾度も幾度もくり返される愛撫に上げていた夢路の悲鳴が次第に力が抜けたようにかすれ始め、甘くて鋭い快美感の中に夢路がどっぷり浸り、身をまかせ始めた事は見物する権三郎の眼にもはっきりわかるようになった。

ようやくじっとり濡れ始めた女陰から唇を離した銀八は悦楽と屈辱に打ちひしがれて熱っぽく喘ぎつづけている夢路の乱れ髪をもつらせた汗ばんだ横顔をしてやったりといった楽しい気分で見つめ、改めて指先を触れさせてみたが、それはもう焼けつく程の熱さで柔らかく熟し切っている。

それにしても夢路のその部分は人妻とは到底思われぬ薄紅い美麗な色合いを見せて潤み、まるで、二十歳前の乙女のようないじらしい花弁を羞じらいの慄えと一緒にくっきりと浮き出させているのだった。

「拙者も随分と女遊びをして参ったが、器量といい、身体つきといい、しかも、その部分までがこうも美しく揃っている女を見たのは初めてだ」

と、夢路に喰い入るような眼差しを向けていた権三郎は感に堪えないといった表情を見せていった。

官能の芯《しん》をすっかり燃え立たせてしまった夢路はそんな言葉がもう耳にも聞こえぬのか、唇を半開きにして荒々しい喘ぎをくり返しているのだった。佐助と源太郎に左右から粘っこく乳房を愛撫され、うなじに口吻の雨を注がれて気もそぞろになっている夢路である。

淫靡な笑いを口元に浮かべながら銀八は腰を据え直すようにして五本の指先を巧みに使い、遮二無二責め立てた。

これまでのつもる恨みを一気に晴らすかのように銀八は眼を血走らせてむきになっている。

ああ、ああ、と夢路は緊縛された上半身を苦しげによじらせながら、熱っぽい喘ぎはますます荒々しくなる。

美麗な花層は毒っぽい魅惑の花をぽっかり咲かせたように更に露となり、鳥黐《とりもち》のような粘っこい収縮まで示すようになる。

「へへへ、嬉しいね。江藤家の若奥さまはとうとう御気分をお出し遊ばしましたぜ」

銀八達は巧みに愛撫しながら酔い痴れた気分になって権三郎に声をかけた。

「さ、もうこうなりゃ遠慮する事はありませんよ、奥さま。うんといい声を出して、たっぷり滴らせておくんなさい」

銀八は全身、揉み抜かれるような陶酔《とうすい》に浸り切りながらその感触を味わっていた。

今はもう、憎さも憎し銀八の責めを無抵抗に受け入れ、周囲を埋めるやくざ達の心に沁み入るようなすすり泣きの声を洩らしながら、切なげに身をよじらせつつ、熱い

女の樹液をおびただしいばかりに噴き上げるようになった夢路——これが、襲っても
つけ入る隙を見せなかった女剣客の姿か——と権三郎は信じられない思いになる。

おどろに乱れた黒髪を慄わせながら真っ赤に火照った柔媚《じゅうび》な頬を右から左に揺さぶって、激しい啼泣を洩らすようになった夢路の全身からは、胎内の深いところから発する百合の花の香りにも似た甘い女の体臭と一緒に、揺らぐような女の色香さえ渦巻くようになったのだ。

「どうだ、銀八。このような美女にこのような方法で仕返しする事が出来て、さぞや嬉しかろう」

と、権三郎が声をかけると、銀八は夢路を愛撫する手は休めず、ニヤリと笑って見せる。

「嬉しいどころじゃありませんよ。正に天にも昇る気持ちでござんすね。中間時代から影すら踏む事の出来なかった江藤家の美しい若奥さまにこのような御奉仕をさせて頂けるなんて夢なら覚めねえでいてほしいと思いますよ」

と、銀八は昂奮し切った口調でペラペラしゃべりまくるのだった。

「それにね、権三郎先生。こりゃ全くの驚きでござんすが——」

銀八は夢路のその部分が実は何百人、いや何千人に一人か二人の名器の持ち主であ

るらしいという事を昂った口調で告げるのだ。

「ほう、それは真か」

「へえ、こちらもこの道にかけちゃ金竜で勉強しましたから見立てに間違いはございませんよ」

実際、銀八は夢路の肉体が溶け始めてからその部分が一種の機能を自然に発揮し始めた事に気づいて驚いているのだ。

「ほう、無双流の達人ともなれば、その部分まで非凡な技をお持ちか」

揶揄しながら権三郎は銀八の手で生々しく押し開かれた夢路の花肉の層をのぞき込む。しとどに熟したその内部の粘膜は小刻みに動かせる銀八の指先にねっとりからみつき、更に奥へ引き込むかのような吸引力と収縮力を発揮し始めているのである。夢路のその花肉の熟し切った筋肉がヒクヒクと悦びの痙攣を銀八の指先に伝えているのを眼にして権三郎が、「ほう」と、感嘆の声を洩らすと、銀八は得意げにいった。

「こういうのをキンチャクといいましてね、こういう女郎がいると女郎部屋は大繁盛するといわれているんです」

まさか奥さまのそこがキンチャクだったとは、と銀八は魂まで痺れ切った表情を上げて権三郎にいった。

権三郎は少し離れた場所から成り行きを見守っている女郎部屋・金竜の女将、お紋を手招きして呼び、自分の横に坐らせ、玄人《くろうと》筋の眼でたしかめて頂きたい、と夢路の崩壊寸前の女陰を見物させる。

銀八の激しく操作させる指先に熟し切った花肉を貝殻のような強さで包み込み、緊縮力を発揮している夢路の女陰を凝視していたお紋は、

「たしかにキンチャクだよ。こりゃ掘り出しものですよ」

と、夢路の乳房にむさぶりつき、薄紅色の乳首をチューチュー吸い続けている佐助にいった。

「何としてもこの武家女、うちの店にほしいものです。武家出身のキンチャク女郎がいるという事だけで、金竜は大繁盛する事間違いなしですよ」

夢路のふくよかな乳房をいたぶる事に夢中になっている佐助は、うん、うん、と生返事して、

「そういう事は我等が軍師、権三郎先生にお願いしてみな。よきに計らって下さる筈だ」

といい、すぐに夢路の乱れ髪をもつらせたうなじあたりを舌先で舐め廻し、ついで夢路の半開きになって喘ぎつづけている唇に唇を重ね合わせようとする。途端に夢路

はハッと正気づいたように激しく左右に首を振り、佐助の口吻を必死に避けるのだった。

「何でい。やくざだと思って馬鹿にしてやがんのか」

佐助はそむけた夢路の紅潮した頬を舌で舐めさすりながらいった。

「俺は生涯に一度、気位の高い武家女とねっとり舌を吸い合ってみたかったんだ」

田舎やくざの親分の夢かも知れねえが、と佐助が自虐的にいうと、権三郎が笑いながらいった。

「何も親分、そんなにあわてるには及ばぬでしょう。もう夢路どのはこの下半身を見てもおわかりの通り、まもなく崩壊、心身ともに屈服される筈でござる。そうなれば舌を吸われようと、一物をぶち込まれようと、一切こちら任せになる筈だ」

もはや、快楽源の堰《せき》が切れたように夢路は銀八の小刻みに操る手管に煽《あお》られて、噴き上げるばかりになり、咆哮《ほうこう》に似た啼泣の声を洩らしているのだ。

「夢路どの。如何でござる。憎みても余りある銀八の手管でこのように燃え上った心地は。ハ、ハ、ハ、さぞ、口惜しい事でござろうな」

と、権三郎がからかうと、夢路は汗と涙で濡れた頬にべったりと乱れ髪をもつらせながら、

「口、口惜しい——。舌を嚙んで死ねぬのが、無、無念でございます」

と、息も切れ切れの声でうめくようにいうのだった。

「そう。そう。舌を嚙むような真似をなすっちゃ、菊之助さまとの約束が反故《ほご》になりますからね」

まあ、せいぜい口惜しがって頂きましょうか、と銀八は乳房を粘っこく揉みほぐしている佐助や源太郎と呼応して、更に指先の技巧をこらしたが、その時急に瘧《おこり》にでもかかったように夢路の全身に戦慄めいた痙攣が生じた。

「やめてっ、ああっ、もう、やめてっ」

と、夢路は何かにおびえたような真っ赤な頰をねじるように横へそむけ、激しく奥歯を嚙み鳴らす。

夢路に快楽の頂点が近づいた事に気がついたお紋はあわてて銀八の愛撫を中断させた。

「まだ、気をやらしちゃ駄目だよ、銀八さん」

お紋は薄笑いを浮かべながら最高潮に達した夢路の昂奮をなだめるよう、乱れてしとどに濡れた絹のように柔らかい繊毛を優しさをこめて掌で撫でさする。

「気をやるのは少し早過ぎますよ。奥さま。武家女の意地にかけてもう少し我慢なすっちゃどうなんです」

それに気をやったらすぐにこの美しい茂みはお杉の手で綺麗さっぱり剃り上げる事になっているんですからね、それをお忘れなく、といってお紋は身をよじらせて笑いこけるのだった。

「もっとも奥さまの方で早く剃毛され、生身の蛤を活造りにして皆の衆に見て頂きたいというのなら話は別だけれどね」

さ、どうする、どうする、とお紋は笑いながら夢路のしとどに濡れた悩ましい漆黒の繊毛を軽くたたいてからかった。

こうなれば、何とでもこちらの好きなようにいたぶり抜く事が出来ると、余裕を持った嗜虐者達は調子に乗って、冷酷さを発揮し、わざと一呼吸を夢路に入れさせるのだった。

憎悪の的以外のなにものでもない男達の手管に操られるままとなり、今、正に淫情に破れて狂態を晒しかけた夢路は、必死に耐えてその生恥《まぬか》は免れたものの、そのため、一層の屈辱感を味わわねばならぬ事となる。

「しかし、どうせ気をやるのなら、私がせっかく金竜からここへ持ってきた黒水牛の張り形を使った方がいいだろう」

お紋は布袋の中から反りの入った太い張り形を取り出して銀八の手に握らせた。

「なる程、こりゃ見事な張り形だ。武家女にぴったり似合う小道具ですぜ」

どうせならこの道具を奥深くにしっかり咥《くわ》え込み、こってり気をおやり遊ばした方がいいじゃありませんか、と、銀八はそれで小刻みに慄える夢路の割り裂かれた太腿をくすぐるのだ。

「何もそんな情け無い顔をする事はないだろう。夢路どの。もう御主人、卯兵衛どのと死に別れてから丸二年は過ぎたと思われるが、そんな長い空閨《くうけい》はさぞ辛かったであろう。我々に心の拒否は示しても身体はこの通り、大きく口を開いて求めているのを見てよくわかる」

と、権三郎はからかうように夢路にいってから、

「銀八の持つその太い張り形を卯兵衛どのの愛しい一物と思い、心ゆくまで緊め上げてみられよ」

（お、おのれ。亡き夫まで誹謗《ひぼう》し、辱める気か、なんという鬼畜か）

と、麻のように乱れた夢路の心に追い討ちをかけられたような屈辱感が込み上げたが、それも一瞬の事で、官能に五体がすっかり、痺れ切っている夢路には反撥の気力など完全に喪失してしまっている。

今、自分は仇の手でいたぶられているという言語に絶する苦悩の中で、口惜しくも不思議な妖しい性の快美感を知覚したのも事実で、女の性のもろさというだけでは片づかない何かがそこにあった事を夢路は夢うつつに感じるのだった。

ああ、何というみじめな——夢路は上気した顔を横にねじって声を上げて泣きじゃくった。

「よし、銀八、今度は拙者と少し交替しろ。拙者が夫、江藤卯兵衛になったつもりで夢路どのをいささかお慰めしてみたい」

銀八だけに夢路の柔肌をいたぶらせるのはちと不公平だと権三郎は笑いながら銀八の手より太巻きの筒具を取り上げる。

「いざ、夢路どの。拙者も今度は張り形を刀に持ち替えての勝負だ。尋常にお立ち合い願おうか」

権三郎は銀八の指先に凌辱され、蠱惑《こわく》の花びらをふくらませている夢路のその部分へ手にした責具をそっと触れさせるのだった。

途端に全身に悪寒が走ったように夢路は再び激しい慄えを示し、真っ赤に上気した顔を激しく揺さぶりながら、

「お、お許しを——ああっ」

と、引きつった声を張り上げた。

権三郎が宛《あて》がったそれを一気に沈めようとすると、夢路はけたたましい悲鳴を上げ、

「嫌っ、嫌でございますっ」

と、激しく泣きじゃくりながら必死になって腰を揺さぶり、権三郎が一気に押し込もうとする矛先《ほこさき》をそらせようとするのだ。

「これ、これ、そのようにいつまでも駄々をこねるのではない。心は拒否を示しても身体はこの通り、はっきり扉を開いて求めているではないか」

左右に開いた婀娜っぽい乳色の太腿を狂おしげに夢路がもじつかせると、一層、そのため、官能の火に油を注がれた思いになり、権三郎は眼を血走らせ、激しい息遣いになった。

懐剣も奪われ、着物を剝がされ、その生れたままの素っ裸を戸板にかっちりと縛りつけられてしまった夢路はもはや敵と戦うには臓物まで露にした女の武器をもちいるより仕方がない。

そう感じると権三郎は魂が疼くような嗜虐の悦びを感じるのだった。

「権三郎先生、肝心なものを忘れているじゃありませんか」

と、横でキセルを咥え出したお紋がニヤニヤしながら権三郎にいった。

「七つ道具の中の姫泣き油、こいつを使わない手はないでしょう」

といって、布袋の中から茶色の小瓶を取り出した。

こいつを塗り込められりゃ、自分の方から泣いて張り形責めをおねだりするようになりますよ、とお紋がいうと、

「なる程、そうであったな」

と、権三郎はそわそわして瓶の中の青味がかったとろろ状の油に眼を注いだ。

「見るからに痒《かゆ》くなるような塗り薬だな」

と、権三郎が舌なめずりするようにいうと、

「それから琳の玉を使うのをお忘れなく」

と、お紋は油紙にくるんだ金色の小さな二つの玉を権三郎の前においた。

「塗られたあと、痒みを訴え出したら、まずそいつを優しく含ませてやるんですよ。そうすりゃ痒さで慄える肉襞に操られて二つの玉がこすれ、コロコロ音をたてるようになる」

女郎屋の女将、お紋の説明を権三郎はポカンと口を開けて聞いている。

「それから、頃を見て張り形責めにかけてやるんです。激しくしごいちゃ駄目です

よ。気をやらせないよう気を配って優しく、ゆっくりと――そうすりゃ、その美しいお武家の若奥さまは悩ましい肉ずれの音と鈴の音をはっきりとお聞かせになる」

「もういい、説明を聞いているだけで、むずむず身体中が痺れてくる」

権三郎は苦笑していった。

「それでは、銀八、夢路どのに優しくその油をお塗りしろ」

肉襞をかき分け、かき分け、奥の院にまでこってりお塗りするんだぞ、と権三郎がいうと銀八は、

「へい、任しておいておくんなさい」

といって再び夢路の崩壊寸前の女陰に挑みかかるのだった。

しかし、けたたましい悲鳴を上げたのは夢路ではなく、菊之助の方だったので権三郎はギョっとした。

衆道無残《しゅどうむざん》

権三郎は荒々しく衝立をどけて土間の方に眼を向けた。

先程までとは様相は変わって、菊之助の裸身は柱から引き離され、縄尻を鴨居に吊られて二肢は青竹につながれ、相変わらずの開帳縛りにされているのだが、臀部《でんぶ》は柱に邪魔されず、露に晒け出されている。

信吾が衆道の思いを貫くために盗賊の乾分達に命じて菊之助の緊縛された裸身を置き換えたのだろうが、それならそれでいいとしても、信吾が先程と同じように両手で股間を押さえ込み、苦しそうにうめいているのが不思議だった。

「どうした、信吾。足枷をしている菊之助に蹴られるのはおかしいではないか」

と、権三郎が訝《いぶか》しげにいうと、信吾はベソをかくような顔を権三郎に見せて、

「いや、面目ない。ケツでチン突きを喰わされたんだ」

と、うめくようにいった。

てっとり早く菊之助と衆道の契りを結ぼうと思って露にされた菊之助の背面から抱きつき、我が一物を菊之助の双臀に宛がって、一気に菊座の蕾へ突き立てようとした

が、逆上した菊之助が双臀を分銅のように揺さぶって信吾の一物に一撃を加えたという。

権三郎は笑い出した。

「よくよく貴様、菊之助に嫌われたと見えるな」

信吾は権三郎に小馬鹿にされた憤懣《ふんまん》を菊之助に向けて、

「こちらが下手《したて》に出ればつけ上りおって。菊之助、もう容赦はせんぞ。少し、痛い目に遭わせてやる」

と、わめくようにいうと、盗賊の乾分達に命じた。

「捨吉、三郎、菊之助の尻を青竹でぶち続けろ」

へい、と捨吉達は土間に転がっている青竹を手にして立上った。しかし、捨吉も三郎もあまり気乗りがしないようだった。二人とも衝立の向こうで夢路を凌辱する組に入りたかったのだが、六帖ぐらいの広さしかない別室では小沼一家の乾分達で満杯であり、足を踏み入れる間もなく、「手前《てめえ》達は弟の菊之助のお守りでもしていな」と、やくざ達にしめ出しを喰らったようなものだ。

だから、捨吉も三郎も次の間の動静が気になって、夢路の男心に染み入るようなすすり泣きの声や断続的な啼泣に聞き耳を立て、やる瀬なく胸を疼かせていたのだ。

衆道の悦びなんてもの、俺達はちっともわからねえ、と、捨吉と三郎は苦笑して顔を見合わせ、菊之助の背面に廻ると青竹を振りかざして菊之助の双臀をぶち始める。

こんな若僧を玩具《おもちゃ》にしているより、脂《あぶら》の乗った武家女をいたぶる方がずっと面白えだろうな、と、捨吉は卑屈な笑い顔を三郎に見せていうのだ。

青竹で尻をぶちまくられる激痛と屈辱に肩先を激しく波打たせて、苦しげな表情を見せていた菊之助だが、眼の前の権三郎の顔に気づいた途端、忽ち、憤怒の色を火照った顔面に滲ませた。

「貴、貴様は悪魔の化身か。貴様に人間の血が少しでも通っているなら、尋常に俺と立会えっ」

菊之助の切羽つまったような悲痛な叫びを聞いて権三郎は吹き出した。

「一物を丸出しにした丸裸の若僧と俺が真面目に立会えると思うのか」

馬鹿め、と、権三郎がどなり返すと、菊之助は激しく口惜し泣きしながら麻縄できびしく緊縛された上半身と開股位に足枷をかけられている二肢を狂ったようにのたうたせながら、

「この縄を解けっ、何時まで武士に生恥を晒させるつもりか」

と、わめき続ける。

「武士だと。貴様、仇の俺の前に一物丸出しの素っ裸を晒け出し、まだ武士の気位を維持しているつもりか」

と、大声で笑った。

その時、隣接している小部屋の破れ屏風《やびょうぶ》が再び開いてお紋が顔を出し、

「うるさいね、全く。そっちで大声でどなり合ったりしていると、気になって夢路奥さま、気をやるにもやれないじゃないか」

といって土間の方へ降り立って来る。

武士に何時まで生恥をかかせるのか、と菊之助が間の抜けた事を申すから、少し説教したわけでござる、と権三郎が笑ってお紋に告げると、お紋もクスクス笑い出して開帳位に晒されている菊之助の前に腰をかがませた。

「菊之助さんも、少しは姉上さまの生恥の晒し方を見習った方がいいだろうね。あの部屋じゃ、現在《いま》、凄まじい生恥を晒しておいでだよ」

と、お紋は菊之助の悲痛に歪んだ顔面を観察するように顔を上げていった。そのお紋の言葉に調子を合わせるようにして権三郎もいった。

「夢路どのの身体の奥の奥まで拙者、くわしく拝見致した。銀八の手管もなかなか堂に入ったもので、肉襞を一枚一枚丹念《たんねん》に剝き上げ、見事な貝柱をはっきりおっ立てさ

せて見せた。小沼一家の若い衆はそれを眼にして大喜びだ」

それを聞いて源太郎の乾分、捨吉と三郎はどよめき、それから、それからと権三郎に話の続きをしきりに所望するのである。

「夢路どのは衆人環視のなかでそんな生恥を晒す事にむしろ悦びを感じられているのではないかと拙者は想像するのだ。その証拠に男達の眼にはっきり晒した肉襞を収縮させ、貝柱を痙攣させながら熱い樹液をしたたらせ、ヒイヒイよがり泣きの声を洩らされておる」

権三郎から一種の猥談を聞かされて捨吉と三郎は痴呆のような表情になり、腰くだけになったようにその場に跪いてしまったが、菊之助は権三郎の言葉を耳から払拭《ふっしょく》するかのように狂気めいて顔面を左右に揺さぶった。

「黙れっ権三郎っ、そのようなたわ言、聞く耳は持たぬ」

ねえ、権三郎先生、とお紋がふと狡猾そうな笑みを片頬に浮かべて権三郎を手招きして呼び寄せ、片耳に口を寄せて何か小声で吹き込んだ。

「なる程、相わかった」

権三郎は含み笑いしながら捨吉と三郎を呼び寄せて小声で一つの指令を出した。

「わかりました。そいつはこの場のいい余興になると思いますよ」

捨吉は菊之助の前に立つと顎を突き出すようにしていった。

「おめえがさっきから不機嫌なのは、どうして姉の方だけ色責めにかけて自分の方は色責めにかけてもらえないのか、という不満があるからなんだろう」

続いて三郎がいった。

「姉のように生恥をかきたいのなら、弟の方もこってり生恥をかかせてやってくれと権三郎先生はおっしゃるのだ」

得体の知れぬ恐怖を新たに感じたように菊之助は前髪を慄わせ、細い眉をしかめて硬化した顔面を横に伏せたが、

「何もおびえる事はねえだろう。これから俺達がおめえをせんずってやって、こってり油を抜き取ってやろうというわけよ」

と、捨吉はいい、権三郎と顔を見合わせて笑いこけるのだった。

稚児《ちご》泣かせ

お紋は狡猾そうな微笑を口元に浮かべて土間に転がっている漬物の小鉢を拾い上げると、全裸の晒しものにされている菊之助の前につめ寄った。

「お前さんが私達にわめいたり、毒づいたりして手古ずらせるのはひとつのひがみからきているんだね。姉上ばかりを色責めにかけて、どうして自分を色責めにかけてくれないのか、という不満からだと思うよ」

そうならそういってくれりゃ、こっちだってお前さんを楽しませる事だって出来るんだよ、とお紋はいって菊之助の怖ず怖ずした顔を小気味よさそうに見つめるのだった。

「これからお前さんを私達が優しく慰めてやって、この小鉢の中へ絞り出させてやろうというんだよ」

お紋は手にした小鉢を菊之助の下腹部へ近づけていくと、菊之助はハッとしたように全身を硬直させ、憤怒のため唇をわなわな慄わせた。

この悪鬼達の考えている淫虐な手段が想像出来ると菊之助は怒りよりも屈辱感のた

め、反撥の言葉も出てこない。

権三郎がお紋の言葉に調子を合わせていった。

「よいか、貴様のしたたらせたものをこの小鉢に受け入れ、張り形責めに遭ってヒイヒイお泣き遊ばす向こうの姉上に見せてやろうと思うんだ。菊之助も親の仇《かたき》の手にかかり、このようなものをしたたらせました。ですから、姉上もどうかお気を軽うなさって下さいまし、とおめえの言葉を伝えてやる」

権三郎は腹を揺すって笑い出す。

「お、おのれっ、権三郎」

菊之助は憤怒と憎悪で真っ赤になった顔を権三郎の方へキッと向けたが、全身が凍りつくばかりの屈辱感のためにもうそれ以上、声も出ないのだ。

「ホホホ、役者のように綺麗な顔をしているのになかなか負けん気の強い若衆だね。あたしゃますます気に入ったよ」

ね、私にも、手伝わせておくれよ、とお紋はいい、酒を飲んでいるお杉に椿油を持って来させた。

「ね、お紋姐さん、私にも遊ばせておくんなさいよ。こんな綺麗な若衆、一生に一度、相手に出来るかどうか、わかんないもの」

お杉も酔い痴れた身体をふらつかせるようにして菊之助の傍へやって来る。

「いい男は幸せだな。女連中にこんなにもてやがって」

三郎と捨吉は女達にからみつかれ、激しい狼狽を示している菊之助を見て黄色い歯をむき出しながらはやし立てるのだった。

「離せっ、ああ、離せというのがわからぬのかっ」

左右から寄った女二人に抱きつかれて、狂ったように菊之助は緊縛された裸身を揺さぶるのだったが、

「いいや。誰が離すものか」

と、菊之助の男にしてはしなやか過ぎる肩や麻縄を強く喰い込ませている滑らかな胸のあたりに唇を押しつけた女二人は、そのまま、身体をゆっくり下方へ沈ませていき、激しくうねらせている二肢にまで唇と舌を使って愛撫し始めるのだった。

青竹の足枷をかけられて大きく左右に割り裂かれている菊之助のスラリと伸びた下肢がその両腿を女達の唇でくすぐられる事によって断続的にブルブル慄え始める。

「ああっ、な、なにをするっ」

お杉の両手が遂に菊之助の男の肉塊に触れ、それを包み込むように持ってゆっくりとしごき始めると、菊之助の顔面は火がついたように真っ赤になった。

「ああ、男らしく若々しい。見事なものでござんしょう。ええい、憎らしい。もうこうしてやるわいな」

お杉は芝居もどきにもどかしげに身をくねらせてそういうと、両肢を縛りつけられている菊之助の両腿を両手でしっかりと抱きかかえるようにして、いきなり唇を押しつけたのだ。

「あぁっ」

と、菊之助は傷ついた獣のようなうめきを上げて大きくうなじをのけぞらせた。血を吐くような汚辱の思いで火照った顔面は歪み、菊之助の全身に屈辱の戦慄が走る。

三郎と捨吉は女にそんな愛撫を受けている菊之助を眼にすると、身をよじらせて嘲笑するのだった。

お杉は男達のそんな騒ぎには耳をかさず、全身を痺れ切らせて、菊之助を舌先と唇を使って粘っこく愛撫しているのだ。次第に恍惚となった表情を見せてお杉は元娼婦の技巧をはっきり発揮するようになる。

深く口に含んで、吸い上げながら、両手で肉袋を柔らかく包み込み、ゆるやかに揉みほぐすなど、そんな娼婦の手管を受ける菊之助の狼狽と汚辱感は正に言語に絶するもので、キリキリ奥歯を噛み鳴らしながら真っ赤に火照った顔を右に左に激しく揺さぶり続けている。

「ちょいと、お杉さん、もうそのくらいにしておきなよ」

お紋は一途になって菊之助を追上げようとしているお杉を見ていると、ふと嫉妬が生じたのか、うしろからお杉の背を軽くたたいた。

「私達の楽しみはあとにするとして、この場で権三郎先生と信吾先生にけじめをつけさせた方がいい。菊之助を仇の手で返り討ちにさせてしまうのさ」

お紋はそういってお杉を菊之助の下腹部から引き離しにかかると、

「まあ、フフフ」

お紋は菊之助のそれが熱気を帯びて高々と屹立《きつりつ》しているのに気づいて、思わず吹き出した。

三郎と捨吉も自分の意思を裏切って屹立させ、羞恥と狼狽を示している菊之助を見ながら手をたたいて哄笑している。

「よし、俺は信吾ほど衆道遊びにはくわしくないが、貴様の直接の仇はこの俺だ。仇である俺が当てがきして貴様から絞り出してやる。実に愉快な返り討ちではないか」

と、権三郎は愉快そうにいった。

「信吾は予定通り、菊之助のケツを狙え。何もあわてて貴様の一物をぶち込む事はない。指先を使って、口を大きく拡げてやればよい。ろくに前戯もほどこさず、一物を突っ込もうとするから悍馬《かんば》に跳ねられる事になるんだ」

と権三郎がいうと、信吾は、わかった、わかった、と苦笑し、

「これからは軍師殿のいいつけ通りに致す所存だ」

と、いってから、

「それにしても、仇の手でしごかれ、絞り出されるとは、前代未聞の返り討ちでござるな」

といって大口を開けて笑った。

お紋もお杉ももうじっとはしていられなくなったのか、晒しものにされている菊之助の周囲をうろつき廻り、やがて腰を落として熱っぽく膨張させてしまった菊之助の股間の一物を軽く手で押して、

「いいかい、お坊ちゃん。もうこうなりゃ、駄々をこねず、仇の手で優しくモミモミされ、御見物衆の目の前でたっぷりしたたらすんだね。お姉さまだって銀八さんの手管で悦びの潮を吹き上げたそうじゃないか。何も気兼ねする事なんかありゃしないよ」

お紋は前髪をフルフル慄わせて屈辱の涙をしたたらせている美少年を見ている内、

可愛さ余って憎さが百倍といった嗜虐の情念がメラメラと燃え立ち、ふと冷酷な微笑を口元に浮かばせていった。

「じゃ、始めるか」

と、権三郎と信吾が前とうしろから行為を開始しようとすると、

「一寸、お待ちよ。先生方のそんなごつい毛むくじゃらの手でせんずられるんだ。毛ずれを起こしちゃ可愛そうだよ。少し、油を塗っておいてやろうじゃないか」

と、お紋は身を乗り出して竹の器に入った椿油を指にたっぷり掬い取り、菊之助の怒張を示す肉塊にたっぷりとすりつけ始めるのだった。

張り裂けるような屈辱感と同時に腰骨までが痺れるような快感が込み上げてきたのだろう。菊之助は、ううっ、とうめき、細い女っぽい眉根を悲痛なばかりに歪めて上気した頬をさっと横へねじ曲げる。

剛《かた》い繊毛で縁どられて屹立した若い肉塊はお紋の手で塗りつけられる粘っこい油の感触を敏感に反応させて一層膨らみ、表皮は更にはじけて新鮮な薄紅色の生肉をはっきりと硬化させている。

「フフフ、いよいよ頼もしくなってきたじゃないか。可愛いね、全く」

お紋ははっきりと反応を示し始めた菊之助をそっと両手で包むように握りしめなが

ら汗ばむ程心は昂ぶり、息遣いも荒々しくなるのだった。

「お紋姐さん、まるで涎《よだれ》でも流しそうな顔をしているじゃないか」

信吾が手に握りしめたそれに頬ずりでもしたい衝動にかられているお紋を見てからかうと、お紋は照れたように手を離し、

「それより、この油をこの若衆のお尻にも塗っておやりよ。信吾先生のでかいものをぶち込まれりゃ可愛いお尻の肉は裂けちゃうよ」

成程、相わかった、と、信吾は北叟笑みながら菊之助の背面に腰を落とした。

「あっ、よせっ、よさぬかっ、ああっ」

菊之助は悲鳴に似た声でわめき出す。

信吾の手で双臀の肉が二つに割られ、内腿深くの微妙な個所をまさぐられる感触は、まるで全身の骨がバラバラにされるような耐えられない屈辱感だが、その一方、名状の出来ない鋭い快美感めいたものが込み上げ、菊之助はその得体の知れぬ感触を振り切ろうとして激しく前髪を揺さぶった。

しかし、その部分を信吾が揉みほぐすようにして油を塗りつけ始めると、もうどうにもならぬ被虐性の情念がはっきりと菊之助の全身を溶かし始め、先程まで見せた狂気めいた嫌悪感は水を引くように薄れていく。

「まあ、可愛いじゃないか、段々と柔らかくなってきたよ」

お紋はうしろに廻ってのぞき込んでいった。

美少年の双臀の白い肉は二つに割られ、可憐な菊の蕾は無理やり露に曝け出されている。

「ハハハ、この前髪のお武家さん、よっぽどやってほしいとみえて、とうとうお尻の穴までむき出しにしちまったよ」

お紋は小鼻に皺を寄せて笑った。

信吾の手で執拗に椿油を塗り込まれ、粘っこく揉みほぐされるその蕾の部分は甘い筋肉の弛緩を示し始め、同時に前面の屹立は最高潮に達したように、焼けた鉄棒と化して腹部にまで達しそうになっている。

「まあ、元気のいい事。天にもとどきそうじゃないか」

お杉は火柱のように燃え上ってしまった菊之助にうっとりと見惚《みと》れながらいった。

菊之助はもう傍につめ寄る女連中に毒づく気力とてなかった。上気し、臙脂《えんじ》をぼかしたような柔らかい頬を横に伏せて、口惜しげに眼を閉じながら熱っぽく息づいているのだ。

菊之助の双臀をいたぶっている信吾が割った両腿の間より手をぐらせて悪戯《いたずら》っぽ

く股間の屹立をまさぐり出したりしているが、もうそれすら、屈辱に打ちひしがれている菊之助は反撥を示そうとはしない。

「もうそれくらいでいいだろう」

と、菊之助の身体にまとわりつく女二人に手を引かせた権三郎は、

「さ、菊之助もどうやらその気になってきたようだな。一思いに返り討ちにしてくれるわ」

といった。

権三郎は手に唾《つば》をして菊之助の前に腰を低め、信吾は菊之助の背面に廻って腰を落とす。

「前とうしろから同時責めだ。覚悟はいいかい、お坊ちゃん」

と、権三郎はせせら笑い、菊之助の屹立した肉塊をそっと片手で握りしめた。

「うっ」

菊之助は喰いしばった歯の間から鋭いうめきをもらした。

何よりも哀れなのは権三郎の毛むくじゃらの手で翻弄し尽くされている十七歳になる菊之助のまだ稚《おさな》さを匂わせている屹立した肉塊である。

「どうだ。俺の稚児いじめの手管も満更《まんざら》、捨てたもんではないだろう」

権三郎は酒の肴にしている男や女達を得意そうに見廻して、自分の手管を見せつけようとしている。

「雁首《かりくび》はこのように指でくるんでしごくんだ。袋はこっちの手で優しく撫ぜさすってやる」

捨吉と三郎は権三郎の手管で今はもう完全に肉芯まで燃え立たせ、ハア、ハアと熱っぽく喘ぎ出した菊之助を見ると互いの肩をたたき合って笑いこけた。

「よ、どうしたい、お坊ちゃま。さっきまでの威勢のいい啖呵《たんか》をもういっぺん聞かせてみな。おのれ、権三郎、貴様それでも武士か、と、威勢よくわめき散らしたじゃねえか。その武士の風上にもおけねえ侍二人におめえ、マスかきをしてもらっているんだぜ」

ざまあねえじゃねえか、と、捨吉と三郎が哄笑すると、菊之助の菊座をいたぶり続ける信吾が、俺達まで小馬鹿にするな、と、二人を叱ったが、すぐに笑い出して、

「この可愛い菊之助は、姫路城下の娘衆には大もてだったんだ。こんな唄が若い娘達の間ではやっていたな」

菊之助のブルブル慄える尻を一方の手で押さえ込み、もう一方の手の指先一本から二本を油に含ませて菊座の奥へぐっと押込んで、美少年の啼泣を更に強めさせた信吾

は気分よさそうに唄い出した。

♪あれに通るは菊之助、桜吹雪を前髪に紫小袖をヒラヒラと、ほんに絵になる花小姓——♪

落花《らっか》無残

「こりゃ下手な女を玩具《おもちゃ》にするより、面白いかも知れねえぜ」

と、捨吉と三郎は茶碗酒を口に運びながら笑い合うようになった。

権三郎のごつい手で柔らかく握られ、ゆるやかに、また激しく揉みしごかれる菊之助の肉塊は焼けた鉄棒のように熱く硬化し、抜き差しならぬ怒張を示しているのだった。

「まあ、なんて頼もしい。何だか、私、胸の中がカッカッと燃えてきちゃったよ」

二人の武士にいたぶられて、口惜しくも肉体を怒張させてしまった前髪の美少年に欲情に溶けた視線を向けていたお紋は、手にしていた茶碗酒をぐいと一息に飲んで、傍に坐るお杉に照れたような笑いを見せていうのだった。

お杉は、そういうお紋に相槌《あいづち》を打つのも忘れて、とろんと情感にただれた瞳を熱っぽく喘ぎ続けている菊之助に向けている。

女にしてもおかしくはない美貌の菊之助が薄い栗色がかった滑らかでしなやかな裸身を悶えさせながら、憎さも憎し、仇の手で当てがきをされている——その哀れさがむしろ、女達の嗜虐の情念を熱くさせ、もっと、もっと羞ずかしめればいい、口惜し泣きをさせればいい、といった冷酷さを生じさせてくるのだった。

「ううっ、くっ、くうっ」

菊之助は大きく首筋をのけぞらせ、歯を喰いしばりながら悲痛なうめきを洩らした。信吾の指先二本がその筋肉を強引に割って内部へ喰い込もうとするのである。

信吾に双臀をたち割られて菊座の蕾を奥深くまで二本の指先で掻き立てられるとその瞬間、菊之助は身が凍りつくばかりの汚辱感と苦痛しかなかったが、やがてその苦痛がおぞましい被虐性を伴う不可思議な快感になっていくのを夢うつつに知覚するようになる。

「いい子だ、いい子だ。ここんところは、うんと柔らかくしなきゃ駄目だぞ」

油に濡れ湿った菊之助のその部分がキュッキュッとわずかな吸引力を示し始めた事

を感じると、信吾は好色な顔面を皺だらけにくずして北叟笑むのだ。

菊之助のしとどに濡れた菊座の蕾はやがて収縮力を発揮するようになり、深くえぐった信吾の指先二本をギューっと喰いしめるようになる。

「そうだ、やろうと思えば出来るではないか。これでお前と俺は衆道の契りを結ぶ支度が出来たようなものだ」

信吾は菊之助の双臀を平手打ちして歓喜した。

菊之助は気の遠くなるような辱めを血を吐く思いで歯を喰いしばり、必死になって耐えているのだ。

──最後の時が来るまで如何なる屈辱にも耐え忍び、命を守り抜く事──と、姉の夢路は言い残すように諭《さと》して、嬲りものにされるのを承知で引き立てられて行ったが、ああ、それにしても、武士であるこの身がこのような屈辱に耐え切らねばならぬとは──菊之助は姉の言葉を非情なものに感じるのだった。

しかし、菊之助にとって、この屈辱の中でも耐え切れぬ辛さは、自分の狂おしい無念さまで無視した如く、屈辱とは別に官能の芯が昂ぶり出した事であった。

指先で深くえぐられた途端、熱い刃物を突きたてられたような激烈な痛みが生じたが、寸時の後にはその苦痛が名状の出来ぬ鋭く甘い肉欲の痺れとなって、腰までが疼き出し、権三郎の手に握りしめられている肉塊はそれに反応したように鉄火のような熱気を帯びて来たのである。

それをすぐに感じとった捨吉は、大声で哄笑し、

「この若造、すっかり気分を出してやがるぜ。見てくれ、この張り切りようを」

付根のあたりをむんずとつかんで、権三郎は酒を飲む捨吉と三郎の方を得意そうに見廻した。

「どうだ、凄いだろう。天にも届けとばかりにおっ立てておる」

雲助達は熱気をはらんで屹立した菊之助を眼にすると、ガラガラ声で笑い出す。我が身のあまりの浅ましさと情けなさに菊之助は真っ赤に火照った顔を左右に揺さぶって激しい嗚咽の声を洩らすのだった。

「ね、先生。何時までもそのようにしておくのは可哀相じゃないか。そんなに血が昇っているんだもの。いい加減、絞り出させておやりよ」

熱っぽく喘ぎ続ける菊之助に情欲にむせた粘っこい瞳を向け、自分も菊之助につられたように激しい息遣いになっていたお紋は、菊之助の足元に坐ってまた茶碗酒を飲み出しながらせき立てるようにいった。

「この若衆はお紋姐さんのいい玩具になりそうでござるな」

一息入れた権三郎は茶碗の酒を一気に呑み乾して、よし、とばかりに腰を上げた。

「あまり血を昇らせておくと身体に毒だと、お紋姐さんが気を使って下さったんだ。有難く思え。じゃ、こってりと絞り出させてやるぞ」

権三郎が酒気を帯びた顔を手でこすっていうと、

「おっと待ちな。その前に一寸《ちょっと》、細工しておきたい事がある」

信吾が口元を歪めて笑い、パっと裾まくりすると、薄汚れた褌をクルクル外し出すのだった。

「何をする気だ。信吾」

権三郎が不思議そうな顔つきになっていうと、

「俺の褌で猿轡《さるぐつわ》をかますんだ。俺様の匂いをたっぷり嗅がせながら昇天させてやろう。やがて衆道の契りを結ぶ二人だ。面白いだろ」

菊之助にここで骨身にこたえる程の汚辱感を与え、否応なく衆道の契りを強引に結ぼうというものだ。

「成程、そいつは面白いや」

三郎は信吾が股間から外し取った薄い褌を気味悪そうに片手で受け取り、縦にたたむと菊之助につめ寄った。

「よ、前髪の可愛いお武家さん。衆道のお相手、信吾先生の褌で猿轡してやるぜ。さ、アーンと口を開けな」

憎悪の的以外の何ものでもない敵の褌を口に巻きつけられる——菊之助にしてみれば全身の毛穴から血が噴くばかりの屈辱である。それがわかっているから、三郎も捨吉も嵩にかかって菊之助に徹底した追い討ちをかけようとするのだ。

もはや、半ば気が遠くなるばかりの汚辱感に打ちのめされている菊之助は、反撥する気力も稀薄になり、それを口に嚙まされようとするとおびえたように二度三度、首を振って避けたものの、すぐに捨吉に顎を押さえられ、三郎の手で無理やり唇を割られていき、強引に歯と歯の間へ一本にねじった褌の布をねじ込まれていく。

「ハハハ、いいざまだぜ」

信吾の褌で出来た猿轡をきびしく歯と歯の間に嚙まされ火照った頬を歪めている菊之助を見た三郎と捨吉は腹をかかえて笑った。

「どうだ。恋しい、いとしいと思っていた信吾様の匂いを充分に嗅ぎながら気をやらせて頂くんだ。有難いと思え」

信吾はこの言語に絶する辱めを受け、猿轡の中で声を慄わせて口惜し泣きする菊之助の奥深い菊座の蕾を執拗に指先で搔き立てながら勝ち誇ったようにいった。

全身の肉がズタズタに引き裂かれるような屈辱感で菊之助は半ば気が遠くなりかけている。

信吾の黒ずみ、垢《あか》じみた褌できびしく猿轡をされた途端、むっとする悪臭が鼻をつき、反吐を催したくなるような不快さに菊之助は眉根をぎゅっとしかめたが、菊之助のその苦痛と屈辱の表情が捨吉にしろお紋にしろ何とも痛快に思われて、手をたたいて喜び合うのだ。

「じゃ、仕上げにかかるか」

権三郎は腰を据え直すようにして菊之助の屹立を、再びしっかりと握りしめるのだった。

ここで菊之助に対し、とどめを刺すかのように最後の赤恥をかかそうというわけだ。

「もうこうなれば、遠慮することはないぞ。気分が乗りゃ、お前にとっては憎んでも憎み切れぬ仇の俺の手管でどばっと気をやればいいのだ」

権三郎は狂ったように笑い出した。

権三郎は一気に菊之助を追い落とすべく、両手をからませて激しく揉み上げる。

「ううっ」

忽ち、菊之助の顔面は真っ赤に上気し始めた。

包皮がはじけ、綺麗な紅色の生肉を露呈させた先端を片手で包み込むように持ち、たれ袋から付根あたりをもう一方の手で粘っこく撫でさすりながら緩やかに揉みほぐす権三郎の手管は、こんな稚児いじめの経験もかなり積んでいるものと見え、巧妙を極めていた。

うっとりと潤んだ眼で権三郎に責上げられる菊之助に見入っていたお紋とお杉はもうじっとしていられなくなったのか、自分達もそわそわと立上り、吸い寄せられるように懊悩《おうのう》の極みにある菊之助にまとわりついて行く。

青竹の足枷をかけられ、左右に大きく割り開いている菊之助の両方の太腿のあたりにお紋とお杉は口吻を注いだり、掌でさすったり、また、腰を上げて滑らかな腹部から胸のあたりに頬ずりしたり、舌を押し当てたり、そして汗ばむ程の昂奮を示して汚辱の布をキリキリ歯で噛みしめている菊之助の上気した頬を唇でくすぐり始めるのだった。

「フフフ、可愛いねえ。必死になって我慢してるじゃないか」

菊之助がもはや自分の意思ではどうしようもない状態にまで追い込まれているのに、そのような狂態だけは断じて示すものかとばかり激しく前髪を慄わせて耐え抜こうとしているのがお紋には、いじらしく思われ、甘く胸の内が疼くのである。

「ハハハ、先走りの涎を出してきよったぞ。もうすぐ菊之助はおっ始める事になる。小鉢の用意をしてくれ。お紋姐さん」

権三郎が雁首といわず、肉茎といわず荒々しく揉み上げながら声をかけるとお紋は、あいよ、と小鉢をつかんで菊之助の前にかがみ込んだ。

「さ、この中に滴らせるんだよ。いっぱい出してさ、もう菊之助も立派な男だって事をお姉さまに見せてやろうじゃないか」

お紋が含み笑いをしながらそういい、小鉢を押し当てていくと菊之助は真っ赤に上気した顔を引きつらせ、麻縄で厳しく縛り上げられた上半身を力なく、くなくな左右によじらせた。

どうだ、さ、どうだ、と、権三郎はまた嵩にかかったように荒々しくしごき出し、菊之助は遂に耐えようのない限界にまで追いつめられる。

「ううっ」

下腹部がジーンと痺れ、被虐性の甘い悩ましさを伴った快感が腰骨を突き破るようにズキン、ズキンとこみ上げてきたのだ。

卑劣な兄の仇、権三郎の手かきによって魂までが凍りつくような生恥を晒さねばならぬ恐怖と汚辱感——菊之助は汚辱の布切れを再び、キリキリ嚙みしめながら、最後の気力を振り絞るようにして耐え抜こうとしたが、もう我慢がならなかった。

(姉上っ、お許し下さいっ)

「ううっ」

耐えきれず、遂に我慢の堰は崩壊した。歯と歯の間に喰い込んだ汚辱の布を激しく嚙みながら、むせ返るようなうめきを菊之助は洩らし、しっかりとつかんでいる権三郎の両手の中へ汚辱の熱いしたたりを噴き上げるのだった。

「あっ、やりおった」

途端に権三郎はあわて気味に手を離し、お紋の手にある小鉢をひったくるようにすると、ほとばしりの先にぴたりと宛がうのだ。

「ばかばか、この小鉢の中へ吐き出すんだ」

菊之助が噴出させた途端、お紋も一緒に狼狽気味に忙しく動きながら、小鉢の中へ一滴たりともあまさず絞りださせようとするのである。

「とうとうやってくれたわね。女のように可愛い顔していても、やっぱり男の子だねえ」

お紋は情感の込み上げた潤んだ眼差しで、さも頼もしげに見つめながら絞り尽くすように優しく揉み上げている。

遂に肉体を崩壊させ、全身を痙攣させながら、菊之助は顔面をのけぞらせたが、唇を半開きにしてハアハア苦しげに息づく菊之助の表情は権三郎と信吾の眼には凄惨《せいさん》な仇の妖しい美しさに見えた。

菊之助の真っ赤に充血した亀頭の先から白濁《はくだく》の体液がピュっと飛び出すのを小鉢の中に受け入れながらお紋とお杉は子供のように悦び、騒ぎ立てている。

「そう、そう、いい子ねえ。十七歳ともなればもう当たり前の事だよ。何もそんなに羞ずかしがる事はないじゃないか」

女達がキャッキャッと騒ぎ立てているのを聞いて裏側を受け持っていた信吾があわてて表側に現れてくる。

「とうとう果てたか、菊之助。どうだ、すっきりした気持になったろう」

信吾に声をかけられた菊之助は精も根も尽き果てたように情感に溶けた瞳をうっとりと見開いて宙を見つめ、すぐに眼を閉じ、猿轡の中で敗北を伝えるように嗚咽の声を洩らすのだった。

「よし、よし、そう泣くな、菊之助。心では如何に悪魔を嫌っていても、身体は悪魔を好くようになるという事がわかればいいのだ。それはお前の姉上にもいえる事だ」

そして信吾は放出し終えた菊之助の萎縮しかかった肉棒を優しさを込めた手管で揉み上げた。

「こうなれば一滴も無駄にせず、放出して、姉上に示し、菊之助はこの通り、立派な男でござる、と自慢してやろうではないか」

信吾にゆるやかに揉みほぐされながら糸を引くように最後の一滴まで小鉢の中へしたたらせた菊之助は息も絶え絶えに疲れ切ったように、がっくりと前髪を前に垂れさせた。

と同時に今まで鉄火のような屹立を見せていた菊之助の肉塊は嘘のように萎縮していく。

その時、衝立を挟んだ隣室の方が急に騒がしくなってきた。急に障子が開いて銀八が顔を見せた。

「権三郎先生、奥さまが断末魔を迎えそうなんです。立会われませんか」

そうか、俺も忙しい事だ、と権三郎はニヤニヤしながら、あとは頼む、と信吾達に告げ、腰を上げた。

銀八のあとについて隣の小部屋へ入って行く権三郎をポカンと見つめていたお紋は、

「お姉さまに見て頂く大切なものを忘れちゃ駄目じゃないか」

と、小鉢を手にして追いかけようとしたが、

「一寸、待て」

といって信吾が小鉢を受け取り、菊之助の眼に示そうとした。

「見ろ、菊之助、お前の放出したものだ。よほど気持がよかったとみえ、随分と流し出したものだ」

耳たぶまで真っ赤に染めて、必死にそれから眼をそらせる菊之助の女よりも女っぽい羞じらいぶりに胸を疼かせながらうっとりと見惚れていたお紋は、

「信吾先生、そんなにしつこくいじめるんじゃないよ。可哀相に猿轡の中でシクシク泣いているじゃないか」

と、信吾の手から小鉢を取り上げるのだ。

破れ障子を開けて権三郎が小部屋に入って行くと、そこは戸板に乗せられた夢路に対する淫虐な責めが最高潮に達しているところだった。

戸板の上にその上背のある優美でなよやかな裸身を人の字型に縛りつけられている夢路は、乳色に輝く全身に脂汗《あぶらあせ》を滲ませて激しく喘ぎ、それをぎっしりと取囲んでのぞき込む博徒達の間からは熱気を帯びた溜息と昂奮の吐息が渦巻き登ってくるのだ。

銀八の指先で一枚一枚剝がされ、今は羞じらいを示すゆとりもなく、美麗な肉襞を浅ましいくらいに露呈させつつ、怪しげな油を奥深くまで塗り込められた夢路は進退窮《きわ》まったような身悶えと共に嗚咽の声を洩らし続けている。権三郎が夢路に言った。

「どうだ。少しは痒くなって参ったかな、夢路どの」

故買屋のお杉が丹精込めて作ったという姫泣き油を瓶から幾度も掬い取っては夢路の体内深くにまで塗りつける銀八は嗜虐の悦びに顔面は火照り、額からはタラタラと汗が流れ落ちている。

「ああ、もう、もう、もう、許して下さいましっ」

夢路は耐え切れず引きつった声で叫ぶと、元結の切れた黒髪をゆさゆさ振り乱しながらカチカチ奥歯を噛みならす。

「ハハハ、この姫泣き油と申すのは夢路どののような気性の強い女子には最も効き目のある責めかも知れぬ。のう銀八」

夢路がこちらの胸に沁み入るような啼泣をもらし始めると、権三郎は北叟笑んで銀八の顔を見た。

夢路のすすり泣きや喘ぎはさすがに武家女だけにどこか自分の取り乱しを制御しようとするつつましやかさが感じられ、それが権三郎の胸を切なくうずかせるのだ。

しかし、しばらくすると、塗り油の効果が現れ夢路は遂に唇をわなわな慄わせてたまらない痒みを訴えるようになる。

「ああっ、ああっ」

左右に割り裂かれた優美な二肢を切なげによじらせ、得もいえず妖しい官能味を持った両腿をくねらせつつ、夢路は荒々しい喘ぎをくり返すようになったのだ。

「どうだ、痒いか」

「痒いっ、ああ、痒いっ」

夢路は美しい富士額《ふじびたい》をぎゅっとしかめ、白い歯を見せて苦しげに身をよじらせる。

戸板の傍につめかけているやくざ達は夢路の切羽詰《せっぱつ》まった悶えぶりを見て舌なめずりしながら薄ら笑いを浮かべている。

奥深くにまで塗り込められた責め油はますますその効果を発揮し、夢路はズキンズキンと腰骨までが突き上げられるような痛烈な痒みに襲われる事となった。と同時に魂までが溶かされるような妖しい快美感がそれに伴い、夢路は自分が一体、どうなっているのかわけがわからなくなっていく。

「それでは琳の玉は佐助親分にお願いしますか」

と、権三郎は夢路の乳房をいたぶり続ける佐助に声をかけた。

「へえ、俺にも手伝わせて下さるんですか。これは有難いねえ」

佐助は夢路の乳房を揉む手を止め、夢路の下腹部の方へ廻り込んでくる。

「それじゃ、奥さま。気分が乗ったところでこいつを深く含んで頂きましょう」

佐助は取り出した二つの怪しげな玉を掌の上に転がしながら狂おしい身悶えをくり返している夢路にまといついていく。

「ああ、こ、これ以上、どうしようというのです。ああ、みじめです」

夢路は完全に取り乱して、佐助の手で浮き立つ柔らかい繊毛が撫で上げられ、それを呑まされようとすると綺麗な頬を引きつらせながら力なく左右に首を振った。

「一寸、面白い細工をさせて頂くだけですよ。ま、こっちへ任せて頂きましょう」

この道の玄人であるという佐助はニコリともせず、生真面目な顔つきでそういうと、夢路のその真綿を積み重ねたような花肉の内側にゆっくりと呑ませていくのだった。

まるで魚屋が魚の腹を手際よく処理するような手馴れたあざやかさで、忽ち二つの玉を含ませた佐助はふと権三郎の方を見て、

「一度はこういう気位の高い武家女をこんな目に遭わせてやりたいとおもっていたんだ。こんなに早く機会がめぐってくるとは——」

皆様のおかげです、などといい、汚辱の極《きわ》に投げ込まれて、ひと際激しい啼泣を洩らし始めた夢路の表情をニヤニヤして見つめるのである。

「ああ、夢路は気が、狂いそうですっ」

と、熱く熟した体に冷たい銀玉が含められた夢路は切なく掻き立てられるような狂おしい情感が一層つのり、見栄も羞じらいもなくしたように悲鳴に似た声をはり上げるのだった。

痛烈な痒みとも、快感ともつかぬものが一緒になってカッカッと燃え上り、夢路の

頭の芯もジーンと痺れ切る。

「ああ、夢路は、ど、どうすればいいのですっ」

などとすっかり気持が顚倒《てんとう》して夢うつつにそんな事を夢路が口走ると、権三郎と銀八は顔を見合わせてゲラゲラ笑い合った。

冷たく冴えた美貌、そして、女ながらも無双流の達人、そんな気性の激しい武家女の夢路がすっかり我を忘れてそんな狂態を示す事になるなど、権三郎は何か信じられないような思いになる。そして、腰枕を当てられた夢路は甘美な襞の層を生々しく開花させ、すでに軟体動物のような毒っぽい収縮さえ示しているではないか。

これが、やくざ達がいっせいに襲いかかっても太刀打ち出来なかった女剣客、江藤夢路のなれの果ての姿か、と権三郎は信じられない気持になり、夢路ののたうちを凝視しているのだった。

なれの果て、とはいえ、これ程、悲惨なばかりに淫猥な女の姿があるだろうか。

「どうすればいいのとおっしゃいましてもね、奥さま、その痒みとじれったさを解《と》いてもらうにゃ、先生方にこんなものを使って揉みほぐしてもらうより他に、方法はないじゃありませんか」

佐助は黒光りの筒具を持ち出して夢路の上気した優雅な頰をくすぐるのだった。

先程、権三郎に使用されようとして夢路が激しく嫌悪し、拒否を示した水牛の張り形であった。

「もうこうなりゃ嫌でもこいつを先生方に使ってもらうより仕方がない。ね、そうでしょう。お武家の若奥さま」

と、いい、佐助はニヤリと顔の筋肉をくずした。

「ところが今度、こいつを使われりゃ、こんな羞ずかしい音を皆様の耳に聞かす事になる」

佐助はついと戸板の夢路につめ寄って、そっと指先を含めていく。

あっ、と夢路は佐助の指先を感じた途端、悲鳴を上げた。忽ち、夢路はえぐられるような鋭い快美感をジーンと感じたが、途端に狂気したように首を振り、

「嫌ですっ、ああ、嫌っ」

と昂ぶった声をはり上げる。

怪しげな油を塗りつけられて夢路のその部分は濡れた海綿のように熟し切っている。それが、佐助の小刻みの愛撫によって羞ずかしい音を響かせ出したのだ。戸板の周囲を埋める博徒達は笑いこけ、夢路は我が身のあまりの浅ましさに声を上げて泣き、

「ああ、もうおやめ下さいっ。お、お願いですっ」

と、甲高い声で許しを求めるのである。

佐助は夢路の悲鳴と同時に責めを中止した。

「こういうわけでございますよ。如何《いかが》です。張り形を使われるともっと派手に響かせなきゃならないわけですぜ」

「嫌でございますっ、こ、これ以上、生恥をかかせないで下さいまし」

夢路はうわずった声でそう叫ぶと、真っ赤に上気した頬を横にねじらせて号泣するのだった。

権三郎が何よりも痛快に思う事は、凍りついたような冷ややかさを持つ美貌の女剣士、夢路がその冷淡な仮面を脱ぎ捨てたのか、一人のか弱い女と化して懊悩し、苦悩し、羞恥と屈辱に悶え泣くことになった事だ。今、眼前の戸板に素っ裸のまま、あられもない姿態で縛りつけられている夢路には昨夜まで見せたあの女剣士としての冴え切った重味など微塵《みじん》も感じられない。

「今更、生恥も赤恥もないではないか、夢路どの」

と、権三郎は冷笑していった。

断末魔《だんまつま》

「よし、張り形を使ってとどめを刺すのは拙者の方がよろしかろう」

といって権三郎は佐助から水牛の太い張り形を受け取り夢路の下腹部へにじり寄り、どっかと胡坐《あぐら》を組んだ。

「夢路どのにとって俺は憎さも憎し夫の仇の権三郎だ。その仇の俺がこの張り形を用いて悩ましいせせらぎの音と共に夢路どののたまらぬ痒みを解きほぐし、ついでに気をやらせてやろうといっておるのだ」

どうだ、前代未聞の返り討ちではないか、といって権三郎は銀八や佐助達と眼を見合わせ、腹を揺すって笑い出した。

「如何なされた、夢路どの。夫の仇の手にかかって羞ずかしい肉ずれの音をたてるのはたまらなく辛いと申されるのか」

権三郎はシクシクと泣きじゃくる夢路の乱れ髪をもつらせた火照った頰に狡猾そうな眼を向けながらいった。

「あ、あまりにも夢路はみじめ過ぎまする。ああ、舌を嚙んで死ぬ事の出来ぬこの身が恨めしい」

ああ、菊之助——と夢路が詫びるように菊之助の名を夢うつつに口走ったのを耳にした権三郎は、

「菊之助の事は何も気にかける事はない。俺が手がきで充分、慰めてやった」

といって、そっと部屋に入って来たお紋の顔を見た。

お紋は薄笑いを浮かべて夢路の枕元に忍び寄り、菊之助の体液が入った小鉢を夢路の眼に示そうとする。

「十七歳といえば立派な大人だね。権三郎先生の手管がいくらうまいからといっても、こんなに沢山はじき出して見せるとは思わなかったよ」

お紋は小鉢を揺さぶりながら斜めにして菊之助の体液を夢路の滑らかな腹部、形のいい臍の上にしたたり落とすのだった。

夢路は途端にヒイっと昂ぶった悲鳴を上げた。

もう菊之助はそこまでの凌辱を受けていたのか、と、その事を知って夢路は絶望感に打ちのめされたのだが、それを見て権三郎とお紋は嵩にかかってからかいにかかる。

「何もそんなに嘆く事はあるまい。夢路どの。菊之助が望んだゆえ、こちらも手がき

してやったのだ」

と権三郎がいえば、お紋も調子を合わせて、

「姉の方ばかりを色責めにして、どうして自分には手を出してくれないのか、と、お坊ちゃんのひがみなんだろうね」

夢路はそんな揶揄を耳から振り切るつもりか狂気したように首を振り、泣きじゃくった。

「菊之助はすでに仇の俺の手で返り討ちに遭っているわけだ。あとは姉の方を返り討ちにするだけ。おわかりか。夢路どの」

よし、銀八、夢路どののおっぱいを優しくお揉みしろ。せせらぎの音を奏《かな》でさせるには夢路どのの気分が第一だからな、と、権三郎に声をかけられた銀八は、よしきた、と、夢路の上半身を受持つ事になる。

銀八は舌なめずりして夢路の麻縄に緊め上げられた両乳房を包み込むように両手で握りしめ、上下へゆるやかに揉み始める。黐《とりもち》のように粘っこく、熟れた白桃のように柔らかい夢路の美しい乳房は銀八の掌で溶かされるように甘く揉み上げられるのだ。

頃を見計らって、権三郎はぴったりと夢路にまといつき、しばらく指先だけを使っ

て愛撫したが、するとあたかもその行為を待ち受けていたかの如く、熱く熟した花層は更に甘く溶け崩れておびただしい反応を示してくる。

激烈な痒みがわずかずつ溶かされていく甘く切ない快美感に夢路は唇をかすかに開きながら熱っぽい喘ぎをくり返すようになり、一瞬、見せた権三郎と銀八とに対する心の抵抗も肉の痺れと一緒に溶け流れていくのだった。

（ああ、じれったい、もっと強く）

そんなせっぱつまった気分になった夢路は権三郎のわざとじらすようなゆるやかな愛撫をもどかしがり、何かせがむように開股位に縛りつけられた二肢と腰部を我を忘れてよじらせたりし、そんな自分の浅ましさにハッと気づいて真っ赤に頬を染めたりしている。

「それでは夢路どの。こいつを咥えて頂きましょうか」

遂に夢路は権三郎の手で太巻きの筒具を押し当てられる。権三郎のそんないたぶりに対し、当然、生じる反撥や抵抗も全身、火柱のように燃え立たせてしまった夢路にはもはや微塵も生じなかった。

「ほう、こんなに素直に受け入れて下さるとは――嬉しいな、全く」

権三郎は夢路が荒々しい喘ぎと一緒に蠱惑《こわく》の花を開かせて受け入れていくのを見る

と、官能の芯がジーンとうずき出し、眼を血走らせた。

「そう、そう、その調子でしっかり喰いしめ、吸い上げるのだ。そして、仇討ちの事など忘れ去るのだ」

夢路は息の根も止るような鋭い快美感を知覚して、あっと獣のようなうめきを洩らした。

「よいか、夢路どの、もう仇討ちの事など忘れ、楽しむだけ楽しまねば損だと心得るべきだな」

権三郎はここぞとばかり、情感に溶けただれた夢路に対し、声をかけている。

銀八に甘く乳房を愛撫され、権三郎に巧妙な筒具責めを受けている夢路は薄紙を慄わせるような甘美な啼泣の声を洩らしながら、お紋が称讃した一旦吸いつけば離れぬという女の機能を発揮しているのだ。

夢路は遂にむせび泣くような羞恥の楽を奏し始める。

息をつめて戸板の上を凝視していたやくざ達はそれを耳にすると、一瞬、顔を見合わせ、次にどっと哄笑した。

「これ、これ、夢路どの。剣術御指南番の妻女ともあろうものが、そのようなはしたない響きを立てるものではござらぬ」

如何《いか》に権三郎に嘲笑され、揶揄されても夢路はもはや、どうにもする術はなかった。ひきつったような啼泣と一緒に笑いこける男達へ濃厚な山百合の匂いにも似た甘い女の体臭をまき散らし、堰を切ったように豊かな樹液をしたたらせている。

身を切り刻まれるような痒みは権三郎の責めによって解きほぐす事が出来たが、かわって肉芯が焼き尽くされるような官能の痺れは倍加し、夢路は自分がもう悦楽の極限にまで追いつめられている事に気づいた。

権三郎に掻き鳴らされる肉体の響きは自分の耳にも貫通し、そのため一層、官能の芯は燃焼し始めて、全身の肉はメラメラ燃え上っていく。

権三郎と銀八にいたぶられ、淫情の極限を思い知らされる恐怖が冷たい汗となって夢路の頬からタラタラ流れ落ちた。

夢路の狼狽を見透かしたのか、責具を巧妙に操作している権三郎が片頬をくずしながら声をかけた。

「拙者の手管で気をやってくれれば、それ程嬉しい事はない。これから、夢路どのと拙者は仇の事など水に流して仲良くやっていこうではないか。夫婦の契りを結んでもいいと思っておる」

そして、権三郎は一気に夢路を追い上げるべく、責具の操作を次第に激しいものにした。

夢路の全身はカッと熱くなった。抜き差しならぬ状態に追い上げられた夢路は唇を血の出る程、固く嚙みしめ、観念の眼を閉じ合わせるのだった。

（菊之助、こ、このように姉はみじめな女になりました。許して、許して）

夢路は権三郎や卑屈な男達の眼前で、女にとって死ぬより辛い狂態を晒さねばならぬ自分を胸の中で詫び、閉じ合わせた眼尻から熱い涙をとめどなくしたたらせたが、すると、夢路の溶けるような柔らかい乳房に口吻していた銀八が、まるで、夢路の胸の内を見透かしたかのようにいった。

「何も菊之助さんに気を使う必要はないでしょう、奥さま。菊之助さんは姉上より一足先に極楽往生を遂げたんですよ。だから、姉上の方も弟のあとを追って早く往生を遂げて頂きたいわけです」

では参るぞ、夢路どの、と、権三郎は腰を据え直して張り形の操作を急調子なものにし、夢路に汚辱のとどめを刺そうとするのだった。

権三郎は断末魔の状態に追いつめられた夢路に気づくと狂喜し、それっそれっと、張り形の操作を更に急激なものにし、夢路もそれに呼応するかのように、あっ、あっ、と切れ切れの悲鳴を上げた。

熱い炎で官能の芯が焼かれるばかりの痛烈な快美感と名状の出来ぬ恐怖を夢路は同時に感じとり、人の字型に縛り付けられた優美な裸身を狂おしくうねり舞わせつつ、咆哮に似たうめきを上げた。

夢路の絹のように滑らかな腰部から大きく左右に広げた成熟した両腿までが汗ばみ断続的に波打ち始める。

夢路は時がたつにつれてその強い収縮力を発揮し始め、からみつけば離さぬという粘っこさを示し始めているのだ。その度、その部分から悩ましい啼泣も洩れ流れて、それに一層の羞恥と狼狽を示し、夢路はその羞ずかしい響きを打ち消そうとするかのように激しく悶え、悲鳴に似たすすり泣きの声を洩らすのだ。

「お紋姐さんも申していたが、これは正に名器というものだな。どうだ、佐助親分、そう思わぬか」

権三郎は激しく張り形を操作しながら夢路の翻弄され尽くしている女陰を喰い入るように凝視している佐助に声をかけた。

「違《ちげ》えねえ。全くその通りだ」

佐助はギラギラした眼を権三郎に向けてうめくようにいった。

それにしても女ながらも無双流の達人である夢路が何百人、いや何千人に一人というう女の武器を持っていたとは——権三郎も信じられない気持になっている。

体内に深く沈められた琳の玉の音色まで遂に響かせるようになった夢路は一層の狼狽と羞恥を示し、開股位に縛りつけられた官能味のある両腿を狂おしく悶えさせて、

嫌ですっ、ああ、嫌ですっ、と昂ぶった悲鳴を上げた。

やくざ達はどっと哄笑する。

権三郎の巧みな操作で二つの玉が内部でこすれ合い、小さな鈴が触れ合うような哀しげな音色を響かせると、権三郎の胸は切ないくらいにうずき出し、酔い痺れた気分になるのだった。

そこまでいたぶり抜かれるのは由緒正しい家柄の妻女、しかも、女剣士である夢路であり、そこまでいたぶり抜いているのは夢路にとっては憎さも憎し、夫の仇である権三郎——そう思うと権三郎の嗜虐の情念は異様なくらいに昂ぶるのだった。

「ああ、もう、もう耐え切れませぬ。やめてっ、ああ、やめてっ」

夢路は汗と涙でしとどに濡れた頬に乱れ髪をべっとりもつれさせながら切れ切れの

声で叫んだ。

夫の仇である権三郎の手管で言語に絶する屈辱感と、魂までが溶かされるような快美感を同時に味わわされる苦悩――その被虐感が官能の火照りを更に白熱化させる事になる。

夢路が快楽の頂点を極めるのもあとわずかだと覚った銀八は権三郎の操作に呼応するよう一層の巧妙さを発揮して夢路の熟れ切った美しい乳房を両手で揉みしごいた。

「全く柔らけえおっぱいなさってるじゃありませんか。それにどうです、この形のよさ。まるで熟れ切った白桃みてえだ」

などといいながら銀八は分厚い唇をその可憐な薄紅色の乳頭に押しつけ、チューチュー音をさせて吸い上げ、一方の掌で柔軟な乳房をゆさゆさと巧みに揉み上げる。

「あっ、あああっ」

夢路はそのため、被虐性の狂おしい情感が一層迫り、絹を裂くような悲鳴を上げた。

自分は今、この世で一番憎い男達の手で辱めを受けている、という痛烈な汚辱感と共に、生まれて初めて肉の悦びといったものを思い知らされた感じになる。このような灼熱《しゃくねつ》の感覚といったものがこの世にあったのかと夢路は荒々しく喘ぎながら麻のように乱れた神経の中で夢うつつに思うのだった。

ああ、自分はこのままいけばどうなってしまうのか、いい知れぬ恐怖ともうどうともなるがいいといった捨鉢《すてばち》な気分とが交錯する。もはや、自分の肉体をどう処理する事も出来ないのだ。自分にとっては憎悪の権化《ごんげ》といえる権三郎と銀八の手管に煽られつつ、灼熱の未知の渦の中へ引きずり込まれていく自分を夢路はぼんやりと意識する。

夢路が極限の状態に追い込まれそうになったのを知覚すると、権三郎は北叟笑み、更に動きを速め出した。

夢路の啼泣はもうすっかり自分を失って荒々しいものになる。同時に夢路の快楽源は熱気を更に増していく。押せば喰い緊め、引こうとすればそうはさせじとばかりに水中の藻《も》のようにからみつくのである。女陰はそれはもう夢路から離れた別の生物であるかのような錯覚さえ生じてくる。

もはや、素っ裸にされて手足の自由まで奪われた夢路は、最後に残った女の羞ずかしい武器も使い、憎い仇の押し出す矛先と戦っている。そう思うと権三郎は何とも滑稽な感じがして思わず吹き出した。

「夢路どの。あなたに残された武器はもう臍下三寸の女陰でしかないのだ。それを使って仇の拙者と戦うより他に方法はないと心得られよ。そう、そう、そのようにしっかりとまきつかせ、相手の武器を打ち砕くばかりに緊め上げて御覧《ごろう》じろ」

左手で張り形を荒々しく操作し、右手の指先で異様なばかりに屹立した陰核を揉み上げながら権三郎はせせら笑った。

夢路の肉体は崩壊寸前にまで追いつめられている事を権三郎は知覚する。夢路の五体はすっかり溶けて女っぽい啼泣と共に熱い樹液がおびただしく溢れ出てきたのだ。

「ああっ、もう、もう――」

夢路は遂に極限の状態に追い込まれたのか、キリキリ奥歯を噛み鳴らし、むせ返るようなうめきを洩らした。

「どうなされた、夢路どの。ハハハ、我慢の堰ももはやこれまでと見えるな。何も遠慮する事はない。この場で気をやって見せるのだ」

不倶戴天《ふぐたいてん》の夫の仇の張り形責めで夢路が快楽の頂上を極め、狂態を示す事になるのだと思うと、権三郎は息づまる程の嗜虐の悦びを感じるのである。

「しかし、さぞ辛かろうな、夢路どの。仇の拙者の操る張り形責めで、観音開きのまで大往生を遂げなくてはならんとは――」

わざとそんな意地の悪い揶揄を権三郎が浴びせると、夢路は狂ったように元結の切れた黒髪を揺さぶりながら号泣するのだ。

しかし、もう夢路には耐えきる力はなかった。

「おっと奥さま、気をやる時は、いく、いく、と女っぽく合図するんですよ。これまでの恨みもつらみもすべて忘れて、権三郎さま、いく、とか、銀八さん、いく、とか、可愛い女に生まれ変わった気分で、叫んでみておくんなさい」

そんな事を熱い息遣いと一緒に耳元へ銀八は吹き込んでくるのだが、それを払いのける気力も夢路にはなかった。自由自在に二人の男にあやつられるままとなり、全身からは力が抜け始め、ふと濡れた長い睫毛を開くと夢路はねっとり情感の迫った潤んだ瞳で空虚に宙の一点を見つめ出すのである。

そして、その部分から稲妻のような強烈な快美感がつき上り、ジーンと背骨の方にまで響き渡ると、夢路は美しい眉根をギューっとしかめて大きく汗ばんだうなじをのけぞらせた。

「ううっ」

と、絶息するようなうめきを上げると、権三郎が叱咤するようにいった。

「うう、ではない。気をやる時は女っぽく根性を入れかえて、いく、いく、と囀《さえず》るのだ」

「うう、い、い」

「い、い、ではない、いくだ」

「ああ――、い、いく、いきまする」

自分の意思など喪失させた夢路が切羽つまってそう口走った時、権三郎と銀八は顔を見合わせてゲラゲラ笑った。

権三郎は追い討ちをかけるようにいった。

「本日より夢路どのは拙者の妻だ。妻が夫に甘えるように権三郎さま、いく、いく、と甘えて見られよ」

再び、のっぴきならない火のようなうずきが腰骨から頭の芯にまで貫通し、夢路は、あっとつんざくような悲鳴を上げ、

「ああ、権三郎さま、夢路いくっ、いきまする」

と、我を忘れて咆哮に似た声をはり上げた。

全身が痺れ切り、背中に冷たい汗が走って夢路の眼は昏《くら》んだ。下腹部がカッと熱くなり、開股位に縛りつけられている両腿の筋肉は断末魔の痙攣を示す。

銀八が激しく息づきながら夢路の耳元に口を寄せささやきかける。

「江藤家に二十年も奉公したこの銀八にも一声かけて下さいましよ、奥さま。銀八さ

ん、いく、いくわいな、と、合図して下さってもいいじゃありませんか」

と同時に夢路のその部分は無意識の内に異様な収縮を示して息の根も止るばかりの強さでぐっと緊めつけたのだ。

「——ああ、もう耐えられませぬ、銀八さん、夢路はいくっ、いきますっ」

思わずそう口走ったのと同時に銀八は半開きになって喘ぎつづける夢路の唇にいきなり唇を重ね合わせていった。夢路は何のためらいもなく、むしろそれを待ち受けていたように銀八と強く唇を合わせ、銀八の舌を吸い、自分の舌を銀八に吸わせているる。それと同時に夢路は銀八に舌を吸われながら生々しいうめきを洩らした。

夢路は遂に悦楽の絶頂に到達したのだ。

夢路にとって生まれて初めて味わう強烈な肉の痺れる悦びであった。

夢路が稲妻に打たれたように緊縛された全身をのけぞらせ、脂汗にねっとり濡れたうなじを大きく浮き立たせながら瘧《おこり》にでもかかったように全身を痙攣させると、今まで息をつめて夢路の狂態を凝視していたやくざ達はその極限の緊迫感に思わず生唾を呑み込み、魂まで溶けそうな気分に浸り切る。

「へへへ、随分と手数をかけさせやがったが、とうとう極楽往生を遂げやがったぜ」

ようやく責具の攻撃を止めた権三郎は、急にがっくりと上気した熱っぽい頬を横に伏せさせた夢路を見て、勝ち誇ったようにいった。

「ハハハ、夢路どの、勝負は拙者の勝ちだ。そちらも異存はあるまい。もはやぐうの音も出ぬ有様ではないか」

権三郎のいう通り、夢路は声を出す気力もない程、がっくりと打ちひしがれている。

ただ、未だに筒具は陰密な奥深い悦楽の余韻を男達の哄笑と嘲笑の中で伝えているのだった。と同時に快楽源を突き破られた夢路は最奥の堰も切ったようなおびただしい樹液のしたたりを責具に伝えてくる。

それに気づいた権三郎はまた揶揄して、

「さすがに無双流を使う女剣客だ。往生際もなかなか派手でござるな」

といって手をたたいて哄笑した。

女郎屋送り

権三郎や銀八、それに小沼一家の佐助や盗賊の源太郎達の執拗極まるいたぶりを受けて遂には官能の絶頂感を極めた夢路はもはや、声を出す気力も喪失させてがっくりと打ちひしがれている。半ば夢路が失神状態に陥っているのに気がつくと、これでこの勝負は決着したのだという会心の笑みを権三郎は顔面一杯に浮かばせるのだった。

「よし、権三郎先生、この武家女、うちの店で買い取ろうじゃありませんか」

買い取る？　権三郎が怪訝《けげん》な顔を見せると、お紋はいった。

「この義姉弟の仇討ちはこれで終ったも同然。権三郎先生もここまでこの義姉弟を追い落としながらむざむざ殺してしまうつもりなんですか」

これ程の美形の義姉弟を返り討ちにしてしまうというのは何とも勿体ない気がするんですけどねえ、とお紋はいった。

「左様。勿体ないといえば勿体なさ過ぎる。しかし、今の色責めで夢路や菊之助が仇討ちを断念してくれればそれに越した事はないが――」

何しろ気性の強い義姉弟だ。油断も隙もあったものではない、と権三郎はいいなが

らも、

「しかし、何としてもこのまま返り討ちにしてしまうのは惜しい気がする」

というのだった。

「でしょう。あとは女郎屋・金竜の腕の見せ場ですよ。男好きのする身体に仕上げて仇討ちの事などすっかり忘れ去るようないい女郎にしてみたいんです」

その夢路という武家女、百両で引き取りましょう、と、お紋がいったので権三郎はギョッとした顔つきになった。

「百両？　百両だと」

権三郎はうろたえ出して、

「小沼一家のお力添えのおかげで夢路を捕縛する事が出来たのに、俺に百両も下さるというのか」

「まあ、もとはといえば権三郎先生の惚れ切っていた女、それを頂くんですから、それくらいの出費は当然ですよ」

と、お紋は笑った。

「それから、金竜には衆道好みの客も多いんです。あの菊之助には別に五十両出しましょう」

「何と、五十両」

権三郎は再び、うろたえ出し、

「拙者の一存では決めかねる。信吾を呼ぼう」

と、あわて気味に破れ障子をこじあけて、信吾を呼んだ。

泥酔した信吾がフラフラと入って来る。

「どうした信吾、菊之助としっかり情を通じ合っただろうな」

と、権三郎が声をかけると、

「全く菊之助は情のない若衆だ。お主の手管であれだけ燃えて見事に放出しながら、いざ拙者に尻を貸すとなると、尻を狂ったようによじらせて反抗を示すのだ」

余程、お主は菊之助に嫌われているな、といって権三郎は笑い出した。

「それでなければ、お主はその道にかけてはまだまだ未熟だという事だ」

と権三郎がからかうようにいうと信吾は口惜しげに顔を歪めて、

「幾度もうしろから突き立てようとしたが菊之助が泣きわめいて腰を揺さぶるから、根気負けして手を引いた。しかも、捨吉や三郎の見ている前で何時までも左様な恰好を晒すわけにはいかんじゃないか」

信吾は両手を広げて近くの柱を抱くようにし、腰をうねらせて見せながら、

「侍のこんな恰好を手下のものに何時までも見せるのは我慢のならない事だ」

といって再び、権三郎や佐助達を笑わせた。

「それはそうと、女郎屋・金竜の女将、お紋さんが菊之助を五十両で買い受けたいと申されている」

夢路どのが百両、菊之助が五十両、合せて百五十両、お主と拙者が山分けにして七十五両ずつになるわけだ、と権三郎がいうと信吾は眼を白黒させてフラフラと畳の上に座り込んだ。

ここ何年間、俺は一両小判など眼にした事がない、といった信吾は、

「そんな大金が入るなら良心の呵責《かしやく》なんぞ糞くらえだ。権三郎、お主に任す。よきに計らってくれ」

信吾のその言葉を聞いてお紋が信吾にいった。

「金竜にも衆道好みの客が多いんで、菊之助のような美形の若竹が一人欲しいと思っていたところなんですよ」

勿論、信吾先生には菊之助の旦那の一人になって頂きますからね、うちの店にはお勝《かつ》という女郎頭と傳吉《でんきち》という牛太郎《ぎゆうたろう》がいましてね、この二人が女郎や若衆の調教師を務めているんです、と、お紋はつけ加えて信吾にいった。

「この二人が上手に菊之助を調教して信吾先生と情を通じさせてくれると思いますよ」

と、お紋にいわれて信吾は生き返ったような表情になり、

「よし、わかった。おい、権三郎、お主も夢路どのを金竜へいさぎよく売り渡せ。仇としてお主をつけ狙っていた女ではないか。愛欲の未練など、いさぎよく断ち切れ」

と、調子づいたようにいったが、

「別に愛欲を断ち切る必要なんかありませんよ。権三郎先生は夢路さんの旦那の一人ですよ。気兼ねなしにこれからは金竜で夢路さんと寝る事が出来るわけです」

売り物、買い物で成り立っているのがこの女郎屋というものです、といってからお紋は、

「もっとも権三郎先生と信吾先生の場合、代金は頂きません。上玉を二人もお世話して下さったのだから、揚《あが》り代はただという事にします。何日御逗留《とうりゅう》下さっても結構でございますよ」

と、いい、えびす顔を見せるのだった。

「それは真に結構である」と権三郎はうなずき、しかし、この夢路と菊之助の義姉弟は、と声を低めて語ろうとすると、今度は佐助がお紋の代りに口を開いた。

「わかっておりますよ。仇討ちのためにこの土地へやって来た二人だから素姓が他に洩れるとまずいというわけでしょう」

姫路の方にこの事が知れ、救援隊がこの土地へ乗り込んで来たら大騒ぎだ、といった佐助は、

「金竜の方で充分、警戒し、当分の間、お座敷芸だけを演じさせる弁天《べんてん》女郎に仕上げるつもりなんです」

というのである。

「弁天女郎?」

権三郎と信吾が眼をパチパチさせて聞き返すと、

「特別な客を集めて女郎に女陰芸をやらせる事があるんです。その芸を演じる女郎の事を弁天女郎といいます」

以前、小沼一家で花会をやる事があり、近郷近在の貸元の親分衆達を金竜に招待し、特殊な調教を施した弁天女郎を引き出して女陰芸を演じさせた事がある、と佐助はいった。

生卵割り、竹輪《ちくわ》切り、銭掴《ぜにすく》いなど、数々の女陰芸を弁天女郎に演じさせるわけだが、昔はいい弁天女郎がいたが今は一人もあとに続く者がおらず、

「それをこの武家女に演じさせてみようと思うのです」

と、佐助はチラとお紋と眼を合せてからいった。

先程から夢路のその部分の異様な収縮力や緊縮力を眼にして、この夫婦の間にはそういう約束が取り交されていたらしい。

「おい、お紋、も一度、その武家女のお宝を広げて見せてみな」

と、佐助に声をかけられて、あいよ、とお紋は夢路の下腹部へ身を寄せつけていった。

夢路は未だにはっきりと正気づいていないようだ。半開きにした唇から熱っぽい息を吐きながら、汗ばんだ片頰に元結の切れた長い黒髪をからみつかせ、眼は固く閉合せている。

「一寸《ちょっと》、ごめんなさいね。少し調べさせて頂くだけなんだから」

お紋はしとどに濡れた薄絹のような漆黒の繊毛を手でさすり上げながら、夢路のその女の縦筋を両手の指を使って生々しく左右に押し広げて見せる。

「なる程ね、こりゃ、磨きにかけりゃ、うちで立派に弁天女郎がつとまりますよ」

お紋は商品を確かめる冷静な眼つきで淡紅色に潤んだ夢路の盛り上った女肉を凝視していたが、佐助もそっと手を出して重なり合った薄い襞《ひだ》の層を皮でも剝《む》くように広げて見て、膣口まで大きく開口させると、満足げにうなずいた。

お紋は権三郎に向かっていった。

「百両も出して買い取ったからには、こちらも好きなようにさせて頂きますからね、このお武家の奥さまにはその極上の玉門を使ってお座敷芸を演じて頂くわけです」

明日からは金竜の地獄土蔵に閉じ込めて、お勝や傳吉の調教を受けさせるつもりだとお紋はいうのだ。

「一ヶ月ぐらいみっちり稽古に励ませりゃ、いいお道具をお持ちになっているだけ、結構、一人前になると思いますよ」

といってお紋は甲高い声で笑い出した。

奈落《ならく》への道

佐助とお紋からの連絡を受けて女郎屋・金竜の方から二挺の駕籠が木樵小屋まで運ばれてくる。

夢路と菊之助義姉弟を金竜へ運び込むための駕籠であった。

駕籠が到着すると木樵小屋の扉が開き、博徒や盗賊の乾分達に取り巻かれるようにして夢路と菊之助が内から引き立てられてくる。夢路も菊之助も共に一糸まとわぬ素っ裸のままだ。それに雁字搦めに後手に緊縛されている。

「満座の中で気をやって見せたとはいえ、夢路は無双流を使う気性の強い女武芸者だ。ゆめゆめ油断してはならんぞ」

権三郎は佐助や源太郎の手下達に執拗に忠告している。

夢路は心身共に疲れ切った感じで足元をふらつかせて木樵小屋から引き出されてくると、駕籠に向かって地面を踏む足元も危なっかしくよろけている。

「よ、しっかり歩かねえか。武芸の達人で免許皆伝まで許されたという武家女のお前さんがあれくらいの張り形責めで腰くだけになるというのはみっともないぜ」

乾分に代って夢路の縄尻を手にとった佐助はゲラゲラ笑いながら、夢路の官能味をムンムン匂わせた量感のある双臀をピシャリと平手でたたいた。

今までとは違って夢路の扱い方が乱暴になったのは大枚百両も出して手に入れたこちらの女郎だ、という気楽さがあったからだろう。

夢路の蒼ずむ程に硬化した頰には元結の切れた黒髪がもつれかかり、吐く息も苦しげで乳色の柔軟な肩先が波打っているのだ。

戸板の上に開帳縛りにされ、長時間にわたって淫虐に責め立てられた夢路はまだはっきりと意識が戻らないのか、虚脱し切った表情で視点も定かではない。

夢路の冷たい程に光沢を帯びた裸身にはまだじっとりと汗が滲んでいるようだ。肉のよく引き緊まった乳色の両腿の付根、そこに柔らかく盛り上る漆黒の艶っぽい繊毛も思いなしかまだ淫情に敗れた潤みを含んでいるようで何とも悩ましく男達の眼に映じるのではある。

「夢路どの。少しは嬉しそうな顔をしてはどうかな。死一等を減じられて女郎屋送りとなったのだ。嬉しくない筈はなかろう」

権三郎は佐助に縄尻をとられている夢路の傍に身を寄せてくると含み笑いをしていった。

最初は徹底して嬲り抜き、明朝、二人揃って処刑するつもりだったが、方針が変わって二人揃って女郎屋に売り渡す事になったのだ、と権三郎は夢路の乱れ髪をもつれさせた凍りついたような頬に眼を向けてニヤニヤしながら説明する。

思わぬ命拾いが出来たのだから俺達のお情けに感謝するべきだと権三郎はいいたいのだろう。

「そのかわり、後で女将からも説明があると思うが、向こうに着いたなら弁天女郎として骨身惜しまず働いて頂かねばならぬぞ」

そんな権三郎の言葉が耳に入っているのか入っていないのか、夢路は悲哀の色を滲ませた潤んだ眼差しでぼんやり遠くの方を見ている。未だに汚辱の陶酔から意識が戻らないようだった。

木樵小屋の軒下に用意されていた二挺の駕籠に気づいた夢路はこれから新たな生地獄に突き落とされる自分の運命に気づいたのか、にわかに顔面を強張らせて足を止めた。

そして捨吉や三郎達に縄尻をとられて夢路の後についてきた菊之助の放心したような表情に眼を向けた。

「ああ、菊之助」

夢路は悲痛に顔面を歪めて菊之助を見つめ、耐え切れなくなったように肩先を慄わせて嗚咽の声を洩らした。

「ああ、姉上――」

菊之助も夢路と視線を合せた途端、反射的に顔面を大きくねじらせ、肩先を大きく慄わせて号泣するのだった。

お互いに何と言葉をかけ合っていいのかわからない。揃って羞ずかしい素っ裸、揃って後手に麻縄で縛られているみじめさ、仇討ちに来て、そして、その憎い仇を追い詰めながらこの悲惨な結末はなんという事かと夢路も菊之助も今の自分達のみじめさが信じられないのだ。

「二人とも駕籠に乗せろ。金竜まで急ぐんだ。こんな上玉二人をみやげに持ち帰ったら、お勝や傳吉など泣いて悦ぶぜ」

佐助はそういって手下の者達をせかしたが、引き立てられる菊之助の後にぴったりついて歩いて来た信吾がいった。

「それにしてもこの義姉弟を素っ裸のまま駕籠に乗せて運び込むというのは少し、むごいではないか」

満座の中で充分、生恥を晒して我等の酒の余興をつとめてくれた姉弟だ。せめて腰の廻りぐらい布で隠してやってはどうか、と、信吾は提案したが、

「いえ、弁天女郎は羞ずかしいなんて思うゆとりを与えちゃ駄目なんですよ」

と、横からお紋が口を出してきた。

「何時でもそこは晒させておく方が修業にもなるんです」

といってお紋は邪険に夢路の乱れ髪を手で引っ張った。

「最初の予定じゃ、お前さん、茂みまで剃り上げられるところだったんだよ。そんなみっともない身体にされずよかったじゃないか」

女郎になると決まったからには茂みはないよりある方が恰好がつくからね、といってお紋は笑った。

「さ、乗ったり、乗ったり」

と男達は夢路と菊之助の裸身を包み込むようにして駕籠の中へ押し込んだ。

夢路の妖艶さが匂い立つばかりの官能味のある裸身は雪白の光沢を持つ二肢をぴったり立て膝に閉じ合せながら駕籠の中に収まった。

菊之助も捨吉や三郎の手で緊縛されたままの裸身を駕籠の中へ押し込まれている。

「菊之助、この不甲斐ない姉を許して下さいっ」

夢路は駕籠が担ぎ上げられようとすると、後の駕籠に乗せられた菊之助に向かって断末魔の叫びのような悲痛な声をかけるのだった。

「菊之助とのつもる話は金竜へ着いてからゆっくりすればいい。通行人が怪しむから駕籠の中では言葉を出さないで頂きたい」

権三郎はそういって懐から豆絞りの手拭いを取り出した。夢路に猿轡して口も封じるつもりらしい。

長い黒髪がもつれかかる雪白のしなやかな夢路の肩先をつかみながら権三郎が猿轡をかけようとすると夢路は観念したように長い睫毛をゆっくり閉合せた。

「そう、そう、そうして観念の瞼を閉合せた夢路どのは女として誠に美しく見える」

などと権三郎はいいながら夢路の唇に手拭いを巻きつかせていった。豆絞りの手拭いで固く猿轡を嚙まされた夢路はふと空虚《うつろ》な眼を軽く見開き、次に恨めしげに権三郎へ切れ長の眼をチラと向けるのだが、その夢路の情感に蕩《とろ》けたような色っぽい眼差しを見るとその度に、権三郎は恍惚とした気分に陥るのである。

「全く色っぽく成長されたようではないか、夢路どの、金竜に到着したなら、何はともあれ拙者と夫婦の契りを結ぶ事に致そう」

人工の筒具ではなく、今度は拙者が生肉でお相手致すわけだが、と、権三郎は全身に情念がこみあげてきてホクホクした表情でいった。

菊之助の方も夢路と同様、信吾の手で猿轡を嚙まされて駕籠の中へ押し込まれ、二挺の駕籠は男達の手でよっこらしょ、と担ぎ上げられた。

ホイサ、ホイサ、と小沼の女郎屋・金竜に向かって駕籠は走り出し、それに従って佐助の手下や源太郎の乾分達が一緒に走り出す。

その走り出した駕籠のあとから歩いてついて行くのは権三郎に信吾、それに小沼の佐助とその女房のお紋であった。銀八とお杉も加わっている。

「前代未聞の仇討ち劇でござんしたね、権三郎先生」

と、お紋が笑いながらいった。

「そうだな、あんな返り討ちもあるのかと俺も驚きましたよ」

と、佐助も笑って権三郎の顔を見た。

それにしてもあの剣術の達人の武家女房が女陰の襞をむき上げられ、お核も揉み上げられてあんなによがり水をたれ流すとは思わなかったと、佐助が淫猥な微笑を顔面に浮かばせていうと権三郎は、

「女とは見かけによらないものでござる。夢路も一皮剝けばああいう女であったという事だな」

といって笑ったが、

「しかし、何度もいうようだが、夢路も菊之助も見識の高い武家育ち、気位も高ければ気性も強い。何時、反逆に出るかも知れないから用心に越した事はない」

と、佐助にいった。

「弁天女郎に仕上げるといっても夢路がおとなしく女郎に成り下がるとは思えぬからな」

と、権三郎がいうと、

「私はそうは思いませんね、あとは金竜のお勝と傳吉二人に任せておけば一月《ひとつき》程で立派な弁天女郎に仕上げると思いますよ」

と、お紋がいった。

女郎の調教師としてはその残忍さにおいてお勝は〈まむしのお勝〉という異名がある程で、それにもともと武家女を快く思っていないお勝のことだから、徹底して激しい調教を夢路に加える筈だから、身も心も女郎のものにしてしまうだろう、という意味の事をお紋はいうのだった。

「そうか、弁天女郎にするなど、拙者は無理と思うのだが、お紋さんがそういわれるなら、お任せしよう。いや、こっちは百両であの女はそちらへ売り渡したのだからそちらがどう扱おうと文句はいえんからな」

といって権三郎は苦笑して見せた。

「それはそうと、金竜に着いたら、今夜一晩、夢路どのは拙者が借り受けるから左様、心得ていて頂きたい。張り形責めだけで、拙者と夢路はまだ男女の契りは結んでおらんのだ」

それは抜けているじゃありませんか、とお紋は笑って、

「よござんす。金竜へ着いたら特上のお部屋を用意致しましょう。今度は見物人など呼ばず、あの武家女と二人きりでしっぽり楽しんで下さいまし」

といった。

銀八が横から権三郎の腕を押して冷やかすようにいった。

「今度は御自分の肉棒で奥さまを激しく抜き差ししようというわけですね、そして、さっきみたいに——権三郎さま、夢路はいく、いきます——と泣きわめかしたいわけでしょう。妬けますねぇ、全く」

私にも何とかご相伴にあずからせてはもらえませんか、と銀八がいうと、権三郎はむっとした顔つきになって、

「調子に乗るな、銀八」

と、どなった。

「お前には夢路どのの身体を充分、楽しませてやったではないか。風呂場の夢路どのをのぞき込んで木剣で打たれた恨みを返させてやったのだ。夢路どのの女陰に指を触れさせたり、舌を使わせたり、そんな事が出来ただけでも果報と思え」

と、権三郎はがなり立て、銀八に首を縮めさせてから、

「夢路どのに最初に肉棒を使うのはこの俺様だという事を忘れるな」

といった。

「夢路どのが可愛い亭主の仇としてつけ狙ったのはこの俺だ。その憎さも憎し仇の俺に凌辱されてこそ、女の屈辱感が倍増し、男の優越感も倍増する事になる」

そういう理屈がお前にわからぬか、と権三郎にいわれて銀八は何だかわけがわからなかったが、

「へい、今後、権三郎旦那の許可なしでは奥さまに肉棒を突き立てるような真似は致しません」

と、恐れ入ったように権三郎に頭を下げた。

信吾がお紋にいった。

「権三郎と夢路のために特上の部屋をあてがうなら俺と菊之助のためにも上等の部屋を選んでもらえないか」

俺も見物人が多くて不覚をとったが、菊之助と二人きりになれば今度こそ、腰を据えて菊之助とつながり、衆道の契りをはっきり結びたい、というのである。

「そうでしたね、わかりました。信吾先生のためにも邪魔者が入らない立派なお部屋をおとりしますよ」

と、お紋は笑いながらいった。

「とにかく今夜は両先生のためにおめでたい夜にしようじゃありませんか。一つの部屋では権三郎先生が夢路との男女の深い契り、一つの部屋では信吾先生が菊之助と衆道の深い契り」

そういったお紋は、そのかわり、明日の夜からは夢路と菊之助は弁天女郎にするための特訓に入りますから、その点は両先生とも承知しておいて頂きたいんです、と、いうのである。

そして、お紋は、

「実は、これ、佐助にも相談した事なんですが――」

と、権三郎の顔を見ていった。

「夢路と菊之助を花見世車《はなみせ》に仕立ててみようと思うんです」

花見世車と聞かされても権三郎は何の事やら見当がつかなかったが、佐助が説明した。

「花を積み上げた大八車というわけで、花は見せても人は乗せない大八車という事なんです」

以前、花会が小沼で開かれた時など、親分衆を金竜へ招待して花見世車をよくやったもんです、と佐助はいった。

つまり、座敷で演じる見世物で、男女のからみを演じるものだが、

「昔は金竜の方でも面相のいい弁天女郎や弁天若竹がいて好評を博した事がありましたが――」

今ではそれらの女郎や若竹も年をとり過ぎて使いものにならない状態だという。

そこで、夢路をどうせ弁天女郎にするなら同じ美形の菊之助と組ませて花見世車の修業をさせたい、とお紋はいうのだった。

さすがの権三郎も佐助お紋の企みごとのあくどさに舌をまくのである。

「花見世車というのはつまり、男女のからみ合いを座敷を使って興行するものだろう。それに夢路と菊之助を使うというのか」

それは少し無茶というものではないか、と、権三郎は呆れたような顔つきになって佐助とお紋にいった。

「夢路と菊之助は姉弟の間柄だ。近親相姦まで強制する事はあるまい」

権三郎がそういうと、権三郎先生は案外と気の小さいところがあるんですね、と、お紋が小鼻に皺を寄せて笑った。

「金竜の弁天女郎になり切るには人間の感情なんてものは捨ててしまわねば務まりませんよ。何しろ、滅多《めった》にお眼にかかれない美形の義姉弟をこっちは手に入れたのです

からね」

金竜を繁昌《はんじょう》させるには昔のように花見世車を復活させるべきだと思うんです、といったお紋は、

「姉弟といっても夢路は菊之助にとっちゃ義理の姉になるわけでしょう。直接、血がつながっているわけじゃなし、近親相姦なんぞと大仰に考える事ないじゃありませんか」

と、渋い顔を見せる権三郎に畳みかけるようにいうと、信吾が口を挟んだ。

「左様、菊之助は権三郎が殺害した江藤卯兵衛の弟、権三郎に殺害されたその卯兵衛の妻が夢路になるわけだ」

権三郎が殺害した卯兵衛の、と、信吾が仲間の過去の古傷《ふるきず》をわざと強調するようないい方をするので権三郎は腹が立って信吾を睨みつけた。

「そう、むくれた顔をするな、権三郎。お主は夢路の夫を殺害し、寡婦《かふ》となった夢路を手込めにした大悪人だ。しかも、手込めにした夢路を女郎屋へ売りさばくなど、極悪人の鑑《かがみ》ともいうべき悪党だ」

といって信吾はゲラゲラ笑い出した。

「俺がいいたいのは、悪人ならもっと悪人に徹しろという事だ。夢路と菊之助を花見

世車にするというのも面白いではないか」

ここまできたのなら、金竜に協力して、あの姉弟を相姦地獄に追い込んでしまえ、というのである。

信吾が何か自棄《やけ》気味になってそんな事をいい出したのも権三郎は何となくわかるような気がするのである。あれ程までに菊之助に執着し、衆道の思いを遂げようとしながらもその度に強い拒否を示され、その恨みから加虐心理に移行したのだろう。可愛さ余って憎さ百倍の変態心理が働いたと思われる。

「私もあの奥さまと弟の菊之助さまを花見世車にするのは面白いと思いますよ」

と、銀八までが佐助とお紋の計画に賛成したい方をするので権三郎は驚いた。むしろ自分より信吾や銀八の方が冷血な嗜虐趣味を持っているのではないか。

「だって、さっき奥さまがあの張り形責めで気をやる時、我を忘れて口走った言葉を覚えていらっしゃいますか、権三郎先生」

と、銀八は狡猾そうな笑いを口元に浮かべていった。

「いく、ああ、いきます、と、断末魔のうめきを洩らすと同時に、ああ、菊之助、許して、と、弟に詫びの言葉を吐いたのですよ」

共に天を戴かざる仇の手で絶頂を極めさせられるという女の生身の不甲斐なさを弟

に詫びるというだけではなく、弟を心のどこかでは憎からぬ男性という思慕の心があったからだ、と私は睨んでいるのですがね、と銀八は権三郎に告げるのだった。

「そういえば、菊之助もそうだったではないか」

と、信吾も権三郎にいった。

「先程、お主が菊之助の一物を揉みかきして気をやらせた時もそうだ。我慢ならず射精に追い込まれる瞬間、菊之助が我を忘れて、ああ、姉上、お許し下さい、と口走ったのを俺ははっきり耳にした」

あれは、仇の手で生恥をかかされた事を単に姉に詫びているのではない。姉の夢路に対する思慕の気持が土壇場へきて思わず口から出たものと思われる、と義姉、義弟の心の機微《きび》というものを信吾は権三郎に講釈するのだった。

「そうか、すると、夢路どのに思慕を寄せていた拙者の当面の恋仇は菊之助になるわけか」

と、権三郎が笑っていうと、信吾もうなずいて、

「菊之助に思いを寄せる俺の恋仇は夢路という事になる」

と、いって、その恨みを返すためにも、夢路と菊之助は相姦地獄へ追い込んだ方が面白いと申すわけだ、と、権三郎の肩をたたくのだった。

調教師

下総、小沼の女郎屋・金竜へ権三郎の一行がたどり着いたのはその日の深夜であった。

帰宅したからには何はともあれ、戦勝祝いをやりましょう、と、小沼の親分・佐助に声をかけられて庭に隣接した佐助の居間に権三郎も信吾も銀八もどかどかと上り込んだ。

酒や肴が運ばれてくる。

「そうだ、早速ですが、お引き合せしておきましょう」

と、お紋が権三郎にいった後に、酒を運んで来た女達に「お勝と傳吉を呼んできな」といった。

しばらくして、弁天女郎の訓練係というお勝と傳吉が連れ立って顔を見せたが、お勝は中年の顴骨《かんこつ》の出っ張った醜女《しこめ》に属す女で、傳吉も五十男、身体はでっかいが、陰険な狐眼の男だった。

「もうこの二人には夢路と菊之助の事はよく話して聞かせてあるんですよ」

と、お紋は権三郎にいった。

姉弟の素姓の事も話してありますから、まあ、この二人に任せておけば大丈夫だと思いますね、と、佐助も権三郎と信吾の顔を交互に見ながら楽しそうにいった。

「へい、お勝さんと一緒に一生懸命やらせて頂きます」

と、傳吉は権三郎にぺこりと頭を下げ、その場に坐り込むと、半紙を畳の上に置いてこれからの調教予定についての策まで書き始めた。

「まず、弁天芸に花見世車、これは早速、明日からでも稽古にとりかかろうと思いますが――」

と、傳吉がペラペラしゃべり出したので、権三郎がいった。

「ところで、お前達、夢路と菊之助とは眼通ししたのか」

すると、お勝が障子を開いて、縁側越しに見える裏庭を権三郎の眼にはっきりとさらけ出した。

わずかな竹藪に包まれた古びた土蔵が見える。

お勝が庭に向かって手をたたくと、その古びた土蔵の裏側から二挺の駕籠が男達の手で運ばれて来た。

「佐助親分や女将さんがお帰りになってから中身を拝見した方がよろしかろうと思い

ましてね」

と、お勝は愛想笑いして佐助の顔を見た。

「ほう、律義《りちぎ》な事をいうじゃねえか。中身を見て驚くなよ」

佐助はえびす顔になって、

「綺麗な女の顔と身体というのはこんなもんだっていう事を女郎達にも教えてやった方がいいだろう」

今夜、お茶を挽《ひ》いている女郎がいればここへ呼んで来な、と乾分の仙吉に命じた。

土蔵の前に置かれた二挺の駕籠の周りには盗賊の首領である源太郎やその乾分の捨吉、三郎達が見張りするように突っ立っている。

お紋は源太郎達に笑顔を見せていった。

「本当にお前さん達も今夜は御苦労でしたね。今夜は暇な女郎が多いようだからゆっくりここで遊んでいっておくれ」

権三郎は庭へ飛び降りると、駕籠の傍へ近づいた。

「よし、駕籠をあけてくれ」

と、突っ立っている男達に声をかける。

駕籠の上からぐるぐる巻きに縛ってある縄を見張りの男達は解《ほど》き始める。

一つの駕籠の垂れをさっと開いた権三郎は中をのぞき込んでニヤニヤ笑った。

「夢路どの。長い道中、さぞ、退屈でござったろう」

麻縄で後手に縛られた素っ裸の夢路は駕籠の中で小さく膝を折って坐り込んでいる。元結の切れた黒髪は乳白色の艶やかな肩に房々《ふさふさ》と垂れかかり、豆絞りの手拭いで固く猿轡を噛まされている夢路の固く閉じ合せている目尻からは屈辱の口惜し涙が一筋、流れ落ちていた。

そんな夢路を見て権三郎は北叟笑み、駕籠から引きずり出せ、と、銀八に眼くばせを送った。

「へへへ、長い道中、さぞ、退屈でございましたでしょう」

と、銀八は権三郎の口まねをしてそういいながら夢路の艶っぽい肩先に手をかけて駕籠の外へ引っ張り出すのだ。

「でもこれからは退屈なんぞさせはしませんよ、奥さまには早速、明日から弁天女郎の修業に入って頂きますからね」

銀八は駕籠から引き出した夢路の縄尻をすぐに手にして愉快そうにいった。

仙吉に呼び集められた女郎達三人ばかりが裏庭に降り立って来たが、夢路が足元を乱れさせながらすっくと地面に立つと、その冷たい光沢を持って見事に引き緊まった裸身を眼にし、思わず息を呑んだ。

(何て綺麗な身体をしているんだろう)

女郎達は夢路の美貌と均整のとれた美しい肉体を見て驚いたのである。

乳白色の艶を持つ柔軟な肩の線といい、官能味を持った腰のあたりといい、成熟して肉の緊まった太腿、全体に婀娜っぽく、悩ましい夢路の肉体を凝視して女郎達は呆然とした顔つきになるのだ。

麻縄を上下に二重三重に巻きつかせている夢路の乳房は情感を湛えて形よく盛り上り、量感のある双臀の盛り上りは得もいわれぬ女っぽさを感じさせる。

夢路のそのぴったりと閉ざしている熟れ切った両腿の付根に生暖かく盛り上る漆黒の繊毛の形のよさ、それは幻想的な美しい翳りに見えるのだった。

「剣術の名人だって聞いていたからどんな凄い女だろうと思っていたが、こりゃ、美人じゃないか」

と、お勝は夢路の高貴さが感じられる優雅で深味のある横顔をしげしげと見つめながらいった。

夢路は長い睫毛を固く閉ざしてその優美な頬を凍りつかせ、さも無念そうに唇を噛みしめている。

「それにどうだい、このいい身体。おっぱいのふくらみといい、尻の丸味といい、ケチのつけようがないじゃないか」

お勝は夢路の上背のある優美な裸身を舐めるように見廻して、

「これだけの上玉がここの女郎になるって事になりゃ、忽ち蔵が建つんじゃないの、女将さん」

と、お紋の顔を見ながらいうのだった。

「とにかく元手が高くついているのだからね、一日も早く店へ出て稼いで頂かなきゃ」

お紋はほくほくした表情になっていった。

「菊之助も引き出してくれ」

と、信吾に声をかけられた捨吉と三郎がうしろの駕籠の麻縄を解き、駕籠の垂れを開いて菊之助を引きずり出すと、三人の女郎達は悲鳴に似た感嘆の声を張り上げた。

前髪の美少年が一物を丸出しの素っ裸で、しかも後手に緊縛されたままの哀れな姿を晒け出したのだから女郎達は驚いたのである。

夢路の緊縛された全裸像を見せられた時も驚かされたが、続いて美少年の緊縛された全裸像まで見て衝撃が重なり、女郎達はその恐怖感を笑いに変えてごまかすより仕方がなかった。

「武家育ちのお二人と思いますが、いきなり素っ裸で現れるんだから驚きますよ」

年配の女郎のお政《まさ》がうめくようにそういうと、若いが痴呆のような顔つきのお常《つね》とお種《たね》が、

「一寸《ちょっと》、若すぎるけど、こういう若衆、私の趣味だよ。顔もいいが、一物も反《そ》りがあって、いい形しているじゃないか」

と、いって笑い合うのだった。

「おい、おい、笑っている場合ではないぞ。さっきいったようにこの武家女と小姓侍にはお座敷で肉がらみを演じさせるのだ。この二人の調教にお前達も手を貸してくれなきゃ困るぜ」

と、傳吉は菊之助の股間の肉棒に目を向けて笑いこけている女郎達を苦笑して見つめながらいった。

「こいつら、可愛い稚児の一物を見て悦んでいやがる」

傳吉は鼻に皺を寄せて笑いながら信吾にいった。

源太郎の乾分達に縄尻をとられて、そこに並んで立つ素っ裸の夢路と菊之助は共に真っ赤に火照った頬を横にそむけ合いながら深くうなだれ、屈辱感に小刻みに慄え合

っている。

金竜の女将であるお紋が夢路の打ちひしがれたような横顔に眼を向けていった。

「今夜は夢路さんは権三郎先生と朝までしっぽり濡れ合って、明日からは傳吉とお勝の指導を受けて弁天女郎の修業に入るんだよ」

一月ぐらい、修業をつんだら鳴り物入りで店に出て頂くからね、といってから次に菊之助の方に眼をむけて、

「菊之助さんの方も、今夜、信吾先生と、しっかり衆道の契りを結んで頂くからね。それで明日から、夢路さんと一緒に肉がらみの修業に入ってもらうよ」

わかったね、と、お紋は二人に向かって決めつけるようにどなった。

「それから、この土蔵が明日から開始するお前さん達の稽古場なんだよ。一寸、説明しておくから中へ入りな」

調教師のお勝がそういって土蔵の網戸に手をかけ、ガラガラと開いた。

縄尻を持つ捨吉や三郎に背中を押し立てられて黴臭《かびくさ》く不気味な土蔵の中へ押し込まれた夢路と菊之助はさすがに顔面が恐怖に強張った。

今度は傳吉が夢路に向かっていった。

「お前さん方の素姓の事は親分から聞かされたが、たとえお前さんが大名、旗本筋の

奥さまであったとしても、もうここじゃ、そんなもん一切、通用しねえからな。これまでの事は忘れ去って、弁天女郎として生まれ変わってくれなきゃ困るぜ」

次にお勝がいった。

「女将さんにも聞いたんだが、お前さんの玉門は万人に一人のいい作りになっているそうじゃないか。金竜の見世物に弁天女郎が復活したとなると、昔のようにこの店、大繁盛間違いなしだよ」

弁天女郎といったって、お武家育ちのお前さん方には何の事だかわからないだろうが、と、傳吉はニヤリとして説明し始めた。

普通、弁天女郎というのは肉がらみ、つまり、男女の情事を酒席に出て演じるだけではなく、女陰に芸を磨き入れて、玉出し、玉割り、竹輪切りなどもお座敷芸として演じなくちゃならないものだが――と、傳吉は得意げにペラペラしゃべりまくった。

女陰だけではなく、尻の穴を使う芸も教え込んでやるぜ、と、傳吉は夢路の横につめ寄るようにして痛快そうにいった。

「勿論、肉がらみも手ほどきしてやる。お前さんのようないい女なら本当は俺が相手したかった。俺と組んでお座敷に出て仲よく尻の振りっこをするってわけだ」

俺と組んで相舐《あいな》めしたり、茶臼《ちゃうす》でケツの振りっこをするのも楽しいもんだぜ、といって傳吉は夢路の縄尻を持つお勝と顔を見合せ、ゲラゲラ笑い合った。

夢路は傳吉が揶揄しても毒づいても冷淡さを装って頬を冷たく凍りつかせ、固く眼を閉ざしている。

「よ、聞いているのかよ」

傳吉は自分をわざと無視しているような夢路がふと小憎らしくなって夢路の耳をつまみ上げ、強くねじり上げた。

歯を喰いしばって悲鳴も上げない夢路を見ているとお勝も妙に腹が立ってくる。

「武家女というのはどうしてこんなにお高く止まっているんだろう」

と憎々しげにいったお勝はふと悪戯っぽい微笑を口元に浮かべ、腰をかがませると夢路の股間に柔らかく膨らむ漆黒の茂みに指先を触れさせようとした。

途端に夢路はカッと頭に血を上らせて、激しく腰部をよじらせながら、

「下種《げす》な真似はおやめなさいっ」

と、思わず昂ぶった声で叫んだ。

お勝は一瞬、頓狂《とんきょう》な顔つきになった。

「下種な真似するなってさ」

お勝は女郎達の顔を見廻してゲラゲラ笑った。

「素っ裸で玉門もむき出しにしているくせに随分と大きな口をきくじゃないか」

女郎達が一緒に横手から夢路を睨みつける。

「これから弁天女郎の修業に入ろうってのにそんな生意気な態度をとってもらっちゃ困りますよ、ええ、江藤の奥さま」

ここにいる三人の女郎は明日から奥さまに女陰芸を教える師匠なんだからね、と土蔵に入って来た銀八が夢路に笑いながらいった。

玉出し、玉割り、竹輪切りなど、玉門の筋肉を使う珍芸を教授してくれる女郎に対し、生意気な態度をとってもらっては困る、と、銀八は愉快そうだった。

地獄土蔵

初めて地獄土蔵に足を踏み入れたこの武家女に内部の仕掛けを教えておやり、とお紋に声をかけられた傳吉はうなずいて、まず土間の中央に立っている大黒柱を指さした。

「あれが調教柱だ。あの柱を背にして立ち、しっかりと縄でつないでからまず特別の張り形を使って緊めの練習から入る。つまり、二段緊め、三段緊めなどのお稽古さ」

緊め具合の強弱、これが弁天女郎の基本になる、と傳吉はいった。一に緊める、二に緊める、三、四がなくて五も緊める、とお勝が唄うような調子でいい、とにかく、女陰の緊縮力が一番大事だという意味の事をいうのだ。

鬟を強く巻きつけて緊めるコツがわかれば、今度は緊縮と同時に収縮のコツを覚えて頂く、と、傳吉が夢路の屈辱に引きつった頬を見ながら楽しそうにいった。

奥へ吸い上げたり、外へ押し出したりする要領を覚える事で、これは玉出しといってゆで卵を使って試す事になっていると傳吉はいった。

「そのコツがわかれば次に玉割りさ。こいつは生卵に鬟を巻きつかせて押し潰す。相当に緊める力がつかないとこれはなかなかむつかしい」

お勝は当分の間はそういう練習をつんで頂く事になるからね、と、夢路の次第に血の気の失せた表情を面白そうに見つめながらいった。

「お武家の奥さまにこういう芸を教えるのは初めてだけど、それだけに私達もやり甲斐があるじゃないか」

お勝は傳吉の顔をニタリとして見ていった。

「玉割り、竹輪切りの稽古と一緒におマメを伸ばす調教も必要だからね」

お座敷芸の中ではお核に糸をつなぎ、銚子や徳利をそれにぶら下げて客の猥歌に合せて腰を振る踊りも演じなければならぬ、とお勝はいった。

「それには玉割りの稽古がすんだ後、この土蔵の二階に上って俎の上に乗り、自在鉤《じざいかぎ》につないだ麻糸でおマメを縛り、吊り上げる事になっているんだよ」

と、お勝は土蔵の二階を指さしていった。

「一度、土蔵の二階の様子も見せておいた方がいいだろう」

と、傳吉がいった。今、二階に一人、弁天女郎の見習いが陰核を麻糸でえぐり出され、ヒイヒイ泣きながら脂汗を流している筈だ、と傳吉はいうのだ。

「それじゃ、奥さま、参考のために一度、ここの二階へ上り、おマメの調教とはどんなものか、ご覧になって頂きやしょう」

銀八はそういって再び夢路の縄尻を手にとった。

夢路は銀八に縄尻をとられて土蔵の二階へと押し立てられていく。

階段を登らされる夢路の官能味を持つ婀娜っぽい双臀が悩ましく揺れ動くのを、後ろから続いて階段を登る権三郎はニヤニヤと片頬を歪めて見つめている。量感のある夢路の双臀の暗い翳りを含んだ一文字の深い割れ目がまた何とも悩ましく権三郎の眼を刺激するのだ。

緊縛された一糸まとわぬ素っ裸を傳吉や銀八に押し立てられて天井の低い二階へ上った夢路は一瞬、ハッとして見てはならぬものからあわてて眼をそらせるように横へ視線をそらせた。

がらくた道具がつめ込まれて、半分物置になっているその二階の中央に白木の大俎が置かれ、その上に一人の女が素っ裸を大の字に縛りつけられている。

それだけではなく、その女は腰枕を当てられて女の羞恥の源をつき上げた形をとり、その源泉には天井に吊られた自在鉤より垂れ下がる麻糸が食い込んでいるのだ。

麻糸は女陰につながって垂直にピーンと張っているわけだが、

「糸吊り芸を覚えるためにあの女はああして身体を鍛えているのさ」

と、お勝が夢路の蒼ざめた端正な頬を横からおかしそうに見つめながらいった。

ああして、女の急所の蕾を糸吊りにして、伸ばしているのだよ、と、お勝がいうと夢路はやっとその意味がわかって更に蒼ざめた頬を強張らせた。

俎の上に乗せられている女は三十過ぎの白い熟れ切った肌を持つ女だが、その白い餅肌にはねっとりと脂汗が滲み、女は苦しげに顔面を歪めてうめき続けている。

「そら、ね、ここをこんな風に糸で結んで、吊り上げているんだよ。よく見ておきな」

お勝はそういって麻糸がつながっている部分の濃密な繊毛を掌で撫で上げ、小高い女の丘を露にして見せた。麻糸でつながれて充血し、緊張している肉芽がその女の秘裂の合間からはっきりとのぞき出している。

「どうだい、里江《さとえ》、苦しいかい。それともいい気分かい？」

女郎達三人が並んで大俎の傍に腰をかがませ、せせら笑いながらその女の麻糸に吊り出された微妙な肉芽を指で弾いた。

「ううっ」

むごたらしい調教を受けている里江という女は女郎達の指先でその部分を弾かれるとビクッと全身を痙攣させて、

「ああ、もう我慢出来ないっ、外してっ、この糸を外してっ」

と、狂ったように泣きわめくのだった。

悶えれば自在鉤より里江の女陰にまで伸びた麻糸はピーンと突っ張り、肉芽に激痛が生じるのだろう。

「おやめなさいっ」

銀八に縄尻をとられている夢路はあまりの残忍さに裸身を慄わせて口走った。

「そ、それが人間のする事ですか。あなた達、人間の血が通っているなら、恥を知りなさい」

夢路は半ば逆上して、大組の周囲にかがみこんでいる三人の女郎達を叱咤した。

「恥を知れだと、おめえ、何様のつもりでいやがるんだ」

傳吉が激しく動揺を見せた夢路を憎々しげに睨みつけた。

「さっきもいったようにここへ落ち込んだからにはおめえは今までの身分なんて関係ねえ。生まれ変ったつもりで弁天女郎になるという約束じゃねえか」

ここをどこだと思ってやがるんだ。金竜の地獄土蔵といえばこの界隈じゃ有名なんだぜ、と傳吉はわめくようにいった。

大組の上につながれた里江という女は悶えるにも悶える事が出来ず、乱れ髪をもつれさせた肩先だけを激しく揺さぶって号泣するだけだが、そんな里江を面白そうに観察していたお勝が腰を上げて夢路にいった。

「この里江という女はね、亭主の博打の借金のかたに金竜が引取った女なんだよ。不器量なんで普通の女郎じゃ務まらない。なら、弁天女郎にでもしなきゃ仕方がないじゃないか」

目下、修業中の身なんだが、お核の吊りの調教にこれだけ泣きわめかれちゃ、商売もんにはならないね、と、恐怖のために小刻みに慄え出した夢路に向かってそういうと、三人の女郎達に向かっていった。

「おマメをどんな風に調教するか、弁天女郎の修業の激しさってやつをそのお武家の奥さまに見せてやんな」

あいよ、と、うなずいた女郎のお常は自在鉤に手をかけて操作した。麻糸が自在鉤にたぐられてピーンと突っ張り、里江の肉芽はそのためまた鋭くえぐられて、里江は汗みどろの全身を弓反りにし、ヒイっと絹を裂くような悲鳴を上げた。

急所の蕾が麻糸に引っ張られて生々しく露呈したのがお勝の眼にはっきり映じた。

「大仰な声を上げるんじゃないよ。弁天女郎になるからにはそれくらいの事は我慢しな」

昔、遣《や》り手をつとめていたお勝は底光りのする冷酷な視線をのたうつ里江に向けて叱咤すると、腰枕の上で引きつったように揺れ動く里江の太腿を掌で力一杯、ひっぱたいた。

「昔から金竜の弁天女郎はみんなそういう修業を積んできたんだよ」

糸吊り芸を身につけるためには糸をつなぐお核をそうして鍛えておかなきゃならないんだよ、と、お勝が更にがなり立てると、

「よし、私達が介添えになってやろうじゃないか」

と、女郎達が愉快そうにいった。

このお政、お常、お種の女郎達は金竜が開発した弁天女郎というものを最下層の賤業と見なして蔑視《べっし》し、それが虐待心理につながって、弁天女郎に嗜虐の矛先を向ける事になるらしい。

里江が仰向けにつながれている大俎の傍には人の頭ぐらいの壺があり、その中にはアメのように粘っこい茶色の液が入っている。お政とお常は糸吊りにされて断続的に痙攣する里江の下半身に廻り込み、それぞれ穂先のすり切れた絵筆を手にとった。

壺の中の怪しげな油をその古びた絵筆で掬いとった二人の女郎はクスクス笑いながら、里江の糸吊りにされた固い花弁にそれを触れさせていくのだった。

充血し、膨脹した里江の陰核に筆を使って油を塗りつけていくわけだが、その筆の穂先がそこに触れた途端、里江はけたたましい悲鳴を上げ、火でも押しつけられたように腰枕に乗せた双臀をブルッと痙攣させた。

下半身を激しくよじらせれば自在鉤に吊られている糸はまた、ピーンと突っ張って里江の急所を再び、鋭くえぐる事になり、里江は進退窮まった感じで乱れ髪を狂おしく揺さぶりながら号泣するのだった。

「やめてっ、ああ、やめて下さいっ」

里江は泣きじゃくったが、そこに筆の穂先で油を塗りつけられる事によって官能の源泉にも火をつけられる事になるのだろう。その部分を筆の穂先でくすぐられ、怪しげな油を塗りつけられる事によって里江の下半身には切なさを伴う快美感がこみ上り、その現象が忽ちにして現れてくる。

「何さ、やめて、とか、堪忍《かんにん》して、とかいいながらこんなにおつゆをたれ流して――フフフ、お前さん、結構、楽しんでいるじゃないか」

と、筆の穂先でいたぶりながらお政とお常は濃密な茂みを濡らすばかりにしたたらせてきた里江の豊かな樹液に気づいて哄笑するのだった。

夢路はそんな淫靡残忍な女郎達の狂態などに眼を向ける勇気はなかった。

全身を石のように硬化させ、必死にそれから視線をそらせて夢路は深く首を垂れさせている。恐怖と羞ずかしさのためか、夢路のぴっちりそろえている陶器のような艶っぽい脛のあたりが小刻みに慄えているのを権三郎は愉快そうに見て、

「如何なされた、夢路どの。弁天女郎の修業というものを見て、いささか怖気づかれたようでござるな」

と、からかうようにいった。

「ここで調教されている新入り女郎を見て、他人事のように考えてもらっては困りますぞ。明日から夢路どのもこの大俎の上に乗り、陰核を伸ばす調教を受けてもらわねばならぬのだ」

権三郎はそういって銀八や信吾と顔を見合せ、ゲラゲラ笑い合った。

「武芸の修業より、弁天女郎の修業の方がずっときびしいかも知れぬな。しかし、何と申しても夢路どのは無双流免許皆伝の烈女でござる。この新入り女郎のように陰核吊りにあってヒイ、ヒイ泣くようなみっともない真似はよもや、なさるまい」

と、権三郎は口元を歪めて皮肉っぽくいった。

「よし、もういいだろう。やめな」

急にお勝は里江をいたぶり抜いている女郎達に声をかけた。

女郎達がふと手を止めるとお勝は棚の上の鋏《はさみ》を取り上げて里江の女陰と自在鉤の間をつなぐ麻糸をぷっつりと切った。

「あれ、お勝姐さん、今夜の調教はおしまいかい」

女郎のお常とお種が不服そうな顔をお勝に見せた。

「ああ、もう里江は御役御免だよ。こんな御面相じゃ気に入らないと思うけど、明日からお前さん達女郎衆の仲間入りさせて頂く事にするよ」

お勝がそういうとお常やお種は「冗談じゃないよ」と怒り出した。

弁天女郎として磨きにかける筈の女を自分達女郎衆に格上げするなど、許せない、というのが彼女達の本音だが、まあ、まあ、と、お勝は女郎達をなだめるように手を上げて、

「弁天女郎による花見世車はこれから金竜の一番の売り物にしたいと女将さんもおっしゃっているんだ。だから、里江のような醜女《ブス》じゃ商売にならない」

吊られていた麻糸を切断されて、淫虐な拷問《ごうもん》からようやく解放された里江はフーっと大きく息を吐き、お勝と傳吉はすぐに里江の両足にかけられた縄を素早く解いていく。

お前は弁天女郎のお役、御免だよ、と傳吉にもいわれた里江は手足が自由になると丸裸のまま、俎台の上からフラフラと降り出し、号泣しながらお勝と傳吉の前に土下座して「有難うございます」と頭を床にすりつけるのだった。

「礼をいうなら、俺達じゃなく、おめえに代って弁天女郎の役を受けて下さったこのお武家の奥さまに申上げるんだな」

傳吉がそういって笑うと、女郎達三人は、ヒェっと声を張り上げて、全身を硬化してその場に立つ夢路の悲痛な表情に眼を向けるのだった。

「こんな美人に弁天女郎を演じさせるなんて、そりゃ、ほんとなんですか」

お政が信じられないといった顔つきになって口走ると、お常も、

「しかも、お武家の奥さまだって。素っ裸にされていても道理で、気品が感じられると思いましたよ」

と、うめくようにいい、続いてお種が、

「こんな美女に今みたいな糸吊り芸も仕込むんですね。ぜひ、私達にも手伝わせて下さい」

などといった。

早速、俎台に乗せましょう、と、三人の女郎はわらわらと夢路の周りに寄って来て、緊縛された夢路の裸身を三人がかりで担ぎ上げようとしたが、「こら、あわてるな」と、権三郎が叱咤して女郎達を押し退けた。

「これから拙者と夢路どのは床入りの儀式を行わねばならんのだ。討つ者と討たれる者がそれによってめでたく和解を結ぶ、これが肝心なんだ」

——といっても、お前達には理解出来ぬだろうが、とにかく弁天女郎の修業は明日からだと思え、と権三郎は痛快そうにいった。

お勝が改めて女郎達にいった。

「明日から一月間、特訓してこの武家女を完全な弁天女郎に仕上げるつもりだからね。お前さん方にも手助けを頼む事になると思うよ」

女将さんにも聞いたんだけど、と傳吉がいった。

「この武家女のお核は貫禄があるでっかさだそうだ。里江なんかとはくらべものにならねえ。マメ吊りの時は楽しみにしていな」

それを聞いた女郎達は揃って哄笑した。

夢路は眩暈《めまい》が生じそうになるのを必死にこらえている。そして、自分がこの世ではなく地獄の底に突き落とされているのをぼんやり感じとっていた。

牢舎の宴

権三郎がお紋に案内されて入った部屋は、この女郎屋・金竜の中でも上客用の部屋らしくかなり贅沢に、そして色っぽく趣向《しゅこう》をこらされていた。

二枚重ねの媚《なま》めかしい朱色の夜具、それに極彩色《ごくさいしき》の浮世絵が描かれている二枚折りの屏風、その寝室の隅には朱の溜塗《ためぬ》りの鏡台があり、小さな床の間には水鉢《みずばち》も置かれ、掛軸《かけじく》の絵も極彩色の浮世絵であった。

「まあ、権三郎先生はここでしばらくくつろいで下さい。間もなくお勝がここへ夢路さんを連れてくる手筈になってますから」

お紋はそういって卓の上に用意されてあった銚子をとって、ま、お一つ、と、権三郎に酒をすすめた。

「あの地獄土蔵の中を見て、夢路は相当に驚いたようだな」

権三郎は先程、夢路を土蔵へ連れ込んだ時、夢路が見せた狼狽ぶりを思い出してお紋に語りかけた。

「そうでしょうね、あの土蔵の中は誰が見たって怖気づきますよ」

と、お紋は笑いながら受け答えして、今、夢路と菊之助はあの土蔵の中に作られている土牢の中へ閉じ込められている、と、権三郎に告げた。

あの姉弟はあれから御不浄にも行かせてやり、共に風呂にも入れてやって、二人、仲良く一つ牢の中へ押し込んである、と、お紋はいうのだ。

少しでもこちらが隙を見せれば暴れ出すかも知れぬ危険な姉弟に風呂場など使わせる事がよく出来たものだと権三郎が呆れ顔になっていうと、

「旦那に抱かれる前の女郎というものは身綺麗にするものですよ。調教係のお勝と傳吉がその点気を配って、うちの佐助親分の乾分や源太郎親分の乾分衆に充分、護衛させた恰好で風呂など使わせてやりました」

でも、縄を解いてやる時は何時、暴れ出すかも知れぬというので周囲を竹槍で取り囲むなどして随分と気を使いましたよ、と、お紋は笑った。

こんな上玉でありながら、こんな物騒《ぶっそう》な女郎が入ったという事は金竜始まって以来の事ですからね、とお紋はいうのである。

「おい、権三郎、入ってもよいか」

信吾の声がして部屋の襖が開き、信吾と銀八が入って来た。二人共、かなり酒気を帯びている。

信吾と銀八は今までお勝や傳吉の仕事に協力して夢路と菊之助を警護する役を引き受けていたらしい。

「権三郎、悦べ、間もなく夢路どのがお勝や傳吉に引き立てられて来る事になったぞ」

今まで夢路や菊之助に寄り添っていて、見た事を報告するために信吾は権三郎に逢いに来たのだった。

あの土蔵の中に作られていた狭い牢舎の中へ姉弟が押し込められた時には正直、俺は驚いた、と信吾はいうのである。

銀八が何故、驚いたかについて権三郎に説明した。

「風呂から上った夢路さまと弟の菊之助さまを素っ裸のままで一つ牢に押し込めるのですからね。それには私も驚きましたが、一番、驚いているのは姉弟の方だと思いますよ」

夢路も菊之助も縄目《なわめ》は外されて両手は自由になっているのだが牢の中へ突き入れられた途端、二人は右の端と左の端へ飛び跳ねて縮み込んでしまったという。

お勝はそんな姉と弟を鉄格子の間から面白そうにのぞき込んでいった。

「今日から当分、この牢屋があんた達の寝ぐらになるんだよ。お座敷で花見世車を演じるため、この中で気兼ねなく稽古が出来るってもんじゃないか」

虚脱し、放心した表情であった夢路が、蒼味がかった顔面にすっと怒りの色を滲ませてお勝を見上げ、

「あなた達は私達、姉弟に犬畜生にも劣る真似をさせるおつもりか」

と、反撥の言葉を吐くと、お勝は、フンといった表情を作り、

「だから、何度も言って聞かせてあるだろう。この地獄土蔵の中じゃ姉とか弟とかそ

んな浮き世の義理みたいなものはすっかり忘れてくれなきゃ務まらないって事さ、お座敷で見物するお客達に姉とか弟とか、そんな事説明する必要はないって」

といってお勝は笑いこけるのだった。

「さ、二人共そんな猿みたいに別々に縮み込んでいちゃ話にならないじゃないか。ぴったり寄り添ってしっかり抱き合いなよ」

肌と肌をくっつけて暖をとらないと、風邪をひくよ、とお勝ははやし立てる。頑なに裸身を小さく縮めて片手で乳房を隠し、片手で両腿の間を隠している夢路の羞じらいの風情がお勝は楽しくてならないのだ。

傳吉が薄い布団を一枚持ってくると鉄格子の間からそれを押し込んだ。

「修業期間中だから、この一枚の布団がお前さん達の夜具だ。二人、仲良くこれにくるまって寝るんだぜ」

お勝さんがいった通り、肌と肌とをしっかり触れ合わせて暖をとらないと風邪をひくからな、傳吉がいうと、お勝は懐から黄表紙を取り出して、

「二人仲良く布団にくるまってから、この猥本を見て研究するんだよ」

といって、それを布団の上に放り投げる。

お勝が牢舎の中へ投げ入れた猥本は男女のからみ方を克明に描いた浮世絵集であっ

た。松葉くずしとか茶臼とか、性技についての秘画指南書であった。

「それから、お前さん方にいっておくけど、お前さん達は最下層の弁天女郎になったんだよ。修業期間の一月は布切れ一枚身体につける事は許さないからね」

お前さん達から羞恥心を取り除くために一月間姉弟とも素っ裸で過ごすんだ、と、お勝は楽しげに語りかけるのだった。

「よっ、お前達、聞いているのかよ」

傳吉が、二坪ぐらいしかない狭い牢舎の中をのぞき込んでどなりつけた。そんな狭い牢舎の中で距離を置いて共に低くうずくまり、小刻みに慄え合っている素っ裸の二人を見ている内に嗜虐的な昂ぶりがこみ上げてきて、それを憤懣《ふんまん》に切り換えて傳吉はがなり立てるのだったが、お勝は冷静な表情でいった。

「二人共他人じゃないのだから、そんなに離れて慄え合っているのは見ていておかしいよ。もっと肌と肌を合せて抱き合いながら今の自分の惨めさを嘆き合った方が絵になるじゃないか」

こんな惨めな境遇にもすぐ馴れて快適に暮らせるようになると思うよ、といったお勝は次に土蔵の中の棚から古びた木箱のようなものを取出し、それを傳吉の手で牢舎の中へ投げ込ませた。

「今夜は特別にはばかりに行かせてやったり、風呂にも入れてやったけれど、これからはその一つの便器を二人で仲良く使うんだ」

それは二人共用のおまるってわけだ、といって傳吉は先程から傍観《ぼうかん》していた信吾と銀八の顔を見てゲラゲラ笑い出した。

「犬猫以下の扱いよりましだと思うぜ。犬や猫じゃおまるなんて使わしてもらえないからな」

傳吉が、お前さん達の姉弟の絆をますます深めてやるために一つおまるを使わせてやるといってるんだ、というと、お勝はそれに調子を合せて、

「いいかい、大の方も小の方もそのおまるを使ってすますんだよ。牢舎の中のあちこちに垂れ流してもらっちゃ困るからね」

といって笑いこけた。

「その便器の始末はこっちが面倒みなきゃならねえのだから、迷惑な話だ」

と傳吉がいうと銀八が前に身を乗り出してきた。

「その役は私が引受けようじゃありませんか」

と、傳吉にいってから銀八は鉄格子に手をかけて小さく縮み込んでいる素っ裸の夢路と菊之助をのぞき込んだ。

「長い間の奉公人であった私がそれくらいのお手伝いをさせて頂くのは当然だと思います」

ね、奥さま、それにお坊っちゃま、と、銀八は顔面に喜色を浮かべ、

「その便器の中へうんちでもおしっこでもたっぷり流し出して下さい。私が毎日、便器の取換えにここへ参りますから」

というと、立膝に身を二つ折りに縮ませている夢路が翳りの深い眼の中に憎悪の色を一杯に滲ませてチラと睨むように銀八を見た。

「元の女主人をこのような地獄へ落し込んで、さぞ、銀八、満足であろう」

夢路の恨みを込めた一声に銀八はたじろぎながら、フンといった表情を作ったが、お勝が銀八の代りに夢路に毒づいた。

「そのような糞生意気な武家言葉はここでは通用しないって事がまだわからないのかい。何もかも丸出しの素っ裸にされていながらよくもそんな言葉が出てくるもんだ」

そう夢路に浴びせてからお勝は改めて銀八に向かって優しげな言葉でいった。

「それじゃ銀八さん、これからこの弁天女郎のおまるの始末なんか、お前さんにお願いしますよ。人手不足の時だからうちじゃ大助かりですよ」

——権三郎は信吾や銀八から、夢路と菊之助が全裸のまま土蔵内の土牢に押込めら

れたという経過を聞かされて驚いた。

「お勝と傳吉という調教師は聞きしに勝る残酷な人種だ。しかも、便器一つ、牢内に投げこんで二人で仲良く使用せよ、には驚かされた」

信吾は銀八と顔を見合せて苦笑して見せた。

「夢路が弁天女郎になろうと、菊之助と組んで花見世車を演じようとそれは俺にいわせればどうでもいい事だ。俺と夢路は何時、初夜の契りを結べるのだ」

と、権三郎がいうと、信吾は、あわてるな、あわてるな、と笑いながらいった。

「花嫁は今、寝化粧の最中だ。貴様に気に入られるように充分、おめかししてここへ現れる事になっている」

情痴の前景

お紋の酌《しやく》を受けて権三郎も信吾も銀八もいい気分に酔い痴れてきた頃、廊下の方でお勝の声がした。

「お待たせ致しました。今宵の花嫁を引立てて参りましたが、入ってもよろしゅうございますか」

お勝の声に権三郎はうろたえ気味に坐り直した。

「花嫁を引立てて参るとは、妙ないい方だな」

権三郎は照れ笑いしながら、

「待ちくたびれたぞ。早く花嫁の顔が見たいものだ」

というと、襖が開き、源太郎の乾分の捨吉、三郎の二人に縄尻を取られた全裸の夢路がふらつきながら引っ立てられてきたのだ。

貸元の佐助まで夢路につき添い姿を見せたので、これは、これは、親分まで、と権三郎は恐縮したように腰を浮かした。

夢路はこの金竜へ連れ込まれて来た時と同じように麻縄で雁字搦めに後手に縛られていた。

「縄つきのままで女郎をお客の部屋へ運ぶっていうのは金竜開店以来、初めての珍事ですよ」

と、佐助は笑って、

「しかし、この女郎は権三郎先生にはまだ恨みを残していると思いましてね。それに武家女だけに何をしでかすかわからない。念のため、両手の自由は封じておきました」

と、続けると、お勝がいった。

「いえね、縄つきのまま権三郎殿の前へ引き出してほしいといい出したのは夢路の方なんですよ」

どうしても権三郎の慰みものにされるなら緊縛されて手込め（強姦）の形にされないと耐えられぬという意味らしい。夫の仇である権三郎に無理やり凌辱されるならば耐えられても、もし、行為の最中に自分の方から権三郎に自分の意思を裏切って腕を巻きつかせるというような動きが出ればそれは死んだ夫に申し訳が立たぬ、という切羽つまった思いがあったのだろう。

「なる程、わからぬ事はない」

と、権三郎は北叟笑んだ。

「とりあえず、夢路はここへつなぎますよ」

お勝は捨吉や三郎達に命じて夢路を床の間の方へ押し立て、夢路を正座させると縄尻を床柱につないだ。

夢路は流す涙も枯れ果てたような虚脱した表情で薄く眼を閉じ合わせている。匂うように艶々しい黒髪はお勝の手で手入れさせたらしく、武家女房風に結い上げられていたが、おくれ毛が数本、夢路の優雅で端正な頰にもつれかかり、それが観念に眼を閉ざす事によって、しっとりとした色香が一層、色濃く滲み出した感じだった。

艶やかで滑らかな背中の中程に、夢路の華奢な両手首はかっちりと縛りつけられ、熟し切った形のいい乳房の上下に、喰い込むばかり数本の麻縄を巻きつかせている夢路は、涙の滲んだ長い睫毛を閉ざすと同時に、固く口もつぐんでいるのだ。

「あんた達、御苦労だったね。さ、あとはいいから部屋へ戻って女郎達と遊んできな」

お勝は夢路をここまで引立ててきた捨吉と三郎に声をかけたが、二人は夢路の傍からすぐには立ち去りにくいようで、夢路の髪のほつれを直したり、焼かなくてもいい世話を焼いている。

「これだけいい女を見せつけられりゃ部屋へ戻って田舎女郎なんぞ抱く気にはならねえだろうな」

と、佐助が腰を揺すって笑い出した。

「俺も邪魔者だから、そろそろ退散させて頂くが、今一度、この新入り女郎の身体をゆっくり見ておきてえもんだ」

今度は立たせて柱に縛りつけてみな、と、佐助に声をかけられて捨吉と三郎は、わかりました、といって正座している夢路をいそいそと引き起こしにかかった。

夢路は何の反撥も見せず身体を引立てられるとそのまま床柱に背を押しつけて男達の手で縄止めされていく。

「私も手伝わせて頂きますよ」

と、銀八がもうじっとしていられなくなり、立上るや捨吉や三郎に手を貸すのだった。

夢路の見事な均整のとれた白々と陶器のような光沢を持つ緊縛された全裸像がそこにすっくと立上ると、権三郎と信吾も思わず息を呑んだ。

麻縄をきびしく巻きつかせている胸の悩ましい二つの隆起といい、しなやかで艶っぽい肩先といい、それに腰のくびれの悩ましさなど、どの部分を見ても、如何にも武家女らしい優雅な線と官能味を一つにして匂わせていたが、下肢から太腿にかけてのなよやかでスラリと伸び切った脚の線は見事なくらいの脚線美を感じさせる。今までは羞恥に慄え、身を縮ませていたために全身像をはっきり目撃する事は出来なかったが、今こうしてすっくと直立させた夢路の何一つ覆うもののない素っ裸を前にして、男達は改めてその美しさに圧倒された気分になるのだった。

その上、男達を更に息づまらせたのは、その乳を溶かしたように艶々と輝く熟れた太腿の付根、そこにむっと生暖かく盛り上っている妖艶なばかりの漆黒の繊毛であった。つい今しがたまで、しきりに腰をひねり、腿と腿とを立膝にねじり合わせて懸命に包み隠そうとしていた女の羞恥の根元は、もはや引立てられて隠す術を失い、はっきりとそこに露呈させてしまっている。何ともいえぬ悩ましさで溶けるような甘美な漆黒のふくらみを今は逃げも隠れもならず男達の好色な眼の前に晒け出してしまった夢路は、真っ赤に火照った頬を横にねじり、息づまるような羞恥と屈辱を、懸命になって耐えているのだった。

「こんな上玉は十年に一度、いや二十年たったたって、金竜が抱える事は出来ませんよ」

佐助は夢路の全裸像に感嘆したようにギラついた視線を注ぎながらうめくようにいって、

「それにしても権三郎先生は羨ましい。こんな美女とこれから朝方まで楽しみ合えるんですからね」

と、いってから、

「そう、そう、肝心な事を忘れていました」

と、懐から金包みを取り出した。

佐助から、これが約束の百両です、と、五十両入りの切り餅二個を渡された権三郎は、顔面一杯に喜色を浮かべた。

「信吾先生の方は、あとで菊之助をお渡しする時、同時にお支払い致しますよ。とにかくこの百両、お収めになっておくんなさい」

と、佐助にいわれた権三郎は、すまんな、全く申し訳ないが、小判に飢えていたところでござる、といって切り餅二個を押し頂くようにして懐へねじ込み、チラと夢路の顔面を窺った。

夢路は固く眼を閉ざしたまま放心したように顔面を横に伏せている。

「悪いな。夢路どの。自分でいうのもおかしいが拙者ほどの悪党はこの世に二人とおるまい」

江藤卯兵衛を殺害し、その妻、夢路どのを凌辱し、それだけに飽き足らず、夢路どのを弁天女郎として女郎屋に売り飛ばすなど、こんな悪党が自分だとは自分でも信じ難いのだ、と、いった権三郎は自嘲的に笑い出すのだった。

「これであんたも得心がいっただろうね」

お勝が虚脱した表情の夢路につめ寄った。

「お前さんの身体を今、見てわかったように金竜が大枚、百両で買い取ったんだからね」

お前さんにとっては父の仇か亭主の仇か知らないけれど、こうなったら、客と女郎の関係なんだ、今夜はしっぽり濡れ合って、明日からは弁天女郎としてみっちり修業を積むんだよ、とお勝は甲高い声でわめくようにいった。

「そうムキになってわめき立てなくとも、奥さまはもう充分、覚悟は出来ている筈ですよ」

と、銀八が淫靡に顔を歪ませて夢路の官能味をムンムン匂わせている両腿とその両腿の間に形よく盛り上る漆黒の繊毛に血走った眼を注ぎながらいった。

「あの小屋の中で奥さまは権三郎先生の張り形責めであれだけのたうち廻って気をおやり遊ばされたんだ。今夜は権三郎先生の肉棒でとどめを刺される。これで今回の仇討劇もめでたく終焉《しゅうえん》を迎えるというわけでござんすね」

そういって銀八は狂ったように笑い出した。

権三郎は自分の事をこの世では滅多に見られぬ大悪党だといったが、自分とて、主家を裏切って女主人の夢路を地獄へ送り込むなど、悪党ではひけをとらぬと、銀八も自嘲的になっているのだ。

今まで打ちひしがれたように整った瓜実顔を横に伏せていた夢路がふと眼を開き、涙に潤む瞳を権三郎に向けた。

「権三郎どの、夢路は敗北した事をはっきり知りました」

潤んだような眼差しを権三郎に向けてひきつった声音でそういった夢路は、再び、顔面を横へねじり、裸身を小刻みに慄わせて口惜し泣きするのだ。

夢路の口からいきなり敗北宣言を聞かされたものだから、権三郎と銀八は顔を見合わせてニタリと笑った。

「そう、そう、男は度胸、女は愛嬌《あいきょう》と俗にいうじゃありませんか。奥さまがそんな素直に負けた事を認めて下さって、私もほっとした気分ですよ」

と、銀八はペラペラとしゃべりまくり、私もこれで、主家を裏切った甲斐があったというものです、などといい、信吾と顔を見合わせ笑い合うのだった。

夢路は更に権三郎に涙ぐんだ視線を向けながら続けた。

「最後に一つ、夢路からのお願いがございます」

自分は地獄の苦しみにも耐える覚悟は出来ているが、十七歳の菊之助にはこれ以上、むごい仕打ちはおやめ下さいという哀願であった。

「まして菊之助と組んで満座のなかで性技を演じるなど、人間を冒瀆して畜生道に追い込むとは、あまりにもむごいなさり方、天もお許しになりますまい」

声を引きつらせて夢路が口走ると、調教師のお勝はカっと頭に血を昇らせて、

「こっちが決めた段取りに女郎のお前がいちゃもんをつける気なのか」

とわめき、立上ろうとしたが、それをお紋が、まあ、まあ、と片眼を閉ざして制した。そして、興奮気味の夢路に向かっていった。

「姉と弟が肉のからみを演じたりすりゃ、天罰が当るといいたいんだろ。天罰というやあこの座敷に集まっている連中、どいつもこいつも天罰が当たらないのが不思議という種類だよ」

といってお勝と顔を見合わせゲラゲラ笑い合った。

「弟と肉のからみを演じるのが嫌なら、今夜、お相手して下さる権三郎旦那に甘えながら、しっかり頼んでみる事だね」

お優しい権三郎先生の事だから、お前さんの激しい腰使いに免じて、菊之助とのからみは許して下さると思うよ、と、いってお紋は権三郎の方に悪戯っぽい眼を向けた。

権三郎はついと立上り、二枚重ねの朱色の夜具まで歩くと、いきなり着物を脱ぎ出し、褌一つの裸身になって、でんと夜具の上にあぐらを組んだ。

「何時まで床入りを待たす気だ。夜が明けるではないか」

俺は早く夢路どのと水入らずの二人きりになりたいんだ、と、権三郎がわめくようにいうと、恐れをなしたように佐助も銀八もそわそわと腰を起こした。

「これは、これは、気がつきませんでした」

佐助は捨吉達に命じて柱につないであった夢路の縄尻をとって夜具の上に坐り込む権三郎の横へ引立てて坐らせる。権三郎はすぐに夢路の両肩に手をかけてぐいっと自分の方に引き寄せた。夢路はたぐられるまま、危なっかしく身体をよじらせ、権三郎の胸元にまで抱きすくめられ、片膝を立てながら小刻みに慄え出した。

「何だよ。ここまできて小娘みたいに慄えるなんておかしいよ」

お紋とお勝がまたのそのそと傍にすり寄ってきて慄える夢路を揶揄するのだった。

権三郎の毛むくじゃらの両手が麻縄に緊め上げられた乳房をムンズとつかむと夢路は鋭い悲鳴を上げて全身を石のように硬化させ、権三郎が強引に唇を重ね合わそうとすると、夢路はそれを避けてさっと顔面を横にねじった。

何よりも夢路にとって苦痛なのは自分の肌身にぴったり吸いついてくる権三郎の武骨な筋肉とその不快な体臭であって、思わず夢路は、おやめ下さいっなどと口走り、その息苦しさから逃れようとしてガクガク全身を慄わせた。

逃れようとして身を揉む夢路を権三郎はそうはさせじ、と、乳房を押さえ込んで引き戻す。

銀八が見るに見兼ねたように前に乗り出してきた。

「ちょっと奥さま。そんなに権三郎旦那を毛嫌いしちゃ御自分が損になるばかりじゃありませんか。自分はどうなっても菊之助だけは助けて、といったのは口先だけの事ですか」

銀八が意地の悪いいい方をすると、信吾がせせら笑っていった。

「しかし、夢路どのが権三郎を受け入れたがらぬのは当然だ。憎さも憎し、夫の仇権三郎、そいつの肉棒を打ち込まれるなど、耐えられたものではない」

笑い事じゃありませんよ、と、お勝は信吾を睨みつけ、夢路に向かって声を荒らげて叱咤した。

「お客様に対し、おやめ下さい、と叫んで身を引く女郎の話など聞いた事がないよ」

と、お勝は今にも夢路の髪の毛をつかむばかりの剣幕で、そんな調子じゃ、菊之助と嫌でもからみ合いを演じさせてやるからな、とがなり立てると今度はお紋が再び、まあ、まあ、と中に割って入った。

「ま、初夜のお祝いに一杯、飲んで下さい、権三郎先生」

といってお紋は権三郎の手に茶碗を渡し、先程から隠し持っていた徳利の酒を一杯に注ぎ入れた。

「この酒は南蛮の薬草を溶かしたものですよ。情事の前に呑んでおくと精力が普段の三倍くらい上昇するという媚薬酒なんです」

この金竜特製の精力酒を床入り前に花嫁と一緒に飲むというのが昔からの郭《くるわ》のしきたりみたいなものでしてね、といったお紋は、

「今宵の花嫁に口移しで飲ませてやる、というのも昔から郭の定法でした」

と、含み笑いしていった。

「よし、よし、それでは夢路どの、この酒を口移しで進ぜよう」

権三郎は夢路を更に深く抱きしめて、再び、唇を求め出すと、夢路は進退窮まったように権三郎の毛深い胸板に額を押しつけ、顔面を静かに起こしていくと、

「ああ、もうどうとも好きなようにして下さいませ」

と、切羽つまった声を上げ、しきりに口吻を求めようとする権三郎の唇にぴたりと自分の唇を重ね合わせた。

わあーっと、それを眼にした信吾や銀八、それにお紋もお勝も揃って歓声を上げた。

「やれやれ、ようやく夢路どの、憎くてならぬ仇の権三郎の愛を受け入れる心境になられたか」

信吾は皮肉っぽくそういって、それにしてもめでたい事だ、と手をたたくと銀八も調子を合せて、

「そうそう、奥さまはますます女っぽくなられたようで私も安心しました。あとは権三郎先生の肉棒を思い切り緊め上げて以前の小屋で示したような狂態を示して下さればいいのです」

などといい、信吾と顔を見合わせて笑い合うのだった。

夢路は権三郎の執拗さに耐え切れず、しつこく押しつけてくる権三郎の唇に捨て鉢になったようにぴったり唇を重ね合わせたのだが、権三郎と舌先をからませ、やがて権三郎に抜き取られるばかりに強く舌を吸われながら夢路の眼尻から糸を引くように熱い涙がしたたり落ちていく。それは仇の権三郎と口を吸い合っている自分の惨めさからくる屈辱の涙なのか、仇の権三郎を受け入れた被虐性の快感からくる涙なのか、自分で判断出来なかった。

「よし、口移しでこの美酒を飲ませて進ぜるからな」

ようやく夢路から唇を離した権三郎は茶碗酒を口に含もうとした。

夢路は荒々しく権三郎の胸板に額をすりつけながら、すすり泣くようにいった。

「夢路は一切あなたさまにお任せ致します。その代り何卒、菊之助、菊之助だけは
——」

「ああ、わかった、わかった。今宵、夢路どのが拙者の妻となられるからには弟の事、悪く扱う筈はないではないか」

そういった権三郎は茶碗の酒を口一杯に吸い上げ夢路の上体を両手で抱き起こすとぴたりと夢路の唇に唇を再び重ね合わせた。

権三郎が唇から吐き出す怪しげな酒を夢路は眼をつぶったままごくり、ごくりと喉《のど》の音をさせて飲み続けている。夢路の閉じた切れ長の眼尻から熱い涙が、花びらのような唇から酒のしずくがしたたり落ち、それは見ている男や女達から何とも艶っぽい図に見えるのだった。

「よう、御両人、いい色になってきたじゃねえか」

と、佐助が笑ってはやし立てるとお紋も、

「あんまり仲の良すぎるのを見せつけないで下さいよ」

と、調子を合す。

「それじゃ、いつまでも御邪魔しちゃ申し訳ない。私達、邪魔者はそろそろ退散する

事に致しましょう」

というお紋の一声で一座が引上げの態勢に入ると、権三郎はニヤリと笑って、

「そうか、引上げてくれるか。あとは二人きり、誰にも邪魔されずじっくり楽しみ合う事が出来るというもんだ」

というと夢路を更に強く自分の方へたぐり寄せ、夢路の頬や首筋に荒々しく口吻を注ぎかけながら、

「今の酒、何だか急に効いてきたようだ。もう、一物はいきり立ってきた感がする」

そして、権三郎は夢路の耳元にくすぐるように唇を寄せ、夢路どのの方は如何でござる、といやらしく聞いてくるのだ。

「夢路も、夢路も何だか身体が熱く燃えるような心地が致します」

と、耳たぶまで赤く染めた夢路は羞じらいの顔容を権三郎に向け、自分の方から打って出るように権三郎の唇に唇を重ね合わせるのだった。

のぞき魔

邪魔者は退散する事に致しましょう、というお紋の一声で、信吾と銀八は権三郎と夢路の初夜の契りを見る事なく引上げ、自分たちにあてがわれた部屋へ引返して酒を呑み出したのだが、一向に面白くない。今夜は権三郎は夢路と契りを結び、信吾は菊之助と衆道の契りを結ぶ手筈であったのだが、菊之助は姉を連れ去られた途端逆上したように暴れまくり、信吾の手に負えなくなってしまったのだ。

調教師の傳吉が信吾にいった。

「ま、あせる事はありませんよ。今夜、姉の方が権三郎先生のいいなりになったと知りゃ、明日の夜は信吾先生の相手を菊之助は黙ってすると思いますよ」

今日一日、いろんな事があったんで若い菊之助が異常に昂奮するのは当然だと思います、と傳吉はあっけらかんとした顔をしてあせる信吾をなだめるようないい方をするのだった。

「軍師の傳吉の方針に従ったまでだが、このようにお前と酒を酌《く》みかわしてばかりいるのも何だかつまらん」

といって信吾は、今、何時《なんどき》だ、と、銀八に聞いた。

「もう寅《とら》の刻（午前四時）ですよ」

と、銀八が答えると、

「あれから一刻（二時間）以上過ぎているが、権三郎と夢路どのはまだからみ合っておるだろうな」

と、信吾は淫猥な微笑を口元に浮かべていった。

「そりゃそうでしょう。あれだけいい女と契りを結ぶんですから、明け方までからみ合うんじゃねえですか」

といって銀八も淫らに笑い、どうも気になりますねえ、といった。

小雨のパラつく音が部屋の雨戸をたたくのを聞いていると信吾はいよいよ耐えられない気持になって、

「こっそりのぞきに行ってみるか」

と、銀八に低い声で誘いをかけると、銀八の方が先に立上って、

「夢路奥さまがどのように振舞っておられるか、のぞかなきゃ損というより、のぞかなきゃ馬鹿ですよ」

といって、酔って足元のふらつく信吾に手を貸して引起こすのだった。

金竜の別館の幅の狭い階段を上り、細い廊下を一つ曲がった隅の部屋が権三郎と夢路に当てられた特上室になっている。

足音を忍ばせてそっと襖を開いたが、二間続きになっている奥の間が二人の情痴の部屋であるらしく、薄い灯がかすかに襖の隙間から洩れている。

その方へそっと近づこうとすると、いきなり眼の前に真っ黒な人影がヌーッと立上ったので信吾と銀八は仰天した。のぞき見の先客があったのかと思わず声を上げようとしたが、先客は唇に指を一本あてがってシーっと声を上げるのを止めさせた。

先客は金竜の黒い印半纏を着た傳吉であった。襖の裾の方にもう一人、モソモソ動き出した人間がいたがそれはお勝で、ニヤニヤしながら小声で、

「やっぱりのぞきに来るんじゃないかと思ってましたよ」

といった。

そしてお勝は立上ると、信吾の耳元に口をつけるようにして、

「私達は商売物になるか、ならないか、鑑定に来たようなものですからね。商売柄、仕方がないんですよ」

と、早口でいった。旦那方みたいな助平心で来たんじゃない、といいたいのだろう。

そして、のぞくなら、ここから中をゆっくりのぞいて下さい、とばかりに傳吉とお勝はわずかに開いた襖の隙間へ信吾と銀八を近づかせた。

内部は八帖の寝室になっているが、二枚重ねの媚めかしい朱色の夜具の上で権三郎と夢路の異様な情事が行灯《あんどん》の淡い光波に浮立っている。

夜具の上には全裸であぐらを組むように腰を落としている権三郎の膝の上に後手に麻縄で縛り上げられたままの素っ裸の夢路が大きく両腿を割った形で乗っかり、こちらに官能味のある豊満な双臀を見せつつ、男の動きに合わせて腰部をゆるやかに回転させている。

権三郎はその坐位型対向の体位で局部と局部を深く連結させ、反復運動を行っているのだ。権三郎は自分の膝の上に乗せ上げた夢路の豊満な双臀に片手を廻してしっかりと支え込み、もう一方の手で夢路の背中の中程で縛り合わされている手首のあたりをつかみ、ぐっと自分の方へ引き込んだり、また離したりしながら局部の摩擦《まさつ》を楽しんでいる。夢路は権三郎の肉棒が深々と自分の体内を貫通するたびに、ああっと象牙色のうなじを大きくのけぞらせ、おどろに乱れた黒髪を激しく揺さぶって舌足らずの悲鳴を上げているのだ。

信吾と銀八は思わず固唾《かたず》を呑んで二人の狂態を凝視した。この坐位型対向位の肢態

でから み合うまで、今までの長時間、色々な体位でからみ合っていた事が夢路の激しい息遣いと、切れ切れの小さな悲鳴によって想像する事が出来た。

「全く飽きもせず、よく続くもんだね」

と、お勝が傳吉の顔をチラと見て、低く笑いながらいった。

「女がいいと男は疲れを忘れるもんだ。それにしても、男の精力に調子を合す女も大したもんだぜ」

傳吉が小声で受け答えした時、単調な反復運動をくり返していた権三郎が次の間の襖へ眼を向けて、

「こら、のぞきは高いぞ」

と、声を上げたので、傳吉もお勝もうろたえた。

「そんな所でコソコソのぞき見するのはやめて、こっちへやって来い。見たければ好きなだけみせてやる」

権三郎にいきなり声を掛けられて、お勝は苦笑しながら襖を開けた。

「私達がのぞいているのを御存知だったんですね。まあ、お人が悪い」

「人が悪いのはお前達の方だ。遠慮せずにこっちへ来い」

それではお言葉に甘えて、とお勝は片目をつぶって信吾や銀八をうながしながら一

同揃ってゾロゾロと寝室の方へ入って来た。

権三郎は露出癖もあるのか、衆人に環視される事を意に介《かい》さないが、夢路は激しい狼狽を示した。

今まで権三郎の膝の上に熟れ切った両腿を大きく割って腰を落とし、量感のある双臀を弧《こ》を描くようにうねらせて熱っぽく喘いでいた夢路はぴたりと動きを止め、乱れ髪をもつらせた火照った顔面を隠すように権三郎の厚い胸板に額を押しつけるのだった。

「如何なされた、夢路どの。のぞきたい奴等には、はっきりのぞかせてやろうではないか」

権三郎がからかうようにいって、腰を揺さぶって夢路の双臀を揺れさせると、夢路はいや、いやとすねるように権三郎の胸毛に頰をすりつけ、むずかって見せるのだ。

「おや、信吾ものぞきに来ていたのか。銀八もいるではないか」

権三郎がわざと頓狂な声を上げると夢路は一層、身を縮み込ませた。

「おい、銀八、お前が長年、お仕えしていた江藤道場の奥さまは今では拙者の妻に相成られたわけだ。よく見ておけ」

権三郎はせせら笑って再び腰を揺さぶって見せたが、あ、こら、と夢路を叱咤した。

「せっかく奥にまで吸い上げた俺の一物を吐き出すとは無礼ではないか」

夢路の女陰が嫌悪の収縮を示して権三郎の巨根を膣外へ押出したので権三郎は笑いながら銀八の顔を見た。

「元、使用人のお前にこんな姿だけは見せたくなかったんだな。人一倍、気位の高い夢路どのの気持、わからぬでもない」

権三郎にそういわれた銀八は口を歪めてせせら笑い、身を乗り出してくる。

「それにしても女ってものは弱いものでござんすね。夫を闇討ちにした仇の権三郎さまと夢路奥さまは今ではこんな風に仲よくお尻を揺らして楽しみ合うとは――」

一皮剝《ひとかわ》けば女ってのは他愛のないものでござんすね、と、銀八はあきらかに夢路を嘲笑するようないい方をするのだった。

夢路が権三郎の胸板に顔を埋め込ませながら奥歯を嚙み鳴らして号泣する。

「こら、銀八」

と、信吾が銀八を睨むように見てたしなめた。

「情事の真っ最中の夢路さまにそのような憎まれ口をきくものではない。そら、夢路さまは肩を慄わせて泣出したではないか」

そういいながら信吾も激しく嗚咽する夢路を見て、うずくような嗜虐の快感に酔っているのだ。

痴情の果て

「おい、おい、皆の衆が集まっているのに中断してもらっちゃ困るぜ。御見物衆に失礼というものじゃねえか」

傳吉が汗を滲ませた夢路の滑らかな白磁の肩先を指で押すようにしていった。

お勝も権三郎の膝の上に腿を割って乗っかりながら相手の胸元に顔を埋めて口惜し泣きしている夢路の姿が何とも滑稽なものに思われ、クスクスと笑い出した。

「お前さんにとっちゃ、権三郎先生は憎い亭主の仇だったかも知れないが、今はそうして仲よくお尻を振合える夫婦になっちまったんだよ。それに今日からは女郎として再出発したんだ。昔の事はすっかり忘れなきゃこの仕事は勤まらないよ」

お勝は嚙んで含めるようないい方をし、さ、亭主にうんと甘えるんだよ、といって、おどろに乱れた夢路の黒髪をつかみ、ゆさゆさと揺さぶった。

夢路は涙に潤んだ眼で気弱にお勝をチラと見た。

弁天女郎の調教師、お勝のいうように夢路も昔の事は一切、忘却する気持になっている。しかし、こうした情事を平気で、自慢たらしく人に見物させようとする権三郎という人間はたしかに異常者だ。その異常者にこうして身体を一つにつなぎ、何時《いっ》しか恐怖感も屈辱感も忘れ果てて汚辱の中に快美感を知覚してしまった自分は一体、どうなっているのか、と、夢路は傍にニヤニヤしてうずくまる銀八や信吾の顔を眼にした途端、忽ち、現実に連れ戻され、自意識が白々しく込み上げてくる。

「では、夢路どの、見物衆を何時までも待たすのは失礼だ。さ、始めるぞ」

権三郎はすっぽり抜け落ちた一物を再び、含ませようとして夢路の濃密な繊毛の上にあてがおうとすると、夢路は狼狽気味にそれを逸らせようとして腰を軽くひねった。

それに気づいてお勝が怒り出した。

「ちょいと、突こうとした槍を逸らせるなんて、剣術の稽古じゃないんだよ。権三郎旦那にうんと甘えてごらんよ。菊之助の事だって、いろいろ頼みたい事があるんだろ」

そのお勝の一言に夢路はすがりつきたいような気持になって必死に哀願をくり返した。

「お願いでございます。私は弁天女郎なり、何なりと身を落す覚悟を決めました。しかし、菊之助には何卒、むごい仕打ちはお許し下さい」

権三郎は夢路のくり返す哀願に、

「わかった、わかった。それは約束したではないか」

と、半分、辟易《へきえき》したような顔をしていうと信吾も調子を合せた。

「第一、拙者が菊之助に対する衆道の思いを断切ったのを見て、おわかりの事だと思うが――」

と、夢路に恩を売りつけるようないい方をするのだ。

「夢路どのの弟を思う気持に免じて拙者は菊之助に対する思いを断切ったのだ。だから、仕方なくここへのぞきに参った次第でござる」

俺の気持も酌んで頂き、情事の続行をとくと見せて頂きたい、と、いった信吾の瞬時の出まかせが夢路の強張った神経を融和させた。

「よいか、夢路どの、さ、続けるぞ」

権三郎は両手を夢路の量感のある双臀にあてがい、ぐいと自分の腰に密着させた。

権三郎の火のように熱く硬化した肉棒が再び、夢路の肉襞を押破るかのように深々と挿入され、夢路はああっと声をはり上げて権三郎の肩先に火照った顔面を押当て、キリキリ奥歯を嚙み鳴らした。

「よし、夢路どの、口を吸い合おう」

二人が如何に仲がいいか、見せつけてやろうではないか、と権三郎が強引に唇を求め出すと、夢路は捨て鉢になったようにぴたりと権三郎と唇を重ね合せるのだった。

夢路とぴったり唇を合せながら権三郎の腰の動きはゆるやかに、また急に激しい動きを展開する事になるが、それに合せて夢路は双臀をゆるやかに動かしたり、また、激しくくねり廻しながら権三郎と舌をざれ合せるようにからませたりした。貪るように吸い上げたりをくり返している。

抜き取られるばかりに強く権三郎に舌を吸われながら夢路の眼尻からは糸を引くように熱い涙がしたたり落ちている。それは屈辱の口惜し涙か、被虐性の快感に酔った涙か、そっと傍に近づいて悪戯っぽく観察している銀八や信吾にはわからない。

「どうです、権三郎先生、夢路奥さまのお道具の出来具合は」

銀八が痴態を示す二人にぴったり身を寄せつけてきて声をかけると、権三郎はようやく夢路から唇を離し、夢路の頰に頰をすり合せながらいった。

「夢路どのは正に名器の持主だ。俺もかなり女遊びをしてきたが、こんないい道具立てした女は初めてだ」

緊め具合といい、吸いつき加減といい、申し分なしだな、と権三郎が北叟笑んでいうと銀八は、身を起こしたり坐ったりをくり返し、畜生、俺もやりてえな、と、うめくようにいった。

傳吉が銀八の肩をたたくようにして含み笑いしながらいった。

「夢路奥さまは今では弁天女郎になり下ったのですよ。権三郎先生のお手すきの時は何時だって奥さまを好きに出来るじゃありませんか」

相手が元の女主人だとか、自分が元の使用人だとか、ここでは一切、関係なしで遊べるってわけですよ、といった傳吉は間断なく腰を揺さぶり続けている権三郎にいった。

「それにしても、よく精力が続くもんですね、権三郎さま。さっき飲んだ精力酒が効いたんでしょうかね」

というと、馬鹿いうな、と、権三郎は笑った。

「夢路どのは先程から二度も気をやられておられるが、俺はまだ一度も達しておらんのだ。男はなるたけ精力を温存させて女だけに気をやらせる、これが情事の極意というものだ」

女郎の指南番であるお前ならわかるだろう、といった権三郎は、次第に腰使いを激しいものに切替え、

「女が三度目の昇天を迎える時、男はそれに合せて到達してやる。これが俺の流儀というものだ」

権三郎は自慢げにそういって一層、腰使いを荒々しいものにし、喜悦の声が高まった夢路の熱い頬に激しく頬をすり合せつつ夢路の耳に熱い息を吹きかけた。

「夢路どの、今度、気をやるのは三度目になる。覚えておられるか」

気もそぞろになっている夢路は権三郎の膝に乗せ上げた双臀を弧を描くように大きく揺らしながら、はっきりうなずいて見せている。

「よし、その三度目に拙者も合致させて気をやるつもりだ。夫婦仲よく昇天するところを見物衆に見せつけてやろうではないか」

気息奄々《きそくえんえん》の状態に追い込まれている夢路は、わけもわからず、ハイ、ハイ、とうなずくだけだ。

権三郎は再び、夢路の豊かな双臀に両手を廻してしっかり支えるようにし、自分の方にぐっと引き込み、また突き放し、また、強くたぐり寄せ、自分の腰部を狂ったよ

うに揺さぶった。

　すると夢路は、あっ、ああーと、紅潮した顔面を大きくのけぞらせ、切羽詰まったような悲鳴を上げた。

　情感を掻き立てられて噴上げてくる夢路の熱湯のような愛液がしとどに自分の肉棒を濡らしているのを権三郎ははっきりと感じとる。その熱く溶けた夢路の内部の花肉は深々と突立てる自分の硬化した肉棒にねっとりとからみつき、強い吸引力と収縮力を同時に発揮し始めているのを知覚した権三郎はくり返し、感嘆の声を洩らすのだ。

「よいか、夢路どの、三度目に気をやる時はこうして見物衆も集まっているんだ。大声で、いく時はいく、と見物衆にも合図を送らねばならんぞ」

　それと同時に拙者も射精を果たすからな、と、権三郎は笑った。

　いいか、わかったな、と、上半身を揺さぶられた夢路はすっかり自分を失って、無意識の内に権三郎の頰に熱い頰をすりつけながらうなずいている。

　権三郎が唇を強引に求めてくればおどろに乱れた黒髪をさっと後方へはね上げるようにして今はもうためらう事なくぴったりと唇を重ね合せ、狂おしく権三郎の舌先に舌先をからみつかせる。この灼熱した官能の嵐の中に自分の身と心をどろどろに溶かし、消滅したいといった願いを込めるかのように夢路は一途に火柱のように燃え盛っているのだ。この官能の激しい嵐がおさまり、自意識が込み上げてきた時が地獄であり、果たしてそれに自分の神経が耐え切れるか。夢路はその場に銀八が居合わせていたり信吾に目撃されている事など、そんな事はもうすっかり忘れ果てているのだ。

「ああ、駄目、もう耐えられませぬ」

貪るように権三郎の舌先を吸い上げていた夢路は急に唇を離し、汗まみれになって紅潮した顔面を大きくのけぞらせた。

「よし、拙者にも見物衆にも大声で合図するんだ」

権三郎の声と共に銀八や信吾達の方がもう押さえがきかなくなったように激しい動きを見せる夢路の柔肌に手を触れさせてくる。

信吾は手を伸ばして夢路の麻縄に緊め上げられた優美な乳房をつかもうとし、銀八は狂ったように揺れ動く夢路の豊満な双臀を撫でさすろうとしたのだが、突然、夢路の発した絶叫に雷に触れたように驚いて手を離した。

「ううっ、いくっ、いきまするっ」

下腹部から背筋にまで白熱した感覚とキューンと魂まで痺れるような快美感が込み上り、夢路は熱病に侵されたように坐位型で権三郎に対向した全身をブルブル小刻みに慄わせた。

その瞬間、権三郎は夢路の熱く溶けただれた肉層が自分の肉棒を強く喰いしめてヒクヒクと痙攣し始めたのをはっきり感じとり、その甘い収縮に情念がぐっと込み上げて陶酔の絶頂へ到達する。

「よし、俺もいく。いくぞ、夢路どの」

権三郎が咆哮するようにわめくと、夢路は切れ切れにむせび泣く声で、

「合せて、夢路に合せて下さいまし」

と、叫ぶのだった。

権三郎は鋭くうめいて夢路の汗にまみれた乳白色の裸身をしっかりと抱きしめると全身の緊張を解き、射精した。

ううっ、と夢路は熱い男の体液が激しい勢いで自分の体内に放出された事をはっきり知覚して大きくうなじをのけぞらせた。

ああ、これで自分は完全に敗北したのだ。

しかし、痛烈な汚辱を伴う痛烈な快美感に夢路は喰いしばった歯の間からむせ返るような悲痛なうめきを洩らしたが、その唇に権三郎が唇を重ね合せようとすると夢路はぴったりと彼の口吻を受け入れ、舌先を共に強く吸い合うのだ。

夫の仇、権三郎に凌辱されるとは何というみじめで悲惨な敗北か。また、自分の心

の一方ではその悲惨な敗北を一種の快感として受け入れているのではないか。そう感じると夢路は自分の体内のどこかに淫邪鬼が住みついているのではないか、といった耐えられない気持にもなるのだった。

　信吾と銀八は権三郎と夢路が共に自失した事を見て、歓声を上げげた。

「よっ、御両人、息がぴったりだ。おめでとうございます」

　と、傳吉が手をたたいて笑い出すと、銀八が口元を卑猥に歪めて近づき、権三郎のごつい肩先に額を押し当て今、極めた悦楽の余韻を告げるように激しく息づく夢路の滑らかな乳色の背面を手で撫でさするのだった。

「これで奥さまは仇の権三郎さんとめでたく結ばれたわけです。もう権三郎さんとは他人の間柄じゃないんですからね」

　改めて私からもおめでとうといわせて頂きますよ、と銀八がいうと、夢路は権三郎の胸に顔を埋めたまま緊縛された裸身を小刻みに慄わせて激しく嗚咽するのだった。

　そんな夢路をまた権三郎は強く抱きしめ、ゆっくりと反復運動を開始したので夢路だけではなく、銀八も信吾も驚いた。

「何をうろたえておる。抜かずの三発というのが俺の流儀だ。俺の精力絶倫ぶりに驚いたか」

権三郎は呆れ顔になっている銀八や信吾に眼を向けて豪快に笑って見せた。

ああ、もう、お許しを――と夢路が悲鳴を上げるのを権三郎は、そうはさせじ、とガクガク慄える夢路を再び自分に強く引き寄せ、反復運動に強引に合致させる。

「このような形で夢路どのを返り討ちに出来るとは、俺にとっては夢のような話だ。夢なれば覚めないで欲しいと願いたくなる。俺は勝者の快感を、夢路どのは負者の快楽を共に明け方まで極め尽くそうではないか」

さ、参るぞ、と権三郎が自棄になったように攻撃を仕掛けると、夢路も乱れ髪をさっとはね上げて捨鉢になったように腰部を再び、うねり舞わせて受けて立つのだった。

調教開始

何時《いつ》、眠りに入ったのか権三郎は覚えていない。ふと目を覚ますと閉め切った雨戸の隙間から午後の陽射しがさし込んでいた。

「おい、何時まで寝ているつもりだ」

襖が開いて入って来たのが信吾だったので権三郎は夜具の上に上体を起こし、周囲をあわてて見廻した。

夢路の姿はもうそこにはなかった。

「夢路どのはもう半刻（一時間）前に傳吉達に引立てられて行ったぞ。いよいよ弁天女郎の調教が開始されるらしい」

「もう、あの地獄土蔵へ連れ込まれたというわけか」

「いや、少し補強しておきたい所がある、というわけで階下の行灯《あんどん》部屋で調教中だ。土蔵に入るのは今日の夕刻からになるらしい」

昨夜から明け方までお主と夢路どのの情事をお勝と傳吉はつぶさに眼にしたのだが、女郎として技術に欠落している所がある、といって、特別指南《しなん》を受けるべく行灯部屋に連れ込まれたと信吾は権三郎に説明するのである。

「昨夜は数えきれぬ程気をやって見せて、俺を充分に満足させてくれたではないか」

女郎としての素質に欠けるとは俺には思えぬが、と権三郎がいうと、信吾は含み笑いして、

「なら、行灯部屋の様子を俺と一緒にのぞきに行こうではないか」

と、権三郎の手を引くようにした。

権三郎はどてらに着替え、信吾のあとについて廊下へ出ると、細い階段を降りて、階下の外れにある行灯部屋の障子の穴からそっと中をのぞき込んだ。

古箪笥や火鉢などが積み重ねられた物置を兼ねた薄暗い行灯部屋だが、その片隅にある細い柱に緊縛されたままの夢路が縄尻をつながれて正座し、その周囲にお勝と女郎のお常とお種が囲み込むようにして膝をくずして坐り込んでいる。

お勝が夢路の鼻先に筒状のものを突きつけてしきりに講釈している。お勝が手にしている筒具は男性器を象《かたど》った張り形であるらしい。

お勝は男根を象った筒具を夢路の眼の前に押しつけるようにして、そら、ここが雁《かり》首《くび》、ここが亀頭、この膨らみが肉袋、この肉茎の下側の縫い目が裏の細道——と、説明し、男根の鋭敏な部分を講釈しているのだ。

夢路は狼狽気味に緊縛された裸身をよじらせ、それから視線をそらせようとすると、

「何よ、その態度。お勝さんがわざわざ説明してくれてるのに逃げ腰になるとはどういう料簡《りようけん》なんだよ」

と、お種は叱咤していきなり夢路の頬をぴしりと平手打ちするのだった。

「それじゃ、お種、あんた、こいつを口に入れてこの元、武家の奥さまにお手本を示してあげな」

と、お勝は筒具をお種に手渡した。

「最初は舌先を大きくのぞかせて雁首の廻りから優しく舐め上げていく。唇を使って亀頭の周囲をペロペロ舌先で舐め廻ったり、こいつを交互にくり返す事から始めるんだよ」

と、夢路に告げたお種は、自分のその講釈通りに唇に触れさせた筒具の先端に大きくのぞかせた舌先をくなくなとすりつけるようにして舐め廻していく。

それに哀しげな翳りを滲ませた瞳を向けていた夢路はともすると衝動的に嫌悪感が込み上り、視線をそらせようとする。

そんな夢路の顎に手をかけてお種の方へ視線を戻させた同じく女郎のお常は、駄目だよ、ちゃんと見てコツを教わらなきゃ、ときつい口調で叱咤した。

ギラギラした視線でそれをのぞき込んでいた権三郎は溜息をついて、信吾の顔を見た。

「女郎の調教というものは凄まじいものだな。茎吸いの技巧まで教え込むとは――」

「昨夜、お前達のからみを見て、夢路どのが茎吸いを演じなかった事がお勝は不満だ信吾は薄く笑って、元、武家の妻だから、出来ぬという事は女郎屋では通用しないからな、といった。

そして二人はまた揃って障子の穴から内部をのぞき込む。

お種が演技し、お常が講釈している。

「こうすりゃ男の肉棒は熱く充血してピンピンに突っ張ってくる。それを待って、今度は大きく唇を開いて亀頭から雁首に至るまで、しっかりと咥え込み、しゃぶり抜く。そして、喉にまで持って行くように吸い上げる」

お常の言葉通りにお種は張り形の先端を口に咥え込んでその技巧を発揮し、夢路の眼に示そうとしているのだ。

お種は、追い込みをかける時はこんな風に、といって木製の雁首に唇をしっかりと巻きつかせ、押出した顔を激しく引くという反復運動をくり返した。口で圧縮したまま急に引くとスパッ、スパッと筒具が唇にこすれて肉ずれの音が響き出す。

「あんな風にされると大抵の男はころりと参って、どばっと口の中へ発射するもんだよ」

と、お勝は演技して見せるお種と、それを血の気の失せた表情で凝視する夢路とを交互に見つめながら愉快そうにいった。

「それじゃ、一度、お稽古してみましょう」

お勝はお種から筒具を受け取ると、お種の唾液でじっとり濡れたその先端をすぐに夢路の口元に押しつけていく。

「そ、そのような振舞いは、とても自分には――」

出来ませぬ、と、汚辱感に急に胸が緊めつけられたように夢路は肩先を慄わせて泣きじゃくった。

「今更、何をいってるんだ。昨夜なんか、権三郎先生と仲良く腰を使い合って、あんなによがり声を上げたくせに。尺八のお稽古ぐらいで尻込みする事はないだろう」

お勝はからかうようにそういって笑い出した。

「さ、しっかりお稽古するんだよ」

お勝と女郎二人は小刻みに慄える夢路を周囲から支え込むようにして腰を落した。

夢路が強引に口中へ筒具を押込まれたのを眼にした信吾は、どうにも押さえがきかなくなったように身体をくねらせながら権三郎の手を引っ張った。

「夢路どのが尺八のお稽古をされているんだ。もっと傍へ寄ってとくと見物しようではないか」

信吾は尻込みする権三郎をせき立てるようにして障子を開き、行灯部屋に入って行く。

だしぬけに信吾と権三郎が現れたので女郎達は一瞬、驚いた表情になったが、お勝は含み笑いしながら手招きして二人の男を傍へ坐らせた。

口に張り形を呑み込まされた夢路はすっかり自分の意思を喪失させて命じられるまま固く眼を閉ざして唇と舌とを懸命に使い始めている。傍に権三郎達がそっと坐り込んだ事など無視しているのだ。

「もっと大きく舌先を出して、犬みたいにペロペロ舐めてごらん」

お種が面白がって声をかけると夢路は無表情を装ってお種の手でぐっと押しつけられた筒具に大きくのぞかせた舌先をくなくな擦りつけるようにし、「さ、次はしっかり咥え込んでしゃぶりぬく」と命じられるとためらいも見せず、唇を開いてそれを咥え込み、しゃぶり上げ、吸い上げるのだった。

「そうよ、なかなか素質があるじゃないか。元、お武家の奥さま」

お種はお常と顔を見合せて笑い合った。

「追い込みをかける時は雁首を唇でしっかり喰いしめ、前後に激しく首を動かして、しゃぶり抜く。しゃぶりながら亀頭に舌をからませて舐め上げたり、喉に引き込むように強く吸い上げる」

お種は従順に稽古に励むようになった夢路を満足そうに見つめながらハッパをかけるように声をかけた。

夢路の神経はすっかり麻痺してそんな屈辱の調教を苦痛には感じなくなっている。自虐的な思いが自棄的な欲情につながって全身が汗ばんでくるのだ。娼婦とはこのように男の肉塊を口中に含んで愛撫《あいぶ》を加えるものなのかと未知の性の分野に足を踏み入れて、ふと好奇心めいたものすら生じてくるのだ。

「さ、追い上げにかかるんだ。スパッ、スパッと激しく唇を引いたり、押したりをやってみておくれ」

お勝に叱咤するように声をかけられた夢路は、立膝に坐り直して口中に含んだそれを激しく顔面を揺らして吸ったり吐いたりをくり返す。

「もっと激しく、吸い上げるんだよ」

「男に精を出させるんだよ。さ、一気に攻めてごらん」

お種やお常にはやし立てられながら夢路は紅潮した頬を激しく収縮させてそれを吸い上げながら前後に狂おしく顔面を揺さぶるのだった。

「それくらいでいいだろ」

お勝は満足げにうなずいて夢路の行為を停止させた。

ようやく口から筒具を吐き出した夢路はハアハアと苦しげに肩で息づいている。

そんな夢路の上気した顔面を横から見つめていたお勝は、

「それだけしゃぶり抜いたら男はたまらず昇天するだろうよ。な、やる気があったら出来るちゅう事がよくわかっただろ」

と、含み笑いしていった。

「じゃ、熱の冷めない内に生身を使って稽古してみようか」

お勝は狡猾そうな微笑を権三郎に向けて夢路にそういった。

「稽古台になって頂くならやっぱり権三郎先生がいいかしら、それとも元使用人だった銀八さんがいいかしら。信吾先生だって喜んで稽古台を勤めて下さると思うよ」

艶のある黒髪を象牙色の頬にもつれさせながら夢路は翳った長い睫毛をフルフル慄わせてさも哀しげに頬を伏せるのだった。そんな夢路に対してお勝は、

「稽古台が誰であったって、女郎になったお前さんには否応《いやおう》はいわせないよ」

と、手きびしい口調でいった。

「稽古台は近くの部屋でお待ちかねだよ。さ、お立ち」

お勝は柱につないである縄尻を外して、お種やお常に夢路を引起こさせると、行灯

部屋を出て次の小部屋へ向かった。信吾と権三郎も吸い寄せられるように女郎達に引き立てられる夢路のあとについて行く。

後手に縛り上げられた夢路の見事に均整のとれた乳色の裸身はゆっくりとした足取りで廊下を歩き始める。人間的な一切の怨念を断ち切ったように夢路の蒼ずむばかりの柔媚な頬は凍りつき、そんな夢路の横顔を信吾は気持をうずかせて凝視するのだ。そして、信吾は歩く度に微かに揺れ動く夢路の滑らかで豊満な双臀とその双臀を真一文字に割り裂いている婀娜っぽい尻の亀裂に眼を移し、

「昨夜はその見事な尻をくねり廻してお主と丁々発止と渡り合った夢路どのは今度は尺八の技巧を見せて下さるというわけか」

と、唾を呑み込むような顔つきで権三郎にいい、それにしてもその稽古台にお勝は誰をあてがうつもりか、と興味深そうにいった。

「さ、ここだよ」

と、お勝は小部屋の襖をさっと開いた。

小さな床柱を背にして立位で縛りつけられているのは全裸の菊之助であった。菊之助の二肢は青竹を足枷にしてぐっと左右に割り裂かれ、股間の肉棒が強調されたような形になっている。

固く布の猿轡《さるぐつわ》を噛まされていた菊之助はがっくり頭を垂れさせたまま前髪を慄わせて、屈辱の口惜し涙を流していたが、部屋の襖が開いて、女郎達に取り囲まれた夢路が姿を見せると、愕然《がくぜん》とし、眼をつり上げて全身を硬化させた。

夢路も女郎達に押立てられて小部屋に入り、ふと正面に開帳位で晒されているのが菊之助であるのに気づくと、あっと悲鳴を上げ、顔面を蒼白にさせて立ちすくんだ。

「お待ちしておりましたよ」

横手の方に隠れていた傳吉と銀八がのっそり姿を現した。

「本日は弁天夫婦として最初の茎吸いの儀式ですからね。用意は一応、整えておきました」

床柱の左右に極彩色の浮世絵が描かれた二枚折の屏風を二組配置し、晒されている菊之助の前には朱色の座布団を一つ置いた銀八は、ニヤリとして夢路の方に眼を向けた。

「さ、奥さま、ここへお坐りになって、しゃぶり抜き、菊之助さんをこってり楽しませてやっておくんなさい」

銀八にそういわれた夢路は卒倒しそうになるのをこらえて危なっかしく足元をよろめかせた。

「そ、それでは、約束が違うではありませんか」

夢路は顔面を蒼く硬化させ、涙に濡れた瞳にキッと怒りを滲ませて権三郎を睨みつけた。

権三郎はたじろいで口をモグモグさせるだけだったが、お勝が顎を突上げるようにしていった。

「馬鹿だね、お前さんは、女郎がお客と取り交わした約束なんて屁の突っ張りにもならないよ」

傳吉も調子に乗ったように悲痛な表情を見せる夢路に向かって毒づいた。

「お前さん達、姉弟を弁天夫婦に仕上げようというのは最初からお女将《かみ》さん達との約束だったんだ。脂の乗ったいい武家女が前髪の美少年にこってり尺八してやるというのは花見世車としてもってこいの図じゃねえか」

さ、ぶつぶつ文句を垂れねえで、早く座布団の上に坐りな、といって傳吉と銀八は左右から夢路の白磁の肩先に手をかけ、無理やり座布団の上に腰を落とさせた。

嫌っ、嫌です、と夢路は狂ったように乱れ髪を左右に揺さぶったが、もう抗し切れぬと知ったのか、菊之助の小刻みに慄える太腿の上に顔を押しつけるようにして肩先を慄わせて号泣した。

「許して、菊之助、こんな淫らな女に落ちぶれた夢路を許して下さい」

よ、能書きはそれくらいでいいから早く始めな、と傳吉がはやし立てる。夢路が腿に顔面を押しつけ、涙をしきりに擦りつけるとそれが性感帯を刺激するのか菊之助の股間の肉棒が無意識の内にふと膨張を示し出す。

それに気づいて傳吉は、そら、新郎の方はもうやる気充分、見事におっ立て出したぜ、と、菊之助の股間を指さして笑いこけた。

「若い男前のよがり声も聞いてみたいもんだね」

といってお勝が菊之助の口に嚙ませた布の猿轡を外し取った。フーっと大きく息づいて顔を上げた菊之助は周囲を取り囲むように並んでいる権三郎、信吾、銀八、それにお勝や傳吉達が地獄の赤鬼、青鬼にも思え、その異様な毒気には抗し切れず、姉の夢路と同じようにただ泣きじゃくるだけだった。

何時まで客を待たす気なんだ、早く始めねえか、と傳吉に叱咤された夢路は泣きぬれた顔を思い切ったように起こし、菊之助の屹立して包皮のはじけた肉棒を凝視した。

「覚悟して下さい、菊之助、私は娼婦なのです」

姉と共に色欲の地獄に落ちて下さい、と、咽《むせ》び泣くような声音でそういった夢路は眼を閉じ、菊之助の生肉にそっとあてがった唇をくなくなと揺れ動かした。

「あっ、姉上、おやめ下さい」

夢路の唇が自分のその部分に触れた途端、菊之助は激しい狼狽を示して腰を引いた。

「引いてはなりませぬ。菊之助」

その一声に菊之助は江藤道場で姉の夢路に剣のさばきを教わっていた時の事を夢うつつに思い出した。引いてはなりませぬ、の姉の一喝が鮮烈な色彩を持って懐かしい風景として菊之助の脳裡《のうり》に蘇り、菊之助は思わず、ハイっと答え、腰部をぐっと突き出した。それを待ち受けていた夢路は大きく唇を開いて屹立した菊之助の肉棒を呑み込んでいった。

無残花

権三郎に信吾、それに銀八、傳吉、お勝の三人、そして女郎のお常とお種が弟の菊之助に対し痴態を演じ始めた夢路を見て一瞬、凍りついたように静まり返った。

まさか夢路が菊之助に対し、筒舐めの技巧をこうもたやすく発揮する事になるとは想像もしていなかっただけに少なからず驚いたのである。

弁天女郎になる覚悟は出来たといっても、花見世車の相方を勤めるのが義弟の菊之助という事になると、夢路の相当な抵抗が予想されていた。

しかし、昨夜、一晩、権三郎に完膚《かんぷ》なきまでに凌辱の限りを尽くされた夢路からは意思がすべて失われていた。膝を立てるようにして菊之助の下腹部へ顔面を押し当て、くなくなと顔を揺さぶる夢路の恍惚とした表情を凝視していた権三郎がつい揶揄の言葉を口にした。

「江藤道場で夢路どのは菊之助に剣術の指南をされていたのを拙者は覚えております。とにかく夢路どのは御舎弟に対しては厳しい剣の師匠であった」

その夢路どのが今では御舎弟に色の道の指南をされているとは、いやはや女というものは如何ようにも変身出来るものでござるな、と、からかっただけだが権三郎のその一言が夢路の胸を鋭く突いたのだろう。夢路の動きは一瞬、停止し、菊之助の下腹部に触れていた顔面をさっと引くと、菊之助の腿に額を押しつけて嗚咽の声を洩《も》らすのだった。

お勝が笑いながら権三郎に注意した。

「昔を思い出させるようなからかいはやめてやろうじゃありませんか。生れ変わったつもりになっていても、やっぱり武家女、まだ少しは気位が残っていて、まだ、そいつが邪魔をするんでしょうね」

お勝に用心を促された権三郎は、そんな斟酌は必要あるまい、とわざと悪党らしくニヤリと笑って見せた。

「夢路どのは弁天女郎として生れ変わり、再出発されたからには昔の事など、何のこだわりも感じない筈だ」

それを聞くと傳吉は、おっしゃる通りですよ、といって急に身を縮め出した夢路の艶っぽい肩先にうしろから手をかけて揺さぶった。

「今更、ここまできて尻込みする事はねえだろう。さ、続けな」

傳吉は夢路の頭髪を鷲づかみにして夢路の顔面を菊之助の股間へ押しつけるようにしたが夢路は激しく首を振って、再び、額を菊之助の太腿にあてがい、声を引きつらせて泣きじゃくった。菊之助も真っ赤に火照った顔面を横にそむけ、激しく嗚咽の声を洩らすようになる。

弟の菊之助が素っ裸の裸身を人の字型に立位でつなぎ止められ、その前に坐り込む姉の夢路も後手に縛り上げられた素っ裸という異様な光景、その悪魔的であり背徳的な耽美な図柄に権三郎も信吾も生唾を呑んで魂を痺れ切らせて凝視している。

自分を仇としてつけ狙い続けた美形の姉弟がこのような末路を迎える事になるとは――。夢にも想像していなかった光景を眼にして権三郎は信じられない思いになるのだ。と同時にこうなればとことん、いたぶり尽くすより手はない、と嗜虐の昂ぶりが込み上ってくる。

「ちょいと、あんた達二人に弁天夫婦の契りを結ばせてやろうとしているんだよ。いつまでもメソメソしていると承知しないよ」

お勝が権三郎に代って夢路を叱咤した。

銀八も抑えがきかなくなって、菊之助と夢路の間に割り込むように身を入れてくる。

「そら、夢路奥さま。菊之助さまのここをよく御覧になって下さい。こんな風に小娘みたいに泣いていらっしゃいますが、ここはこの通り、見事にそそり立っているじゃありませんか」

先程、奥さまの口が少し触れただけでも、もうお坊っちゃまの方はこんなに硬く、おっ立っててしまったのです、などといって銀八は権三郎や信吾にチラと眼を合せ、含み笑いして見せた。

「これだけ見ても、菊之助さまが如何に奥さまの口しゃぶりを望んでおられるかがおわかりと思いますよ」

銀八の申す通りだ、そら、よく御覧《ごろう》じろ、と、権三郎は夢路の顔面に手をかけて起させ、無理やりに菊之助の下腹部へ眼を向けさせる。

「そら、見事な硬直ぶりではないか」

薄紅く染まった頰を横に伏せ、菊之助は歯を嚙み鳴らして嗚咽の声を洩らしているのだが、股間の一物は菊之助の屈辱感とは別に赤味を帯びた生肉を包皮をはじかせて生々しく露出させ、見事な屹立を示している。

そら、見ろ、よく見ろ、と権三郎に邪険なばかりに肩先を揺さぶられて夢路は凍りついたような表情でそれに視線を向けた。

冷たく冴え切った顔面を息づまらせたようにしばらく菊之助の硬直した肉棒を凝視していた夢路は、次に嗚咽を続ける菊之助の紅潮した顔に視線を向けて、声を慄わせながらいった。

「これを運命だと思って下さい。菊之助。やはり夢路は娼婦になると決心しました」

そして夢路は坐り直すように菊之助の股間の前に膝を折ると、うっとりと眼を閉ざしながら、その屹立を示す肉棒の先端にそっと唇を近づけていく。

「あっ、姉上、いけません。お止《や》め下さいっ」

菊之助は夢路の唇が再び、自分のその部分に触れてきた事を知覚すると、激しい狼狽を示した。

「馬鹿者っ」

と、権三郎は菊之助に向かって一喝した。

「嫌とか、やめて、とか、小娘みたいにガタガタ慄えるのは元、武士の倅《せがれ》として恥ずかしいとは思わぬのか」

嫌だ嫌だと吐《ぬ》かしながら、貴様の肉棒はそれを望んでそそり立っておるではないか、と権三郎はわめき立て、信吾と顔を見合わせて笑いこけるのだった。

信吾も権三郎を真似て、この姉弟を揶揄した。

「姉上の方は仇の権三郎に身を任せてから、すっかり心を入れ替えて弁天女郎として生れ変ろうとしているのに弟の方がむずかるというのはおかしい」

だから、姉が権三郎に身を任せたように菊之助も俺に身を任せた方がよかったのだ、といい、また権三郎と一緒に大口を開けて笑い合うのだった。

菊之助、ああ、菊之助、と夢路は情感にとろんと粘った瞳で菊之助を見上げ、その

潤んだ瞳を菊之助の怒張した股間の肉棒に戻すと、

「ああ、頼もしい。もう立派な大人ではありませんか」

ささやくような小声でそういうと、うっとり眼を閉ざしていきながら、唇をその亀頭の先端に触れさせてくなくな揺り動かすのである。

淫靡《いんび》なる唇

「あっ、姉上っ、なりませぬっ」

菊之助が姉は淫鬼にとり憑かれたのではないかという恐怖を一瞬、感じて全身を硬化させたが、夢路は次には舌先をはっきり出して菊之助の包皮から大きくはじけ出た生肉を舐めさすり出したのである。

夢路自身、自分に淫邪の悪霊をけしかけるようにして菊之助の熱く膨張し始めた肉棒に唾液をすりつけるような粘っこい舌の愛撫を繰り返すのだった。

尿道口を舌先でチロチロと小刻みに愛撫し、亀頭の溝は舌先を大きくのぞかせて舐め廻し、雁首の周辺にも、また、肉棒の裏側にも唇を使って羽毛のように柔らかくすぐり、次には舌先を甘く這《は》わせるようにして舐めまくる——先程、女郎のお常やお種に調教された通り、夢路の舌先による愛撫は次第に自分の意思とは関係なく積極性を帯びてくるようになる。最初、菊之助のそれに唇を触れさせた時は背徳感を伴う汚辱の衝撃に眼がくらみかけたが、何時《いつ》しかこの狂態の中にあおられ、巻き込まれて不思議な被虐性の悪魔的陶酔感の中へ自分が没入しているのを夢路は感じとるのだ。

「なかなかやるじゃないか。玄人の素質は充分あるよ」

お種は夢路がさっき自分が指導した要領で巧妙な舌遣いをして見せたので顔面一杯に喜色を浮かべた。

そして、夢路の巧みな舌さばきによって見せた菊之助の女っぽい悩ましい身の悶えようを見て悦ぶのである。細い眉根をさも辛そうにしかめ、唇を半開きにして、ハアハアと切なげに息づく様子など、お種やお常の眼には初心《うぶ》な小娘の羞じらいの風情として映じるのだ。

お種が懸命に舌遣いを示している夢路の横手に身をかがませて、夢路の耳にそっと声を吹きかけた。

「さっき私達が教えてやったようにタマタマにチューチューしてやってごらん」

夢路はお種に指導された通り、鼻先を使って菊之助の高々と屹立した肉棒を更に押し上げるようにすると、菊之助の股間の内側にまで顔面を斜めによじらせて侵入させ、肉袋の下に舌先を押し当て、垂れた袋を舌先で持ち上げるようにしながら粘っこく舐めさする。

「タマを一つずつ口に含んでチューチュー吸い上げてやるんだよ。だけど、そこは男の急所だから歯を当てないよう気をつけるんだよ」

お種の指示通りに夢路は一つ一つの玉を唇に含んで甘く吸い上げるのだが、それは権三郎や信吾の眼に男の性の妖気にすっかり酔い痺れさせた女の狂態として映じるのだった。

女郎達に指示されたように夢路は菊之助の肉袋を口に含んだり、舐め上げたりを繰り返しながら、

「許して、菊之助、もうこんなに夢路は菊之助が好きになりました」

と、熱っぽい声音を吐きかけるのだ。

一方、菊之助も何時しか夢路と呼応するように変身を遂げている。

姉上、ああ、姉上、と泣きそうな声音で夢路を呼び、ハアハアと苦しげに息づきながら情感の迫った眼をぼんやり見開いて天井を見上げたり、時々、わなわなと唇を慄

わせながら意味不明の言葉を口走るのだった。そして、夢路の舌先の愛撫を受けている菊之助の男根は次第に熱気を帯びて膨張し、見事な屹立を示している。

よし、じゃ次に、と、お勝が乗り出してきて声をかけた。

「じゃ、大きく唇を開いてしっかり咥える。咥えたら雁首を唇で強く緊めながらしゃぶり抜く」

お勝に指示されると夢路は熱い息を吐きながら上体を起して菊之助のそれを口中へ深く咥え込むのだ。

「そう、そう、その調子で吸い上げ、しゃぶり抜くんだ」

と、お勝は夢幻のままやる気になった夢路を感じとり、興奮気味になって叫んだ。

夢路は乱れ髪をもつれさせた柔媚な頬を激しく収縮させて吸い上げている。一種の倒錯状態に陥った夢路は屈辱も汚辱も嫌悪も一切忘れたように緊縛された全裸をもどかしげによじらせながら菊之助のその屹立した肉茎といわず、雁首といわず、チュッ、チュッと荒々しい口吻を注ぎかけたり、また、唇を開いて深く咥え込むと、頭部を前後に激しく揺さぶりながらしゃぶり抜くのだ。

権三郎はそんな夢路の狂態を凝視しながら、江藤道場の昔の懐かしい光景が走馬灯のように頭の中をかすめ出す。

多数の門弟達に取り囲まれた中で道場指南代行の夢路は少年剣士の菊之助に代稽古をつけていたが、白襷、白鉢巻をしめて道場で立会うこの美女、美男は一幅の錦絵のように水際立って艶麗《えんれい》さが感じとれた。あの時の道場をエイ、オウの掛声とともに飛び跳ねた二人の肢体の美しさは今でも権三郎の眼に焼きついているのだが、その天性の美貌を持つ姉弟が、共に素っ裸に剝かれて緊縛され、女郎部屋で肉欲の立会いを演じさせられているとは——これはこの世の出来事か、と権三郎は信じられなくなり、思わず生唾を呑み込むのだった。

「そう、そう、その調子でしっかりしゃぶり抜くんだよ」

全身に汗を滲ませて口中の愛撫を必死に繰り返すようになった夢路を見て、お勝は満足げにうなずき、夢路の傍に身をかがませると、叱咤するように声をかけた。

喉にまで引き込むばかりに吸い上げ、それを含んで膨らんだ頰を激しく収縮させ、前後に狂おしく顔面を揺り動かしている夢路。それに対し、菊之助の懊悩と動揺も激しかった。

「ああっ、姉上、菊之助は、どうすればいいのですか」

と、真っ赤に火照った顔面をのけぞらせて、切羽つまった声を出すと、お種とお常が笑いながら菊之助の左右につめ寄ってくる。

「どうすればいいのって、何もお姉さまに聞く事はないだろう。気分が昂ぶりゃ、ドバっと発射すればいいのさ」

「お姉さまのお口の中で気がやれるなんて幸せじゃないか。お姉さまが優しくお口でぬぐって下さるよ」

お種とお常がからかうようにそういうと、菊之助はおびえた顔になり、狂ったように顔面を左右に揺さぶった。

懸命《けんめい》に口の愛撫を繰り返す夢路の横に腰をかがめているお勝はおどろに乱れた夢路の黒髪を手で梳《す》くようにしながら冷静な口調でいった。

「さっき教えてあげた要領で、そろそろ追上げにかかってごらん」

お勝や女郎達の説明を夢路は菊之助の赤くいきり立ち、怒張の頂点に達したような肉棒をしゃぶり続けながら夢うつつに睫毛を閉ざして聞き、うなずいて見せている。

一体、自分が今、何を演じているのか、夢路の神経は朦朧《もうろう》となって判断できなくなっているのだ。

「菊之助が発砲すりゃ、ためらわず一気に呑み込んでやるんだよ。男汁を口に残しておくと、あとでカサカサして気分が悪くなるからね」

さ、早いとこ、弟を往生させてしまいな、と、お種やお常に声をかけられて夢路は自棄になったように喰いしめたまま顔面を前後に揺さぶり、柔媚な頬を激しく収縮させた。

菊之助は断末魔が近づいたのか、荒々しい悶えと共に息づまるような悲鳴を上げた。

ああ、やめてっ姉上、とか、嫌です、姉上っとか、舌足らずの悲鳴を上げ、腰部をひねったり、よじらせたりして、拗《す》ねてもがくような身悶えを示すのだ。姉の口中に自分の身体を崩壊させるなどそんな悲惨な醜態だけは晒したくないと歯をキリキリ噛みしめて必死に堪えようとしている菊之助に気づくと、信吾がもう抑えがきかなくなったようにフラフラと菊之助の傍へ吸い寄せられて行く。

「おい、菊之助、貴様が我慢すればする程、姉上は苦しい筒舐めの作業を続けなければならんのだ。顎の痺れ切っている姉を早く楽にしてやろうという思いやりが貴様にはないのか」

そして、信吾は汗ばんだ夢路の肩先を指で小突くようにして、

「姉上の夢路どのからも痩我慢をはる弟の心得違いを諭してやってほしいものだ」

と、狡猾そうな笑いを口元に浮かべていった。喉の奥まで呑んでいた菊之助の肉塊を吐き出した夢路は、乱れ髪をうしろに跳ね上げ、ハアハアと荒々しい息遣いになり

ながら、ねっとり潤んだ眼で菊之助を見上げた。

「お、お願い、菊之助、もうためらわずに気をやって」

それに対し、菊之助は上気した顔を夢路に向けて、涙に濡れた視線を哀切的にしばたたかせながら、ああ、姉上、とかすれた声で夢路を呼んだ。

「このまま、菊之助は生恥を晒してもいいのですね。姉上を犯してもいいのですね」

それに対し、夢路は悲痛な微笑を口元に作り、

「望むところです。夢路をいとおしいと思うなら、夢路の口の中で思いを遂げて下さい」

そういった途端、ふと自意識が蘇ったのか夢路は、顔面を横に伏せ、激しい嗚咽の声を洩らした。

夢路が一旦、口から吐き出した菊之助の肉棒は信じられないくらいの熱っぽい膨張と屹立を示している。

「可愛い稚児さんに見えてもそこだけはもう馬並みの巨根じゃないか」

お種が指差して笑うと、お常がその赤味を帯びた雁首の先端を指先ではじき、

「若いからここの血の巡りがいいんだろうね。だけど、こんなに貯め込んじゃ体に毒だよ。早いとこ、お姉さまのおしゃぶりで抜き取って頂く事だね」

と、からかうようにいうとお勝がまた冷ややかな口調で夢路に催促した。

「さ、一気に追い上げにかかるんだよ。さ、始めな」

夢路は気を入れ直して唇を開いて菊之助の怒張し切った肉棒を口に含み、うんうんとうめきの声と一緒に顔面を前後に揺らし始めた。

夢路の唇と舌先は一層の粘着力と積極性を帯び始め、菊之助の気持はすっかり顚倒《てんとう》する事になる。

崩壊寸前にまで追い詰められている菊之助だが、畏敬の念で見つめてきた姉の口中に情念の飛沫を噴出するなど断じて出来ぬという心の抵抗に菊之助は苛《さいな》まれているのだった。しかし、最後の気力を使って耐えようとしたが、もうどうにもならぬ限界まで自分が追い詰められている事に気づくと、荒々しい喘ぎと一緒に口走った。

「ああ、姉上、もはや耐えられませぬ。お許し、お許し下さい」

恍惚とした表情で、その狂態に見入っていた権三郎が、嗜虐の情念を更に昂ぶらせて、

「もったいをつけず、気をやる時はいきます、と姉上に合図し、どばっと気分よく吐き出せばいいのだ」

と、がなり立てるようにいった。土壇場まで追い詰められながら、それでもなお、

キリキリ歯を嚙み鳴らして何とか耐え切ろうとしている菊之助が何とも小癪《こしやく》なものに感じられてきたのだ。

「お客がいけそうでいけないというのは女郎の責任だよ」

と、お勝はいって、そら、筒舐めの特別の技巧を教えてやったろう、と夢路の耳に口を寄せて、そら、スパッ、スパッだよ、と吐きかけると夢路は菊之助の股間の前に坐り直し、雁首に強く唇を巻きつかせた。

お種もお常も次第に巧妙さを発揮する事になった夢路の舌さばきを見て眼を瞠《みは》った。この元武家女はもともと娼婦の素質があったのではないか、と疑いたくなるくらいで、男を一気に追い上げるための手管だと先程、教えたばかりの技巧を夢路は見事に演じ始めているのだ。

雁首に強く唇を巻きつかせてぐっと吸い込むと同時にさっと顔を引く。その度に生肉が唇にこすれてスパッ、スパッと音が出る。それを素早く繰り返してスパッ、スパッと攻め立てられた菊之助は遂に耐えようがなくなり、激しく揺れ動く夢路の身体の動きに合せて全身を痙攣させた。

「ああっ、駄目、姉上、いくっ、いきますっ」

汗ばんだ首筋を大きくのけ反らせるようにして、菊之助は絶叫した。鋭い快感が腰骨を破るばかりにドクン、ドクンと込み上げてきて、菊之助の左右に割り裂かれた太腿は激しい発作の痙攣を示した。

その瞬間、ハッと横にのけ反らせた菊之助の眉をしかめた顔面は信吾の眼には凄絶なくらい、美しい表情に見えた。

「おお、菊之助、気をやってくれたか」

信吾は落着きをなくして、おろおろしながら菊之助に身を寄せつけて行く。

菊之助の激しい体液の噴射をいきなり口中へ受けた夢路は一瞬、狼狽して口を離したが、その途端、菊之助の熱い液体がピュッと迸《ほとばし》り出て夢路の上気した頬を濡らした。

「駄目だよ。口を離しちゃ」

夢路の左右に腰をかがませて寄り添っていたお種とお常は、あわてて夢路の顎に手をかけ、菊之助の肉塊を再び強引に口に咥えさせるのだった。

「男が噴き上げたら一気に喉へ流し込めと教えたろう。うろたえて口を離すからそんな綺麗な顔を汚されてしまうんだよ」

菊之助のそれを元通り、しっかりと咥え込んだ夢路の乳色の柔軟な肩先をお種は揺さぶるようにしていった。

端正で形のいい横顔を白濁の体液で濡らしている夢路は再び口中に咥え込んだ肉塊を必死になって吸い上げ、菊之助の相次ぐ発作を懸命になって喉へ流し込んでいる。優美な眉毛のあたりをさも辛そうにギューっとしかめながら男の体液に濡れた頬を収縮させて吸い上げている夢路の固く閉ざした眼元からは糸を引くように幾筋もの涙があふれ出た。

激しい勢いで流れ込んでくる菊之助の多量の体液は口中一杯に拡がり、夢路はその窒息するような苦しさに必死になって耐えながら喉を鳴らして嚥下《えんか》しているのだ。

蟻《あり》地獄

お勝も女郎のお種とお常も、長い睫毛を固く閉ざしながら菊之助の肉棒を吸い続けている夢路の上気した横顔を恍惚とした表情で見つめている。

姉の舌と唇の巧妙なさばきによって遂に肉体を崩壊させた菊之助は、消え入るような羞恥の風情を見せて、紅潮した顔面を横にそむけながら激しい嗚咽の声を洩らしている。一方、崩壊した一物の後始末をするように吸い上げたり、舌で舐めさすったりを繰り返す夢路も大粒の涙を火照った頰に伝えているのだ。

そして、互いにこのような醜態を演じ合った事をこの姉弟はあるかなきかの細い声で謝り合っているようだった。

「恥を知らぬ男になりました。お許し下さい、姉上」

「生恥を晒したのは私の方です。許して、菊之助」

姉弟の途切れ途切れの悲痛なささやきはそんなものだろうと権三郎は想像して、痺れたような嗜虐の快感に酔っている。このような形で、美形の姉弟を返り討ちに出来るとは、と、権三郎は未だに信じられない思いになっている。

「ね、旦那」

と傳吉が権三郎の顔を見ていった。

「武家の奥方が小姓侍に尺八している図というのは色づきの浮世絵みたいに迫力があるじゃありませんか」

こんなのが花見世車として金竜で演じられる事になりゃ大入り満員、間違いなしですよ、といって笑った。

「そうなら、一日も早く夢路どのを弁天女郎として完璧なものに仕上げなきゃならんな」

「おっしゃる通りです。まあ、これからの事はお勝さんと私に任せておくんなさい」

夢路の神経は倒錯して男達のそんな哄笑など耳に入らない。娼婦というのはこんな事までしなくてはならないのかと朦朧と感じながら権三郎に対する恨みも金竜の連中に対する憎しみも一切忘れ、嗜虐性の恍惚の中に浸り切っているかに見えた。夢路の知覚は完全に麻痺して、むっと鼻にくる酸味を帯びた男の性臭ももはや気にならなくなっているのだ。

「あんた、玄人になる素質が充分にあるよ」

と、お勝はすっかり上機嫌になって崩壊した菊之助の肉棒を咥え込んだままの一種凄絶な夢路の表情に見惚れている。

「もういいよ。そっと口を離してごらん」

夢路は女達の許しを得てようやく菊之助の肉塊を口から離した。フーっと熱い息を吐く夢路の口の端から白濁の粘っこい液が一筋、糸を引くように滴り落ちる。

「よくやったわね。合格だよ。弟も充分、満足したようだしね」

お勝はそういって心身共に疲れ切ったようにぐったりとなっている夢路に身を寄せると、その柔媚な頰に付着している男の体液を手拭で拭きとった。

「こうして男の生血を吸ったからにはあんたも度胸が据わった事だと思うよ。これからは弁天女郎になり切るための修業にみっちり取り組んで頂きますからね」

「何だか男の生血を吸った途端、この元武家女、一段と色っぽくなった感じだね」

お種とお常は乱れ髪を片頰に煙のようにもつれさせている夢路の虚脱した表情を二人でのぞき込むようにしたが、熱っぽく潤んだ瞳をしばたたかせて俯《うつむ》向き加減になる夢路の横顔には急に妖艶な色香が匂い立つかに見えるのだ。

「よし、次の段取りにかかろうか」

といって傳吉は縄尻をつかんで夢路をその場に立ち上らせた。疲労し切っている夢路は身体を無理やり引き起こされると、足元を危っかしくよろつかせたが、

「お前さん、以前は剣術の達人だったそうじゃないか。これくらいの事で、足元をふらつかせるとはみっともないぜ」

と傳吉は笑った。

「姉の方はこれから土蔵に入って頂く。弁天女郎として本番の稽古にかかるわけだ」

弟の方は、といって傳吉は柱に立位でつながれたままうちひしがれている菊之助に眼を向け、続いて菊之助の横手に立ちすくんでいる信吾を見てニヤリと口元を歪めた。

「信吾旦那とここで衆道の契りを結んで頂く。もう嫌だとか駄目とはいわせねえぜ」

夢路は蒼味を帯びた頰を横に伏せてすすり泣くだけだし、菊之助も空虚な眼をしばたたかせて虚脱した表情を見せているだけ。二人とも人間としての意思は喪失していた。

信吾は一人ホクホクした表情でそのあたりを動き廻っている。

「そうか、昨日傳吉が申したよう、待てば海路の日よりあり、というわけだな」

魂が抜け切ったような菊之助の茫然とした横顔を見て、菊之助が人間的思念を打ち切って観念の境地に入った事を信吾は知覚したのだ。

「よし、土蔵に入る前に菊之助と熱い口吻をかわしていきな」

傳吉はよろめく夢路の背を押して菊之助の前へ押し出した。

「夢路には権三郎という仮旦那が出来、菊之助にゃ今日から信吾という仮旦那が出来る事になるが、とにかくお前さん達二人は弁天夫婦になったんだ。遠慮はいらねえ。夫婦らしくゆっくり口を吸い合いな」

そんな傳吉の言葉が終わる前に夢路は涙で翳った睫毛をフルフル慄わせ、倒錯した激情をぶつけるように菊之助の唇に激しく唇を触れさせていった。

許してっ、菊之助っと口走りながら夢路は激しく菊之助の口中を舌先で愛撫する。

夢路の舌は小刻みに動きながら菊之助の口中に喰い込み、菊之助の舌先にからみ合い、やがて抜き取るばかりに強く舌を吸い上げるのだった。

先程、下腹部を愛撫した時といい、今、口中を愛撫する時といい、姉の舌さばきは何と巧妙か、と菊之助は忽ち全身、痺れ切る思いでふと感じるのだった。今、ここにあるのは姉でもなく弟でもない。単に動物の愛欲があるだけだという事を夢路に示唆《しさ》された思いになる。菊之助は夢路の溶け込むような濃厚な口吻をたどたどしく受けて立ちながらまた紅色の雲に乗っかったような恍惚の気分に陥っていくのだ。

共に緊縛された裸身をよじらせながら必死に唇と唇を重ね合って激しく愛撫し合う姉弟を見た権三郎は傳吉の耳に口を寄せていった。

「ここまで姉弟を追い込むとはさすがに金竜の調教師だな。もはや二人は姉弟ではない。れっきとした弁天夫婦だ」

そうでしょう、と傳吉は得意そうな表情になり、

「これからの調教が俺達の腕の見せ場ですよ。土蔵に入ってから玉入れ、玉出し、いや、今のところ、姉の方は調子づいてますから、玉割りまでやって見せるかも知れません」

というので、玉出し、とか玉割りとは如何なるものか、と権三郎が聞くと、

「うで卵、生卵を使って女陰を磨きにかけるんです。土蔵の調教柱に縛りつけてから稽古に入りますが、よかったら、立会って下さい」

といって傳吉は熱っぽい口吻を菊之助に注いでいる夢路の方を向いて手をたたいた。

「もういいだろう。さ、姉の方は土蔵入りだ。支度しな」

銀八が夢路の縄尻をとって菊之助から引離した。

銀八に縄尻をとられて、よろよろと泳ぐように権三郎の前に足を運ばせて来た夢路をお勝や女郎達が取り囲む。

「さ、いよいよ地獄土蔵入りだね、可愛い菊之助とも情が結べたんだ。思い残す事なく、しっかり頑張ってくれなきゃ困るよ」

そして、お勝は銀八に縄尻をとられてすっくとそこに立った夢路の後手に縛られた全裸像をしげしげ見つめて、

「それにしても、いい身体しているじゃないか。女の私達が見ても惚れ惚れしちゃうよ」

と、溜息をつくようにいった。

麻縄を上下に数本喰い込ませている情感のある形のいい乳房、腰のくびれの悩まし

さ、滑らかな腹部から伸びのある肉づきのいい太腿、その太腿の付根のあたりには綺麗に手入れがほどこされたような漆黒の生暖かい繊毛が夢幻的にふっくらと盛り上っている。

「これから土蔵の中で徹底して調教にかかるのはお前さんのその部分になるわけさ」

と、お勝は夢路の繊毛の部分を指差していった。

「お前さんのそこは聞けば名器の部類に入るそうじゃないか。器量がよく、あれだけおしゃぶりがうまくて、そこが名器という事になると、日本一の娼婦になる事間違いなしだよ」

夢路は、冷たく冴えた頰を横に伏せて薄く眼を閉ざして口をつぐんでいる。そのしっとりと翳りのある深味のある横顔には、もう、どうともなれ、と自分を投げ捨てたような諦めの心境が滲み出ていた。

狂乱の果て

夢路はその緊縛された素っ裸の姿で傳吉に縄尻をとられ、中庭を引き立てられて行く。そんな夢路を取り巻くように囲んで土蔵に向かって歩くのは女郎の元締めであるお勝に女郎のお常とお種、それに元江藤道場の小者であった銀八である。

土蔵に向かって足元をよろめかせながら歩く夢路の量感のある双臀が揺れるのを眼にしたお勝は、

「いいお尻だねえ」

と含み笑いして軽く平手でたたいた。そしてその双臀の暗い翳りを含んだ割れ目をホクホクした表情で見入りながら、

「今日からその尻の穴までみっちりと磨きにかけるからね。弁天女郎になったからには後の穴も前の穴同様、使わなきゃ商売にならないんだよ」

と、わめき立てるようにいって女郎達を笑わせた。

「そうそう、客の中にはうしろ穴で抜きたがる変な奴も多いからね、弁天女郎になったからには尻の穴は充分に鍛えなきゃ駄目だよ」

お種がお勝に調子を合わせるようにしていった。

夢路は凍りついたような表情を前に向けたまま女郎達の揶揄や嘲笑を無視してゆっくりと歩き始めている。

土蔵の前に出るとお勝が先に立って、土蔵の網戸にかかっている南京錠《なんきんじょう》を外して、ガラガラと扉を開いた。

お勝が冷酷な微笑を口元に浮かべて夢路の蒼ずんだ横顔に眼を向けながらいった。

「今日からこの土蔵の中で一月、みっちり修業を積むんだよ。お前さんにはかなりの元手がかかっているんだから、早く一人前の弁天女郎になって頂きたいんだよ」

夢路は傳吉にどんと肩先を押され、土蔵の中にフラフラと足を踏み入れた。

「ここが金竜自慢の地獄土蔵だよ」

と、お種が夢路の蒼く硬化した横顔をのぞき込むように見て愉快そうにいった。

「弁天女郎は昔はこの土蔵の中で修業したんだよ。玉出し、玉割りの稽古して三日もたつと、おそその毛がすり切れてしまったのを覚えているよ」

お種はそういって仲間達と顔を見合わせ、ゲラゲラ笑い出した。

土間の中央に立っている大黒柱の前まで夢路を引き立てた傳吉は、

「この大黒柱がお前さんの稽古柱になるわけだ」

といって、黒光りした分厚い柱をトントンと手でたたいた。

「この柱を背にしてお前さんを縛りつけ、まず、特別の張り形を使って緊めの練習から入る。つまり、二段緊め、三段緊めなどの稽古から入るというわけさ」

緊め具合の強弱、これが弁天女郎の基本になる、と傳吉はいった。一に緊める、二に緊める、三、四がなくて五も緊める、とお勝が唄うような調子で、とにかく、女陰の緊縮力が一番大切だという意味の事をいうのだ。

襞《ひだ》を強く巻きつけて緊めるコツがわかれば、今度は緊縮と同時に収縮のコツを覚えて頂く、と、傳吉が夢路の屈辱に引きつった頬を見ながら楽しそうにいった。

奥へ吸い上げたり、外へ押し出したりする要領を覚える事で、これは玉出しといってゆで卵を使って試す事になっているとつけ加えた。

「そのコツがわかれば次に玉割りさ。こいつは生卵に襞を巻きつかせて押し潰す。相当に緊める力がつかないとこれはなかなかむつかしい」

お勝は当分の間はそういう練習を積んで頂く事になるからね、と、夢路の次第に血の気の失せていく表情を面白そうに見つめながらいった。

「お武家の奥さまにこういう芸当を教えるのは初めてだけど、それだけに私達もやり甲斐があるのじゃないか」

お勝は傳吉と顔を見合わせて哄笑した。

「玉抜き、玉割りの稽古と一緒におマメを伸ばす調教も必要だからね。その方は私が受持つよ」

と、女郎のお常が横から口を出した。

お座敷芸の中ではお核に糸をつなぎ、銚子や徳利をそれにぶら下げて客の猥歌に合わせて腰を振る踊りも演じなければならぬ、とお常はいった。

「それには玉割りの稽古がすんだ後、この土蔵の二階に上って俎の上に乗り、自在鈎につないだ麻糸でおマメを縛り、吊り上げる事になっているんだよ」

と、お常は土蔵の二階を指さしていった。

「お前さんも一度、この二階で弁天女郎の新米《しんまい》がマメ吊りされているのを見た事があるだろう。お前さんが弁天を演じてくれる事になったので、あの不器量な新米はお払い箱になったんだよ。美人でしかも武家女の弁天女郎、金竜の女将さんが欲しがっていたのはお前さんのような女なんだ」

と、お勝がせせら笑うようにいった。

「今日から三日の間は二階の大俎の上に乗って一晩を過ごして頂く事になるからね。マメを伸ばすための修業だと思って頑張って頂きたいものだ」

夢路は魂を宙に飛ばしてしまったような虚脱した表情を見せていたが、

「さ、支度にかかりな」

と、お勝に声をかけられた女郎のお常とお種は、すでに用意されてあった箱に入った生卵や盆の上に載せたゆで卵を調教柱の前に並べ始めるのだった。

「おや、権三郎先生と信吾先生は何してるんだ。武家女の玉抜き稽古にぜひ、立会いたいといってたじゃねえか」

傳吉は周囲を見廻していうと、お勝が答えた。

「菊之助と信吾先生が衆道の契りを結ぶ事になって、権三郎先生が立会いを引受けられたんだよ」

お勝のその言葉を耳にすると夢路はハッとしたように蒼ずんだ顔を上にあげた。

「何も今更、驚く事はないだろう。姉と弟が弁天夫婦の契りを結んだんだから、あとはそれぞれ、金竜の旦那を持つのは当然だよ」

姉のお前さんは権三郎旦那、弟の菊之助は信吾旦那、それで、めでたしめでたしじゃないか、といったお勝は傳吉と顔を見合せて哄笑した。

その時、土蔵の扉が開いて、権三郎と信吾が上機嫌で入って来た。

「なんだ、もう菊之助と衆道の契りは終ったんですか」

と、お勝が驚いて声を上げると、

「いや、どうせなら、姉が調教されている傍で菊之助と衆道のからみを演じた方が面白いと思ったんだ」

と、権三郎がいった。信吾が続いてお勝や傳吉の顔を交互に見ていった。

「菊之助は姉と情を通じてから、すっかりおとなしくなった。観念がついたらしく、俺と情を通じる事を覚悟したかに見えるよ」

だから、その心掛けに免じて姉の眼のとどく場所で凌辱してやろうと思うが、どうじゃ、と信吾がいうので傳吉は、

「そりゃいい考えですよ。姉の方も自分の眼のとどくところに弟がいた方が安心出来るってもんです」

といって笑った。

「この武家女の調教が佳境に入った頃、菊之助をここへ連れて来ておくんなさい。あそこの鴨居《かもい》に菊之助を吊り上げて姉の調教を見物しながら、信吾先生に犯して頂くというのがいいでしょう」

姉は姉で眼の前で犯される弟を見て、気分が高揚する。弟は弟で、玉抜きを演じる姉の姿を見て気分が昂ぶり出す。正に一石二鳥じゃありませんか、と、傳吉は浮立つ

ような気分になっていった。

「それじゃ、銀八さん、この女を調教柱に縛りつけておくんなさい」

と、傳吉は夢路の縄尻を銀八の手に渡した。

銀八は何時の間にか、調教師・傳吉の助手の役を引き受けていて、夢路を柱につなぐための別の麻縄の束を背負っている。

「それじゃ、奥さま、本日から私が調教師・傳吉さんの助手の役を演じさせて頂きますから、よろしくお願い致します」

などといい、銀八はうしろから夢路の乳色の柔軟な肩先に手をかけて淫靡な顔面を歪めた。

「とくに私が担当する事になりましたのは玉抜き、玉割りの調教役、二階で始まるマメ吊り調教です」

優しく奥さまのお核の皮を剝いて差し上げ、根元にしっかり糸を巻きつけて、見事に吊り上げて御覧にいれますよ、と銀八が得意そうな表情になっていい出したのでお勝もお常もお種も甲高い声をはり上げて笑い出した。

「何時までも何をペラペラしゃべっておるのだ。早く夢路どのを調教柱につなげ」

権三郎に一喝され、銀八はあわて気味に夢路の裸身を調教柱に押し当てていった。

柱につながれれば言語に絶するいたぶりを受ける事になるだろうと思うと夢路は全身に鳥肌立つ思いになり、さ、柱の前に立ちな、と銀八に肩を押されても夢路の全身は強張って動かない。

「よ、何をもたついているんだよ」

と、傳吉はその場に突っ立ったまま動こうとしない夢路を叱咤して足で夢路の量感のある婀娜っぽい双臀を蹴り上げた。

「まず、二段緊め、三段緊めのお稽古だよ。それがうまくいきゃ、卵を使ってのお稽古だ。これからはお前さんも色々と忙しい身なんだからね、あんまり、手数をかけさせないでくれよ」

と、いって傳吉はうしろから夢路の耳たぶをつかんでつねったが、その瞬間、夢路はどうにも耐えられなくなり、頭にカッと血をのぼらせて一回転すると陶器のような艶っぽい脛で傳吉の足を払った。

あっと叫んで傳吉は土間に尻餅《しりもち》をついた。

「何だよ、あたい達に刃向《はむ》かう気なのかよ」

女郎達は夢路の逆上したような血走った眼におびえて後退しながら口々に叫んだ。

「奥さまよ、いつまでも往生際が悪すぎるぜ」

といって銀八が手放した夢路の縄尻をつかみ取ろうとしたが、夢路は元結の切れた長い髪を嵐のように振乱して銀八の脇腹あたりを蹴り上げたのだ。ギャーっと銀八は大仰な悲鳴を上げて土間の上につんのめった。この男達を蹴散らして虎口《ここう》から脱する事は不可能だという事は夢路にもわかっている。しかし、男達の淫虐な調教を甘んじて受け入れる事は絶対に出来ない。夢路は耐え切れなくなって発作的に反撥を示したのだ。

夢路が突然、逆上したように一糸まとわぬ素っ裸を激しくよじらせて男の手を振り放し、反撥を示したので権三郎は呆然としたが、同時に夢路の空しい抵抗を面白がっている。

「夢路どの、悪あがきはみっともないぞ」

権三郎は含み笑いをしながらそういって、夢路の縄尻を素早く手につかんだ。

それを合図にしたようにお勝、お常、お種の三人がわらわらと駆け込んで夢路の柔軟な乳色の肩先を左右からつかんだ。

「夢路どの、これ以上、我々に手を焼かせると菊之助がとばっちりを受ける事になるぞ」

権三郎は狂気したように女郎達の手の中で身悶えする夢路に向かって叱咤するよう

にいった。

反撥の気力を一瞬、喪失させた夢路を女郎達は一気に押し立て、調教柱を背にして立たせた。

「早く柱につなぐんだ」

お勝は女郎達に向かって大声を出した。

傳吉は夢路が突然、発作的な反撥を示した事で驚きもしたが、生身の歯応えといったものも感じ、こいつは仕込み甲斐があると愉快な気持にもなってきたのだろう。自分も夢路に必死にからみついている女郎達に手をかして柱の下に落ちていた麻縄を取上げると、柱を背にして立たせた夢路にキリキリそれを巻きつかせながらしっかりとつなぎ止めていく。

緊縛された裸身を調教柱に立位でつながれた夢路を眼にすると、土間に俯伏《うつぶ》せていた銀八はほっとしたように腰を上げたが、いきなり眼を吊り上げて夢路の乱れ髪をもつれさせた頰を激しく平手打ちした。

夢路は歯を喰いしばり、憤怒に燃える眼を銀八に注いだ。

「何だよ。まだ武家女の気位が抜けねえのか」

権三郎は笑って、よさぬか、銀八、と叱った。

「蹴り上げられた事で腹が立つのはわかるが、夢路どのは元はお前の女主人ではないか。下郎のお前が元、女主人の頬をぶつなど、よろしくない」

それより、あとでお前は奥さまのお核の皮を剝いて差上げ、糸吊りにする仕事があるではないか、その時に足蹴にされた恨みをゆっくり返せばよい、と権三郎はおかしそうにいうと、

「さ、ぐずぐずせず、夢路どのの足蹴りを封じるため、両肢を縄で縛れ」

と、命じた。

「それなら、これを使って頂きましょうか」

と、傳吉は土蔵の奥から一尺（三〇・三センチ）ぐらいの棒杭《ぼうくい》二本と木槌を持ち出してきた。

この棒杭二本を調教柱の左右に打込み、武家女の両肢を左右に割り裂いてつないでおくんなさいと、傳吉はいうのだ。

その気性の激しい武家女の女陰をはっきりと晒け出させて、うちの女郎達にもその構造を一度、調べさせてみたいと傳吉はいうのである。

弁天女郎の芸修業に向く女陰かどうか、女郎の眼と手で調べさせるのが、一番だと傳吉はいった。

銀八は傳吉に指示された通りに夢路のつながれている調教柱の左右に木槌を使って棒杭を打込み始めた。

夢路は自分の足元に打込まれている棒杭を見るとひきつった表情になり、さも口惜しげに血の出る程、強く唇を嚙みしめるのだ。

コン、コンと木槌を使って棒杭を土間に打込む銀八はふと上眼遣いに調教柱に立位で縛りつけられている夢路の下腹部に眼を向けた。薄絹のような柔らかい夢路のその部分の繊毛が思いなしか屈辱のためにブルブル慄えているのを見ると銀八は小気味よさそうに片頰を歪めた。

調教柱の左右に二本の棒杭が打込まれたのを見た傳吉は、

「それじゃ、その杭に夢路さまの両足をつないでおくんなさい」

と、銀八に向かっていった。

「よしきた。おい、みんな手をかしてくれ」

あいよ、とお種とお常の、二人の女郎はうなずいて再び、夢路に襲いかかった。

「お、おのれっ、何をする。無体な真似はやめなさいっ」

銀八や女郎達が一せいに夢路の二肢を搦《から》め取ろうとして襲いかかると夢路は逆上して紅潮した顔面を狂ったように左右に揺さぶりながら二肢を激しくばたつかせた。

「いい加減に観念しねえか」

傳吉は大声でがなり立て、のたうたせる夢路の二肢を懸命になって押え込もうとする。

いくら夢路が優美な二肢を暴れさせてもそれだけの人数が一せいに押寄せてきてはどうしようもない。男達も女達も夢路の二肢に左右から必死にとりすがるようにして搦め取り、強引に割り裂いてその足首を棒杭に素早く縛りつけていくのだ。

「お、おのれっ、人非人、卑怯者っ」

夢路は自分の二肢が大きく左右に割られて棒杭につながれると、乳白色の肩先にまで垂れかかっている元結の切れた黒髪を大きく揺さぶりながら狂ったように大声を出した。

「へへへ、いくらでもわめきな。手前《てめえ》の足をこうしてつないでしまえばこちらも安心だ」

これで得意の足技も通用しなくなったというわけだ、といって傳吉と銀八は顔を見合わせて狡猾そうに笑った。

夢路は調教柱を背にして左右に二肢を割り、人の字型にそこへ縛りつけられた形になる。

悶える度に肉づきのいい乳色の太腿が艶っぽい内腿を見せてうねり舞う。その太腿の付根に生暖かく盛り上る悩ましい漆黒の繊毛までが切なげに揺れ動く感じで、それを眼にした権三郎と信吾は官能の芯をくすぐられる事になり、そんな夢路の身悶えを恍惚とした表情で見つめるのだった。

地獄の調教

土蔵内の大黒柱を背にして夢路が立位の開帳縛りに固定された頃、金竜の女将であるお紋が徳利など持って土蔵へ入って来た。

稽古を開始しますが、よかったら一寸《ちょっと》、御覧になってみませんか、と、お勝が呼び寄せたのである。

「御苦労さんだね。みんな一杯やっておくれよ」

と、お紋は一同に酒を振舞い、傳吉が用意した酒の空樽の上に腰をかけ、夢路の調教過程をこれから監視しようというわけだ。

お紋は眼の前で素っ裸の開帳縛りを晒している夢路を溜め息をつくようにしてしげしげと見つめ、

「全くいい女だねえ。顔もいいし、身体もいい。しかも、元はといえば武家女。これが金竜の弁天女郎を務めてくれるなんて、私には一寸、信じられない思いだよ」

お紋はお勝にすすめられて徳利の酒を茶碗で受けながら夢路の全裸像を凝視してうめくようにいった。

夢路の麻縄にその上下をきびしく緊め上げられている乳房は溶けるような柔らかさで、溜め息の出る程の形よさ、また、胴から腹部にかけての曲線は優雅で、しなやかだし、左右に割られている太腿は息のつまりそうな官能味と成熟味を匂い立たせている。そして、その太腿の付根にむっと盛り上る漆黒の艶っぽい繊毛は何ともいえぬ形よさなのだ。貪欲そうでいて、武家女のつつましやかさを匂わせているその悩ましい茂みを銀八は凝視しながら森の木樵小屋で夢路をいたぶり抜いた時を思い出し、思わず生唾を呑み込んだ。あの時の夢路の、その部分の生物にも似た収縮を銀八は思い出したのだ。夢路のその部分の道具立ての立派さはあの時、実証済みであり、これからはそれに更に磨きをかけて玉割りや輪切りなども出来る玄人のそれに仕上げるのだと思うと銀八には闘志のような物がわいてくる。

「それじゃ、そろそろ、お稽古に取りかかりましょうか、奥さま」

といって銀八は腰をかがませ、夢路の下腹部に眼を近づけた。

銀八は茶碗酒をぐっと一息に飲み乾《ほ》してから夢路の膝元に腰をかがませ、

「傳吉さんの助手として、最初はまず私が奥さまの身体を柔らかくほぐしにかかります。そう硬くならず気を楽にして下さいよ」

元の使用人であったこの銀八の手にかかった方が奥さまとしては気が楽じゃねえですか、といって銀八はケッケッケと淫靡な笑い声を立てた。

立位のまま開帳縛りにされている夢路は銀八のその言葉を聞いて全身の血が逆流する程の屈辱を感じたのだろう。左右に割り裂かれた両腿の白い筋肉をブルブル痙攣させながら夢路は激しく左右に首を振った。

銀八の手でこれからそうした淫らな調教を受ける事になる——それは想像するだけでも気が遠くなる程の汚辱感であったに違いない。夢路の固く閉じ合せている切長の目尻から口惜し涙が一筋、したたり落ちるのを見てとった銀八は、ざまを見ろ、といった顔つきになり、夢路の動揺をせせら笑いながら観察しているのだ。

そして、銀八の手が太腿に触れ、生暖かい茂みのあたりをまさぐり出すと、夢路の全身ははじかれたように激しい痙攣を示した。

夢路は狂気したように首を振り、自分の下半身にからみつく銀八を振り払おうとして身悶えしたが、二肢は左右の棒杭に固く縛りつけられているため、どうしようもない。

緊縛された上半身をうねり舞わせて夢路は空しいあがきをくり返しているだけだ。

銀八は夢路の揺れ動く一方の太腿に片手を巻きつかせるようにしてもう一方の指先で夢路の生暖かく盛り上った漆黒の繊毛をゆるやかにかき分けていく。

「銀八、この上、まだ私に生恥をかかせるつもりか」

逆上して夢路は元結の切れた黒髪を激しく揺さぶりながら銀八に毒づいたが、銀八は、

「そう気軽に銀八、銀八と呼びつけてもらいたくねえな。今じゃ、奥さまの方が俺の使用人になった事をお忘れなく」

といってから、権三郎の方に眼を向け、

「旦那、ニヤニヤして見ているだけじゃなく、気分が乗るように奥さまのおっぱいを揉んでやって頂けませんか」

と、声をかける。

「俺がお前の助手を務めるわけか」

まあ、いいだろう、と権三郎は薄笑いを浮かべて調教柱のうしろへ廻った。

調教柱のうしろへ廻った権三郎が両手で抱き込むように麻縄を巻きつかせている夢路の両乳房をつかみ、押上げたり、引込んだりするようにして揉み出すと、夢路はうっと大きくうなじを浮上らせて眉根をしかめ、悲痛な表情になる。

銀八は夢路の薄絹に似た柔らかい繊毛をかき分けて花肉の層に指先を触れさせたが、そこの筋肉が硬化し、膣口がぴっちり緊まっているのに気づくと舌打ちしていった。

「じっとりここを濡らして、柔らかくしてくれなきゃ、玉の出し入れが出来ないんだよ」

さ、気分を出しな、といって銀八は腰をかがませて左右に割り裂いている夢路の太腿の付根あたりを唇でくすぐり、舌先を小刻みに動かして舐めさする。

「ううっ」

と、夢路は真っ赤に火照った顔面を横にそむけて苦しげにうめき、奥歯をキリキリ嚙み鳴らした。女陰の周辺を銀八の舌先でくすぐられる夢路は憤辱に喘ぎ、左右に割られている太腿の白い筋肉はブルブル屈辱の痙攣を示し出す。

銀八と権三郎の手にかかってそんないたぶりを受ける夢路の苦悶の表情を金竜の女

将のお紋、調教師のお勝、それに女郎のお常やお種が嗜虐の情念を燃え立たせて恍惚とした表情で見入っている。かつては無双流の達人といわれていた烈女、上層の武家女がこれから弁天女郎の修業に入るのだと思うと、一種の復讐が成就したような倒錯した悦びが込み上げてくるのだった。

権三郎は調教柱のうしろから麻縄を上下にからませた夢路の乳房を粘っこく愛撫しながら指先で薄紅色の乳頭をつまんでコリコリと揉み上げる。

権三郎に巧妙に乳房を揉み上げられて夢路は嫌悪の身震いをくり返すものの、次第に煽られ出したのか、艶っぽいうなじにはじっとりと汗が滲み出し、熱っぽい喘ぎを洩らすようになった。

「こういうものがあるのを忘れていたよ」

お勝は土蔵の奥の棚からすり鉢を取り出して大黒柱の下に置いた。

「調教用に作っておいた姫泣き油だよ」

すり鉢の中には山芋やずいきを擂《す》り合わせたとろろ汁のようなものがたっぷり入っている。それは弁天女郎のその部分に磨きをかける場合の潤滑油みたいなもので、これはいいものを持ってきてくれた、と銀八は悦んだ。

「さ、この油を使ってやるから、もっと貝殻を柔らかく溶かすんだ」

銀八はその怪しげな粘っこい汁を指先にたっぷり掬いとり、再び、夢路の柔らかい漆黒の繊毛を深く掻き分けて襞の内側をまさぐり出す。

「ああっ、や、やめてっ」

その怪しげな粘液の効果を夢路はすでに知っている。気丈な夢路が初めて女っぽい悲鳴を上げたので、調教柱を取り囲む女郎達は揃って小気味よさそうに口元を歪めた。

「とにかく、ここの所を柔らかく溶かしてもらわねえと仕事にならねえのだよ」

銀八は北叟笑みながらそういって夢路のその幾重にも重なり合った薄い花襞を拡げながら姫泣き油を深く塗りつけていく。

ううっと鋭いうめきを洩らして夢路は火照った顔面を揺さぶり、左右に割られた太腿の筋肉をブルブル激しく痙攣させた。

銀八は両手の指先を使い、手慣れた手管で夢路の花肉の内側を掻《か》き立てるのだ。微妙な肉芽にも、淡紅色の薄い襞にも、双臀深くに秘められた淫靡な菊座の蕾にも、指で掬い上げた姫泣き油をくり返し塗りたくりながら銀八は二本の指先を膣口に深く沈ませて巧妙に掻き立てるのだ。

銀八のそんないたぶりを両手両肢をきびしく縛りつけられている夢路は防ぎようが

ない。緊縛された上半身と開帳縛りにされた下半身とを交互によじらせたり、くねらせたりしながら夢路は熱い喘ぎを洩らし続ける。

最初の内は、おのれ、とか、この恨みは必ず――とか、銀八を呪い続けていた夢路だったが、そんな反撥めいた声も次第に希薄になり、元結の切れた黒髪を狂おしく揺さぶりながら口惜し泣きをするのだった。

「そんなに泣く事はねえでしょう。こんなに奉仕してもらえるんだから、もっと悦んでもいい筈じゃありませんか」

銀八は指先で掻き立てると、次には腰をかがませてブルブル慄える夢路の開帳された両腿を両手でからめ取るようにしながらそこにぴたりと、再び唇を押し当てた。

夢路は自分のそこに銀八の唇が強く触れてくると、おぞましさと、忌まわしさで全身をピーンと突っ張らせ、悲鳴を上げた。

銀八はガクガク慄える夢路の両腿を両手でしっかりと押さえ込みながら微妙な陰核を舌で探り当て、それを唇に含んで引き抜くばかりの強さで吸い上げる。

ヒイっ、と夢路の唇から鋭い悲鳴が迸り出た。

夢路の狂ったような悶えようを呆然と見つめている信吾の傍に傳吉がそっと寄って行き、信吾の耳に口を寄せて低い声音でいった。

「菊之助を連れてくるなら、今が頃合ですよ。私も手伝いましょう」

傳吉は信吾をせき立てるようにして、二人で土蔵からそっと抜け出して行った。

夢路は森の木樵小屋の中で銀八に味わわされたような名状の出来ぬ被虐性のおぞましい快感が再びこみ上げてきて火照った顔面を狂ったように左右に揺さぶった。

やめてっ、ああ、やめてっ、と、汗ばんだうなじを大きくのけぞらせて女っぽい悲鳴を上げながら荒々しく喘ぎ続ける夢路は、猿轡を嚙まされた菊之助が土蔵の中へ傳吉達の手で連れ込まれて来た事にも気がつかなかった。

傳吉は信吾と手分けして素早く菊之助の縄尻を天井の鴨居に縛りつけ、銀八のいたぶりをうけている夢路の目前の二間（三・六メートル）ぐらいの所に立位で晒した。

すぐに信吾が菊之助の猿轡を外したが、菊之助は眼前にのたうつ夢路の落花無残の姿を見て気持を動転させてしまっている。もう声も出ないのである。

見てはならぬものを眼にしたように菊之助はハっとして横に眼を伏せ、ガクガクと緊縛された裸身を慄わせた。

柱のうしろから夢路の乳房に両手をかけ、ゆっくりと揉みあげている権三郎が夢路の耳元に鼻をすりつけながらささやいた。

「夢路どの。御舎弟の菊之助どのが見参しましたぞ。姉の前で自分も快楽に浸りたいと申されておるのだ」

ふっと夢路は眼を開き、眼前に晒されている菊之助の全裸像に気づくと、悲鳴を上げる事はなかった。

「ああー、菊之助」

と、溜め息をつくような声音でその空虚な情感の迫った瞳は共にこの運命を享受《きようじゆ》しなければならぬ、と、菊之助に諭しているかに見えた。

夢路の股間に腰をかがませている銀八はチラと菊之助の方を振返り、すぐにまた夢路の濃密な茂みをかき分けていきながら、

「菊之助を見た途端、奥さまのおつゆの出がよくなったようじゃありませんか」

といって夢路の乳房を粘っこく愛撫する権三郎と顔を見合わせ嘲笑した。

「さ、奥さま、その調子でもっとしたたらせて、身体を柔らかく溶かすんだ」

などといいながら、銀八は二本の指で夢路のその淫靡な肉芽をつまみ、包皮を剝き上げるようにしながら小刻みに愛撫し、もう一方の指先で薄い襞の内外をゆるやかに愛撫すると肉芽はますます充血し、膣口が自然に開花し始める。

開花した膣口に更に油を注ぎ込んで指先の愛撫をくり返すとそこはいつしか蜜壺と化し、熱い樹液はおびただしいばかりに会陰部にまでしたたり流れてくるのだ。

銀八は夢路が肉芽を硬く屹立させ女陰を膨張させ、熱い樹液をとめどもなくしたたらせてきたのを見てとると、もうこっちのものだと北叟笑んで遮二無二《しゃにむに》、指先を使いながらチラと背後の菊之助の方を振返った。

先程から菊之助の周りを取り囲んでいた女郎達が急に甲高い声で騒ぎ出したので気になったのだが、

「銀八さん、見て御覧よ。このお坊ちゃま、また、おチンチンをツンツンにしてしまっているよ。お姉さまのよがり声を聞いて、たまらなくなったんだろうね」

女郎のお常はそういって菊之助の怒張した股間の肉棒を指ではじくようにしてお種達と一緒に笑いこけるのだった。

「契りを結ぶなら、今が潮時ですぜ」

傳吉は信吾に声をかけて眼くばせした。

お勝は用意していた小さな油壺を手にして、菊之助の背後へ廻った。

あっと菊之助はつんざくような悲鳴を上げて、緊縛された裸身を狂おしくのたうたせた。

お勝は菊之助の背後に廻って菊之助の双臀を手で押し拡げるようにし、淫靡な菊座の蕾を露にさせ、油を指先ですりつけ、揉み上げようとするのだ。

「お勝姐さん、私達にも手伝わせておくれよ」

お常とお種が面白がって、お勝の行為を横取りしようとする。

落花無残の辱めを受けている姉の眼前で信吾に衆道のからみを強制されるとは――これ程、酸鼻《さんび》な屈辱があろうか――菊之助は心臓が止まるほどの汚辱感に二肢を激しく揺さぶった。

「もう観念出来てると思ったが、そんなに足をばたつかせちゃ信吾先生のとどめが刺せないじゃないか」

姉のように足枷をかけさせてもらうぜ、といって傳吉は土間に転がっていた青竹を拾い上げると、信吾と手分けして、菊之助の二肢を割り開き、両足首を縄で青竹につなぎ止めた。

「さ、菊之助、これで姉上と同じ大股開きだ。手荒な真似をするようだが、俺は何としてもお前と衆道の契りを結びたい。お前のような若竹を愛する俺の気持がわからぬのか」

「そんな事より信吾先生、早く抜く支度にかかって下さいよ。女郎連中が菊之助の身体を一生懸命溶かしにかかってるじゃありませんか」

傳吉にそう声をかけられた信吾は、そうだ、そうであった、と気もそぞろになって返事をしながら帯を解き、着物や袴を脱ぎ落していく。この期を逃してなるものかと、信吾は衆人環視の中で裸の獣を演じる事など全く気にしていなかった。

どうだい、気分は、と、お種がからかうようにいいながらその部分にくり返し椿油を塗りつけ、指先で小刻みに揉みつけると菊之助の女っぽい繊細な頬は真っ赤に上気し始め、お種のその淫靡な指先の動きをはねつけようとするかのように双臀を狂おしく左右に揺さぶるのだ。

「馬鹿だね。男の太い一物を楽に呑み込ませるためにこうしてわざわざ奉仕してやってるんじゃないか」

お種は哀しげに左右によじらせている菊之助の双臀を軽く平手打ちして笑いながらいった。

むしろ菊之助のそんな小娘めいた抵抗を女郎達は心地よく感じ取っている。菊之助の羞《はじ》らいや身悶えを感じとると女郎達はぞくぞくする程、嬉しくなってくるのだ。

お種に代ってお常が再び、指先二本を使って激しく揉み上げた。

菊之助はお常のその淫らな指の動きに奥歯を噛み鳴らして必死に耐えていたが、お常の指先がしとどに濡れて軟化し始めた菊の花肉にぐっと突き刺さってくると、「うっ」と傷ついた獣のようなうめきを上げ、大きく首筋を浮立たせて苦しげに身悶える。

「こんな可愛いお尻の穴で信吾先生の太い一物を咥える事が出来るのだろうかね」

お常は菊之助の身悶えを楽しみながらその菊の花肉の内側に深く含ませた二本の指先でえぐるような愛撫を加えている。

しとどに潤んで軟化した菊之助のその微妙な粘膜の内側にお常は親指を突き通してみて含み笑いしながらいった。

指先二本、また親指などが楽に含ませる事が出来るようになるとお常とお種が褌一丁で突っ立つ信吾に眼で合図を送った。

「心配致すな、菊之助。俺は稚児遊びには馴れておるのだ」

優しく扱って、お前を俺の稚児にしてやるからな、といった信吾はくるくると褌を外しとり、黒ずんだ巨大な男根をむき出しにすると、菊之助の背面に身を寄せていく。

「ああっ」

と、菊之助の口からは痛烈な悲鳴が迸り出た。

菊之助の双臀深く秘められた蕾に鋼鉄のような硬さを持つ信吾の肉棒が一気に押入ってきたのだ。

ああっ、ああっ、と菊之助は首筋を大きくのけぞらせてくり返し、ひきつったような悲鳴を上げた。

一瞬、その筋肉が炸裂したのではないかと思われるような息の止まるばかりの痛みと、それに伴う痛烈な屈辱感で菊之助は気が遠くなりかけた。

信吾のその怒張した肉塊が突き刺さった菊之助の臀部はブルっと痙攣し、次にガクン、ガクンと上下に波打った。

菊之助のつんざくような悲鳴を耳にした夢路は銀八と権三郎に狼藉の限りを尽くされていたが、狂乱の中で光の失せた瞳をぼんやり見開いて、菊之助の狂態を見つめた。

「ああ、菊之助」

引きつった声音で哀願するように菊之助の名を呼んだのはもはや、この狼藉を被虐の快感として姉弟は享受するより仕方がないと菊之助の覚悟をうながしたのだろう。

銀八の巧妙な指さばきによって夢路のその内部は燃えるように熱く、モチのように粘っこく溶け出す。そして、銀八の指先に夢路の熱い樹液は次から次に汲み出される事になり、同時にその花肉の層は自然に強い収縮力をしめすようになった。

ああ、ああ、と荒々しく喘ぎ続ける夢路の汗ばんだうなじや首筋のあたりに夢路の乳房を揉み続ける権三郎は唇を這わせ、舌の愛撫を注ぎ込む。正に火に油を注がれた感じで夢路は激しく炸裂する銀八の指先に熱湯のような樹液を浴びせかけながら喜悦とも、惑乱ともつかぬ啼泣を洩らすのだった。

「さ、奥さま、卵を飲まされる前に一度、私の指先に襞をからませてぐっと緊め上げておくんなさい」

夢路の粘膜の奥深くに指先二本を挿入させた銀八はいった。

「さ、力一杯緊めて下さい。私は奥さまを裏切って敵側に走った奉公人です。その恨みを返す意味で力一杯、緊め上げておくんなさい」

などといって傳吉やお勝を笑わせながら奥までとどけとばかり指先を挿入させていくのだった。

夢路の固く閉じ合わせた切れ長の眼尻からは屈辱の口惜し涙がしたたり流れているのだが、夢路のその部分の筋肉は夢路の意思とは関係なしにぐいぐいと押しつけてくる銀八の指先にねっとりした襞を巻きつかせてギューっと緊めつけ、強い緊縮力を発揮するようになる。

「よし、それだけ緊めの力がついたのなら、張り形の稽古は不要だろう。さっそく、卵の入れ出しに取りかかろう」

傳吉はそういうと、さ、あとは俺が引受けた、といって銀八の肩をたたいて交代する。

夢路は傳吉が盆の上のゆで卵を手にして、しとどに濡れた繊毛をかき分け始めると、人間の思念を一切放棄したような放心の表情で、割った両腿を微動だにさせず、受け入れ態勢を示すのだった。

そして、夢路は自分の乳房を粘っこく揉み上げる権三郎の顔に陶酔しきった顔を向けて、

「権三郎さま、夢路の口を吸って」

と、甘えかかるような声を出した。

権三郎がモソモソ悦んで夢路の唇に唇を押しつけようとすると、夢路はチラと菊之助の方に潤んだ眼を向け、

「菊之助、見て、夢路は今、幸せです」

と、告げ、すぐに権三郎と溶け込むような口吻をかわすのである。

姉の倒錯を狂気と感じとりながらも菊之助もそれに暗示を受けたように自分の意思を喪失させていた。背後から突き上げ、しきりに唇を求めてくる信吾に対し、抗し切れなくなったように火照った顔面をねじらせ、唇をぴったり重ね合わせたのだ。

（この作品『地獄花』は、平成二十年十二月、小社より四六判で刊行されたものです）

地獄花

一〇〇字書評

切り取り線

購買動機（新聞、雑誌名を記入するか、あるいは○をつけてください）	
□（　　　　　　　　　　）の広告を見て	
□（　　　　　　　　　　）の書評を見て	
□ 知人のすすめで	□ タイトルに惹かれて
□ カバーが良かったから	□ 内容が面白そうだから
□ 好きな作家だから	□ 好きな分野の本だから

・最近、最も感銘を受けた作品名をお書き下さい

・あなたのお好きな作家名をお書き下さい

・その他、ご要望がありましたらお書き下さい

住所	〒				
氏名		職業		年齢	
Eメール	※携帯には配信できません	新刊情報等のメール配信を 希望する・しない			

この本の感想を、編集部までお寄せいただけたらありがたく存じます。今後の企画の参考にさせていただきます。Eメールでも結構です。

いただいた「一〇〇字書評」は、新聞・雑誌等に紹介させていただくことがあります。その場合はお礼として特製図書カードを差し上げます。

前ページの原稿用紙に書評をお書きの上、切り取り、左記までお送り下さい。宛先の住所は不要です。

なお、ご記入いただいたお名前、ご住所等は、書評紹介の事前了解、謝礼のお届けのためだけに利用し、そのほかの目的のために利用することはありません。

〒一〇一‐八七〇一
祥伝社文庫編集長　加藤　淳
電話　〇三（三二六五）二〇八〇

祥伝社ホームページの「ブックレビュー」からも、書き込めます。
http://www.shodensha.co.jp/bookreview/

上質のエンターテインメントを！　珠玉のエスプリを！

祥伝社文庫は創刊十五周年を迎える二〇〇〇年を機に、ここに新たな宣言をいたします。いつの世にも変わらない価値観、つまり「豊かな心」「深い知恵」「大きな楽しみ」に満ちた作品を厳選し、次代を拓く書下ろし作品を大胆に起用し、読者の皆様の心に響く文庫を目指します。どうぞご意見、ご希望を編集部までお寄せくださるよう、お願いいたします。

二〇〇〇年一月一日　祥伝社文庫編集部

祥伝社文庫

地獄花《じごくばな》

平成二十三年三月二十日　初版第一刷発行

著者　団《だん》　鬼六《おにろく》

発行者　竹内和芳

発行所　祥伝社

東京都千代田区神田神保町三－六－五

九段尚学ビル　〒一〇一－八七〇一

電話　〇三（三二六五）二〇八一（販売部）

電話　〇三（三二六五）二〇八〇（編集部）

電話　〇三（三二六五）三六二二（業務部）

http://www.shodensha.co.jp/

印刷所　図書印刷

製本所　図書印刷

カバーフォーマットデザイン　芥　陽子

造本には十分注意しておりますが、万一、落丁、乱丁などの不良品がありましたら、「業務部」あてにお送り下さい。送料小社負担にてお取り替えいたします。

　ISBN978-4-396-33658-5 C0193

祥伝社文庫の好評既刊

神崎京介　想《おも》う壺《つぼ》

あなたにもいつかは訪れる、飽くなき性を探求する男と女の情熱と冷静を描く、会心の情愛小説！

神崎京介　秘術《ひじゅつ》

「鏡の中に赤い球体が見えた」不能になった伊原は不思議なマダムから啓示を得て、回復への旅に出る。

勝目　梓　悪の原生林

口封じの強姦と凄絶な連続殺人計画…それが地獄のドラマの幕開けとなった。そして絶体絶命の瞬間が！

勝目　梓　天使の翼《つばさ》が折れるとき

結婚を控えた幸せな男女。だが二人の過去にまつわる忌《い》まわしい因縁の数々が明らかになってしまった。

勝目　梓　禿鷹《はげたか》の凶宴

四億七千万円が眠る金庫室に死体が！金は奪ったものの正体不明の組織につけ狙われる羽目に陥った男。

勝目　梓　骨まで喰らえ

12年前の秘密を種に脅迫してきた誘拐犯。翻弄され続ける男だったが、あるおぞましい策略を思いついて…。

祥伝社文庫の好評既刊

勝目 梓　**秘《ひ》色《しょく》**

初老の小説家「私」が紡ぐ〝愛〟を斬新な構成で描く、あまりにも危険で甘美な、性愛小説の金字塔！

勝目 梓　**怨讐《おんしゅう》のふたたび**

報復は己れの手で！父と妻を謀殺された男は職を捨て、復讐のため自ら立ち上がる。だが恐るべき運命が…。

勝目 梓　**猟人《りょうじん》の王国**

人は欲望のため、どれほど残酷になれるのか？　殺人鬼と強姦魔の二人が出会ったとき…誰が彼らを裁く？

勝目 梓　**爛《ただ》れ火**

「こんなかたちで『喪失』と折り合いをつける男もいるのだ」文芸評論家野崎六助氏。

勝目 梓　**モザイク**

恋人のAV出演を知った男の地獄の苦悩。自暴自棄になった男が踏み込んだ未知の〝性体験〟とは？

勝目 梓　**みだらな素描**

妻と妻の友人の三人で過ごす休暇。異様な嫉妬、あからさまな誘惑。果たして三人の行方は!?